DERNIÈRE NUIT À EVERLAND

L'édition originale de ce livre a été publiée pour la première fois
au Royaume-Uni en 2019 sous le titre *Last Bus to Everland*
par MacMillan Children's Books, une marque de Pan MacMillan,
20 New Wharf Road N1 9RR, Londres.

Loi n° 49-956 du 16 juillet 1949 sur les publications destinées
à la jeunesse, modifiée par la loi n° 2011-525 de 17 mai 2011.

Mise en pages : IGS-CP

ISBN : 978-2-09-257759-2

Dépôt légal : février 2021

Sophie Cameron

DERNIÈRE NUIT À EVERLAND

Traduit de l'anglais par Anne Guitton

Nathan

À maman et à papa

AUTOMNE

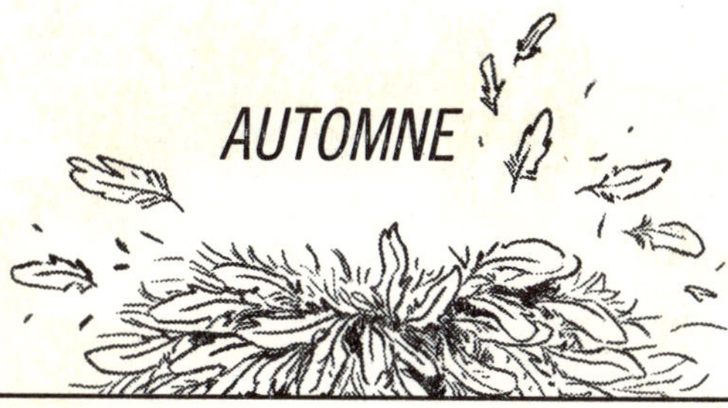

Chapitre 1

Rien de tout ça ne serait arrivé si je n'avais pas appelé ce foutu chat « Clochette ».

Il me fixe désespérément, sa tête coincée au creux du cou de Leanne Watson tandis qu'elle pique un sprint le long de Leith Walk, ses faux ongles plantés dans la fourrure rousse. L'une de ses créoles repose sur le crâne du chat comme une auréole de travers. Leanne me jette un coup d'œil par-dessus son épaule, manquant de percuter une poussette qui sort du supermarché.

– Allez, Princesse ! me crie-t-elle d'un ton moqueur. Viens sauver ta Clochette !

Clo se tortille et miaule, comme il le fait toujours quand quelqu'un d'autre que moi le prend dans ses bras, mais Leanne tient bon. (Je suis bien placé pour savoir qu'elle a de la poigne : j'en ai fait l'expérience plusieurs fois.) Michelle McInnes trottine derrière elle, essoufflée, en remontant son jean qui ne cesse de glisser.

– Ouais… Princesse… halète-t-elle. Viens… le… chercher.

J'ai mal aux mollets et les poumons en feu, mais je lutte pour ne pas ralentir dans la montée. Je maudis ma sœur, qui a laissé la porte ouverte, et Leanne, qui bat tous les records d'endurance du lycée, et Clo, qui a été assez bête pour se laisser attraper. Quelques personnes se retournent sur le passage des filles. Un homme prévient qu'il va appeler la SPA, mais personne n'essaie de les arrêter. Personne n'essaie jamais de les arrêter.

– Cours, Princesse, cours ! m'encourage Leanne. Allez, tu peux y arriver !

Elles évitent un couple âgé, puis un livreur chargé d'une caisse de fruits devant l'épicerie chinoise, avant de disparaître au coin de la rue. Le trottoir désert me mène jusqu'à un parking coincé entre deux immeubles gris. Leanne s'est immobilisée à côté d'une Mini rouge rutilante. Michelle s'affale contre le coffre, les joues de la même couleur que la carrosserie.

– Pas mal, Brody, me complimente Leanne, qui n'a pas versé une seule goutte de sueur.

Sa queue-de-cheval est toujours aussi impeccable, son trait d'eye-liner aussi parfait que d'habitude.

– Dommage que tu n'aies pas été aussi motivé en cours de sport hier, conclut-elle.

Clo miaule et griffe sa veste en jean. Je sais ce qu'il ressent. Leanne et Michelle me harcèlent depuis que j'ai emménagé dans notre résidence, Mackay House, il y a cinq ans. Elles m'ont entendu appeler mon chat dans la cour, et elles ont aussitôt décidé de faire de moi leur souffre-douleur. J'aurais mieux fait de le nommer

Peter, ou Mouche, ou carrément Capitaine Crochet. Personne n'oserait s'en prendre à Crochet.

– C'est bon, Leanne. Rends-le-moi. Tu lui fais mal.

J'ai tellement chaud que mes boutons d'acné ont dû virer au violet.

– Leaaaaaanne, tu lui fais maaaaaaal, se moque-t-elle d'une voix deux octaves plus aiguë que la mienne et deux fois plus geignarde. Tu n'as qu'à me le demander gentiment, Princesse.

Elle peut toujours rêver. Je me jette sur elle pour récupérer mon chat, qu'elle soulève au-dessus de sa tête. Je ne suis pas petit pour mes quinze ans, mais Leanne est une géante : un mètre quatre-vingt-cinq en baskets, une vraie joueuse de la NBA quand elle met des talons. Clo crache de toutes ses forces.

– *Naaaaaaants ingonyamaaaaaaa bagithi Baba*, chante Leanne, tel Rafiki présentant Simba à la foule sur le rocher des Lions. Oups, désolée. Je me suis trompée de Disney.

Michelle glousse comme une dinde.

– Oh, je sais ! s'exclame-t-elle. Il faut qu'il dise : « Je crois aux fées », comme dans *Peter Pan* ! Sinon on ne le lui rend pas.

Leanne approuve. Je balaie le parking du regard mais il n'y a personne pour m'aider. Aucun client du supermarché qui décharge son chariot, aucun parent qui galère pour installer son bébé dans un siège-auto.

Suspendu entre les mains de Leanne, Clo gémit comme un malheureux. Leanne resserre encore son étreinte.

– OK, OK, je crois aux fées ! Voilà. Maintenant, rends-le-moi.

Michelle secoue la tête.

– Non, ça manquait de conviction. Dis-le plus fort, en frappant des mains et tout.

J'enrage. Petit, j'avais une passion pour Peter Pan, et plus particulièrement pour Clochette. D'où le nom de mon chat. À cinq ans, je ne voyais pas où était le problème. Je n'ai pas relu le livre ni revu le film depuis des années, mais cette histoire occupe encore une place à part dans mon cœur. Je n'ai pas envie que mes souvenirs soient gâchés par le jour où je suis passé pour un crétin dans un parking.

D'un autre côté, je connais Leanne. Elle ne me lâchera pas avant de m'avoir infligé ma dose quotidienne d'humiliation. Et je refuse d'abandonner mon chat. Alors je recommence. D'abord à mi-voix, ce qui ne la satisfait pas. Puis plus fort, et encore plus fort, et encore plus fort. Je finis par le crier, en tapant des mains à m'en faire mal, jusqu'à ce que…

– Hé !

Mon incantation s'interrompt en même temps que les ricanements des filles. Au-dessus de nous, un garçon est penché à la fenêtre d'un immeuble. Environ dix-sept ans, les cheveux châtain clair, une cigarette dans la main et des ailes sur le dos. D'immenses ailes bleu vif, aussi bombées que les voiles d'un navire, jaillissant de la fenêtre comme deux coups de pinceau coloré sur le crépi grisâtre.

Leanne et Michelle en restent bouche bée un instant, avant d'exploser de rire.

Le garçon fronce les sourcils. Je crains qu'il ne s'en prenne à moi parce que je braille que j'aime les fées à 18 h 30 un mercredi soir. Mais il se contente d'écraser son mégot sur le rebord de la fenêtre. Puis de disparaître en faisant rentrer délicatement ses ailes par l'ouverture.

Leanne s'esclaffe si fort qu'elle a du mal à respirer. Michelle, pliée en deux, est dans le même état que le jour où Rachel Rhodes s'est assise dans de la peinture rouge et qu'elles se sont moquées d'elle en disant qu'elle avait ses règles.

– C'était ta marraine la fée qui venait à la rescousse, Princesse ?

Les larmes de rire dessinent des traînées de mascara sur les joues de Leanne. Lorsqu'elle tente de les essuyer, Clo en profite pour lui échapper et se réfugier sous une vieille Opel Astra défoncée. Avant que j'aie pu aller le chercher, une porte s'ouvre à la volée derrière moi et le garçon aux ailes bleues s'approche à grands pas. Il n'a pas l'air content.

Le rire des filles s'éteint. Ce type n'est pas très costaud, plutôt grand et maigre – on devine ses côtes à travers son tee-shirt taché de peinture. Pourtant, malgré son déguisement, il est intimidant. C'est peut-être lié à ses épaules carrées, ou à la façon dont ses boots font voler le gravier. Il s'arrête à quelques centimètres de Michelle.

– Dégagez, ordonne-t-il avec un accent difficile à identifier, comme teinté d'espagnol. Allez. Barrez-vous.

– Jolies ailes, réplique Leanne d'une voix moqueuse mais un peu tremblante. C'est ton amoureux, Brody ?

Si seulement ! Elle a dit ça pour me provoquer, sans se douter que rien ne me ferait plus plaisir. Ce garçon est magnifique, avec ses pommettes hautes, ses yeux noirs et ses cheveux bouclés qui lui retombent sur le front. Une constellation de taches de rousseur parsème ses joues et son nez. Un rictus étire ses lèvres pâles. Il avance encore d'un pas. Michelle se décompose.

– Je vous ai demandé de partir, répète-t-il d'une voix grave. Alors vous allez m'obéir et lui foutre la paix. OK ?

Au bout d'un long moment, Leanne lève les yeux au ciel.

– D'accord, on se casse. Sérieux, Princesse, t'as vraiment aucun humour.

Elles s'en vont, non sans m'avoir donné un coup d'épaule et marché sur le pied. Elles s'en vont pour de bon. Si je ne me sentais pas aussi soulagé, je serais jaloux que ce type se soit débarrassé d'elles si facilement. Moi, j'ai déjà tout essayé : les ignorer, leur tenir tête, les supplier… En vain. Il n'y a que ma copine Megan qui parvient parfois à les faire fuir en leur aboyant dessus. Ou mon frère, quand il est dans le coin. Mais Jake commence à en avoir marre de se battre à ma place.

– Vas-y, débrouille-toi tout seul, râle-t-il toujours. Ce ne sont que des *filles*.

Comme si ça changeait quoi que ce soit.

Dès qu'elles sortent de mon champ de vision, ma gêne cède la place à de la rage. Et si Clo avait bondi des bras de Leanne et fini sous les roues d'une voiture ? J'aurais dû décoller du bitume le membre de ma famille que je préfère. Mes yeux me piquent, mais je ne pleurerai pas. Je ne pleure jamais.

Alors que je me tourne vers l'Astra, le garçon aux ailes bleues pose une main sur mon épaule.

– Je m'en occupe. Les chats m'aiment bien.

Je n'ai pas le temps de le prévenir que Clo déteste la Terre entière à part moi ; agenouillé devant la voiture, il l'encourage déjà à sortir d'un ton cajolant. La pauvre bête tremble comme une feuille. Il va falloir un paquet entier de cheddar (sa gourmandise préférée) pour qu'elle envisage de me pardonner… Mais, à ma grande surprise, Clo vient se blottir tranquillement dans les bras de l'inconnu, qui se relève et me rejoint.

– Et voilà, déclare-t-il en grattant Clo derrière les oreilles. Le pauvre, quel calvaire…

Le chat vient se percher sur mon épaule et me plante ses griffes dans la peau à travers mon tee-shirt.

– Merci. Tu n'étais pas obligé.

Notre sauveur repousse ses cheveux d'une main couverte de peinture et de paillettes. Il a les ongles vernis de bleu roi.

– C'est une façon de me venger des abrutis auxquels je n'ai pas osé tenir tête quand j'étais plus jeune. Elles le kidnappent souvent comme ça ?

– Non. Enfin, d'habitude, elles ne vont pas aussi loin. Tu… tu vas à une soirée déguisée ?

De près, je m'aperçois que ses ailes sont faites de papier mâché et de dizaines, voire de centaines, d'ornements bleus : fleurs séchées, timbres étrangers, morceaux de satin ou de dentelle, papiers de bonbons, éclats de vernis séché, sequins et fragments de verre dépolis par la mer. Il y a même un papillon juste au-dessus de son oreille gauche et une plume de paon près de la droite. Le tout compose un camaïeu scintillant de turquoise, de saphir et de cobalt.

Plutôt mourir que de porter ce genre de tenue.

Plutôt mourir que d'avouer qu'au fond, j'adorerais.

Le garçon tire sur ses bretelles, faisant battre les deux ailes.

– Plus ou moins. Même si, pour être honnête, c'est quand je suis habillé comme ça… que je me sens le moins déguisé.

Un autre visage apparaît à la fenêtre : une fille, dix-sept ou dix-huit ans, voilée d'un foulard orange vif.

– Nico ? Kasia a besoin d'aide pour ses griffes.

– OK, j'arrive dans deux secondes.

Le garçon – Nico, donc – hésite avant d'ajouter :

– Hé, Zahra, tu pourrais me lancer un bout de papier ? Il y en a sur le bureau.

La fille fronce les sourcils, puis se détourne. Une minute plus tard, un objet tombe par la fenêtre : une petite fleur de lys en origami vert pâle. Le garçon la rattrape au vol et, à l'aide d'un stylo coincé derrière son oreille, il écrit quelque chose sur l'un des pétales.

– Rendez-vous là-bas demain soir, dit-il en me donnant la fleur. Ça devrait te plaire. Ne t'inquiète pas, tu n'es pas obligé de te déguiser.

Je tripote le lys en papier. D'une écriture fine et un peu tremblotante, il a noté : « Calton Hill, jeudi, 23 h 21. Ne sois pas en retard ! »

– OK, je réponds, conscient que la fille nous observe toujours par la fenêtre. J'y serai.

Le garçon sourit. Ses taches de rousseur remuent comme des étoiles dérivant dans le ciel.

– Super. Alors à demain, Princesse !

Dans un dernier battement d'ailes, il me décoche un clin d'œil et repart vers l'immeuble. Je rougis. « Princesse ». Le surnom qui me colle à la peau depuis qu'en primaire, un petit malin s'est rendu compte qu'il suffisait d'ajouter une syllabe à mon nom pour me faire monter les larmes aux yeux. Celui qui me poursuit dans tous les couloirs, toutes les salles de classe et tous les voyages scolaires. Celui que personne n'a jamais donné à Jake, alors qu'on a le même nom de famille. Pourtant, si je déteste que Leanne et Michelle m'appellent comme ça, ça n'a pas du tout le même effet venant de Nico. Car, dans sa bouche, ça ne sonne pas comme une insulte.

Plutôt comme une invitation.

Chapitre 2

D'habitude, mes journées se composent toujours des mêmes ingrédients : cours, devoirs, disputes avec Jake et Keira pour savoir qui utilisera l'ordinateur. Il y a parfois de bons moments, comme quand je joue de la batterie ou que je me gave de séries Netflix et de pizza chez Megan. Mais rien d'aussi incroyable que ce qui vient d'arriver. Pas de garçons aux ailes bleues qui surgissent aux fenêtres. Pas de lys en papier qui tombent du ciel. Quand je repars vers chez moi, une main serrée autour de Clo et l'autre sur l'invitation de Nico, Leith Walk me paraît différente. Je ne saurais pas dire en quoi exactement ; c'est comme si la Terre avait légèrement dévié de son axe.

À Mackay House, pourtant, rien n'a changé. La cour de béton est déserte. Leanne et Michelle sont sans doute en train de regarder leur feuilleton du soir – merci mon Dieu. Et notre appartement est exactement comme je l'ai laissé. Jake fait ses devoirs sur notre ordinateur préhistorique, Keira écoute de la musique à fond dans sa chambre, mon père recoud un bouton sur l'une des chemises d'uniforme de ma sœur tout en regardant son neuvième ou dixième documentaire de la journée, et ma mère prépare le dîner. Personne n'a remarqué que j'étais sorti.

– *Home sweet home*, je murmure à l'oreille de Clo juste avant qu'il saute de mes bras et atterrisse sur la moquette avec un bruit sourd.

Il me crache dessus et va bouder sous mon lit. Je riposte avec un doigt d'honneur.

– Oh, mais de rien. La prochaine fois, je ne me fatiguerai pas.

Le crâne dégarni de mon père pointe au-dessus du dossier du canapé.

– Ah, te voilà, Brody. Viens voir !

Je lisse soigneusement les pétales de la fleur de papier et je la glisse dans la poche arrière de mon jean pour que personne ne la voie. Puis, perché sur l'accoudoir du canapé, j'observe l'écran, où un minuscule poisson-globe nage au ras du fond en faisant voler le sable avec ses nageoires. Au bout d'un moment, la caméra s'éloigne afin de montrer le motif qu'il vient de tracer : une rosace parfaite, cent fois plus grosse que lui.

– Génial, non ? s'exclame mon père, émerveillé.

– Oui, oui.

C'est impressionnant, c'est vrai. Mais je suis trop préoccupé par le lys dans ma poche pour m'intéresser à son poisson artiste. « Calton Hill, jeudi, 23 h 21. Ne sois pas en retard ! » Même si mes parents ne sont pas très stricts, je n'aurai jamais le droit de sortir aussi tard alors que j'ai cours le lendemain. Surtout pour aller à une soirée à Calton Hill. (S'il s'agit bien d'une soirée. « Plus ou moins », a dit Nico. Pour ce que j'en sais, ça pourrait aussi bien être une kermesse ou une conférence sur les placements financiers.)

Mon regard se promène autour du salon. Depuis cinq ans qu'on habite là, je connais notre petit appartement par cœur : la tache de bolognaise qui ressemble à la France sur la moquette jaune foncé ; nos tailles marquées au crayon sur le cadre de la porte de la cuisine ; la fissure que j'ai faite dans le mur de la salle de bain en me cognant la tête pendant une partie de cache-cache avec Keira. Aujourd'hui, tous ces détails me semblent constituer une vraie course d'obstacles. Mon père s'endort sur le canapé pratiquement tous les soirs et Jake reste devant l'ordinateur jusqu'à 1 ou 2 heures du matin. Impossible de filer sans qu'ils me repèrent et que ma mère bondisse hors de son lit pour savoir ce que je fabrique.

Mon père pose son fil et son aiguille afin de se repasser la scène du poisson-globe. Il adore les documentaires. Il a vu tous les films de Deeyah Khan au moins deux ou trois fois, et David Attenborough fait presque partie de la famille.

– Drôlement futées, ces bestioles, commente-t-il tandis que le poisson recule en zigzaguant au-dessus du sable. Et tout ça juste pour séduire une femelle. On ne peut pas dire que je me sois autant fatigué ! Pas vrai, Sally ?

Pas de réponse. Je jette un coup d'œil dans la cuisine. Adossée contre le plan de travail, les yeux rivés sur son téléphone, ma mère se ronge les ongles. Derrière elle, une casserole d'eau bouillante est en train de déborder. Le nuage de vapeur menace d'envahir le salon.

– Maman ! La casserole !

Elle redresse brusquement la tête. Son uniforme parme est taché de café et sa queue-de-cheval à moitié défaite.

– Zut ! Viens m'aider, Brody.

Pendant qu'elle baisse le feu et chasse la vapeur de la main, je pose une passoire dans l'évier pour qu'elle égoutte les pâtes. On en a déjà mangé hier, et avant-hier aussi. En temps normal, ça me ferait râler, mais ce soir, je n'ai pas d'appétit. C'est bizarre, car j'ai tout le temps faim.

– Ta journée s'est bien passée ? me demande ma mère en versant un bocal de sauce tomate sur les spaghettis. Tu as pu jouer un peu de batterie ?

– Non. J'avais réservé la salle, mais un groupe de crétins me l'a piquée.

Elle soupire, comme si c'était ma faute si Phil Haynes et ses copains sont incapables de respecter le planning de la salle de musique.

– Tu réessaieras demain, du coup ?

Je n'ai pas l'occasion de répondre, car Keira fait irruption dans la pièce. Elle chantonne un extrait de la comédie musicale *Hamilton*, les mains tendues devant elle. Elle vient de se vernir les ongles de la gauche avec du vert fluo pailleté.

– Maman, tu me fais l'autre ?

– On va passer à table, Keira. Après manger, si tu veux.

Ma sœur proteste d'une voix geignarde :

– Mais non, j'ai prévu de monter chez Amanda juste après, et ça n'aura jamais le temps de sécher, et je…

– OK, OK ! l'interrompt maman. Donne-moi une seconde.

À douze ans, ma sœur est tout le contraire de Jake et de moi, qui sommes grands, bruns et plutôt réservés : c'est une minuscule tornade blonde qui grimpe vite dans les décibels. Mes parents cèdent au moindre de ses caprices, parce que c'est plus facile que de supporter ses mouvements d'humeur. Ma mère m'étreint l'épaule avant de sortir de la cuisine.

– Tu veux bien mettre la table, s'il te plaît, mon chéri ?

Tandis que je sors les couverts, mon esprit dérive vers le garçon aux ailes bleues. Nico. J'ai des papillons dans le ventre. Ce n'est pas seulement qu'il était canon, même si je dois bien avouer que ça joue. Sa façon de se tenir, avec ces ailes sur le dos, comme s'il se fichait royalement que quelqu'un le voie et se moque de lui… Et puis sa façon de me regarder, comme s'il me comprenait, alors qu'on se connaissait depuis cinq minutes.

Peu importe comment, il faut que je me débrouille pour aller à Calton Hill demain soir.

Au moment de refermer le tiroir, un détail attire mon attention sur le frigo : le planning de la maison de retraite où ma mère travaille, retenu par le magnet de Ténérife de ma tante Rhona. Ses horaires de jeudi sont inscrits à l'encre violette : *17 h – 1 h.*

Mon cœur fait un bond dans ma poitrine. Faire le mur quand ma mère est là reviendrait à enjamber un rottweiler endormi. Mon père, lui, est plutôt comparable à un vieux beagle. Avec un peu de chance, à 23 heures, il ronflera déjà. Je pourrai me faufiler dehors discrètement et, pourvu que je rentre avant 1 heure du matin, ma mère ne saura jamais que je suis sorti. En mettant la table, je me retiens de sourire comme un benêt.

Maman ressort de la chambre de Keira. Elle frotte son pouce taché de vernis vert.

– Tu es de garde demain soir ? je lui demande pour être sûr.

Elle devrait se douter que je manigance quelque chose, car je ne m'intéresse jamais à son planning, mais Jake est le seul à réagir. Il lève les yeux de l'ordinateur, me dévisage, puis retourne à ses devoirs. Mon frère espère entrer à Cambridge l'année prochaine. Ces temps-ci, il est incapable de se concentrer sur quoi que ce soit d'autre que ses études pendant plus de cinq secondes.

– Malheureusement, oui, me répond maman en repoussant ses cheveux de son visage. Mais bon, je ne me plains pas. Certains de mes collègues n'ont pas bossé de la semaine.

Puis, bien qu'on soit tous dans la même pièce, elle crie :

– À table !

Une habitude conservée de l'époque où on habitait un appartement plus grand.

Elle pose un sachet de cheddar râpé quasi vide à côté du plat. J'en prélève quelques morceaux pour Clo. Je lui dois bien ça : s'il ne s'était pas fait kidnapper, je n'aurais jamais rencontré Nico. Demain n'aurait été qu'un jeudi comme tant d'autres, au lieu de… je ne sais pas encore quoi.

Dans tous les cas, je parie que ça sera incroyable.

Chapitre 3

Il me faut un costume. Même si le garçon aux ailes bleues m'a assuré que ce n'était pas obligatoire, j'ai envie de me déguiser. Ce soir, à Calton Hill, j'aimerais me sentir à ma place. Et mon petit doigt me dit qu'il y aura de la compétition.

À peine rentré des cours, je me réfugie dans la chambre que je partage avec Jake. Après avoir salué Clo (qui me fusille du regard, toujours pas remis de sa balade avec Leanne), j'ouvre la porte du placard. Des piles de tee-shirts aux couleurs passées et de pulls d'uniforme me contemplent. Pas vraiment de quoi s'extasier. À part le kilt qu'un copain de Jake lui a prêté pour le ceilidh[1] du lycée, je ne vois rien qui pourrait me servir.

Il doit pourtant bien y avoir quelque chose. Au milieu des baskets qui jonchent le sol, je finis par tomber sur une boîte en plastique remplie de reliques de notre enfance : petites voitures, ballon de foot dégonflé, dessins réalisés lors de jours de pluie. À force de fouiller,

1. Un ceilidh est une soirée festive mêlant musiques et danses traditionnelles écossaises. *(Toutes les notes sont de la traductrice.)*

j'y déniche un masque de tête de mort en papier mâché que j'avais fabriqué en cours d'arts plastiques. Et du côté de Jake, je trouve la tenue parfaite pour aller avec : un tee-shirt noir sur lequel on a dessiné un squelette. Ça ne ressemble pas du tout à mon frère, qui a dû l'emprunter à un copain ou l'utiliser pour une soirée d'Halloween. Je l'étends sur mon lit, avec le masque. On est loin des œuvres de Damien Hirst, mais avec quelques touches de couleur, ça ne devrait pas être mal. Et l'avantage, c'est que le masque dissimulera cette saleté d'acné.

Comme ma trousse ne contient que trois stylos bille et deux surligneurs desséchés, je décide d'aller piquer des feutres à Keira pendant qu'elle est chez Amanda. Ma mère est déjà partie travailler, et Jake est à son entraînement de rugby ou à sa répétition d'orchestre ou à je ne sais quelle autre activité qui coche les cases de Cambridge. Mais mon père, lui, est à la maison. Comme toujours.

– Coucou, Brody, ça va ? me demande-t-il en se penchant par la porte la salle de bain, des gants en caoutchouc jaune sur les mains. Quand j'aurai fini le ménage, je comptais regarder ça, m'annonce-t-il en désignant un DVD posé sur le canapé. Tu veux te joindre à moi ?

Je soulève le boîtier : *Jiro Dreams of Sushi*. Une étiquette collée sous le titre indique que l'objet appartient à la bibliothèque du lycée de Jake. Quand mon frère et ma sœur ne sont pas là, je regarde souvent des documentaires avec mon père. Certains sont plutôt intéressants, quand ils traitent des sectes et des théories conspirationnistes. Aussi pathétique que ça puisse paraître, j'aime bien passer du temps en tête-à-tête avec mes parents. Je n'en ai pas souvent l'occasion. Keira accapare l'attention comme un aspirateur Dyson avale la poussière, et Jake a le chic pour me donner l'impression d'être idiot, quoi que je dise ou fasse. Et puis je crois que mon père est content d'avoir de la compagnie quand il regarde un film. Quelqu'un avec qui partager une petite fenêtre sur le monde.

Mais aujourd'hui, je n'ai pas de temps à consacrer à maître Jiro et à ses sushis.

– Je ne peux pas, papa. J'ai plein de devoirs en espagnol. Je venais juste emprunter un stylo à Keira.

Il me répond à travers la porte de la salle de bain, avec un accent tellement mauvais que c'en est presque gênant :

– *Muy bien. Excelente. Dos cervezas, por favor.*

Dans la chambre de ma sœur, j'inspecte le bazar, en quête des stylos à paillettes qu'elle adorait il n'y a pas si longtemps. Mais je ne trouve que des crayons à papier émoussés. Puis mes yeux se posent sur la collection de vernis à ongles alignés sur le rebord de la fenêtre… Des petits flacons rose, violet ou vert à bouchons noirs.

J'éprouve soudain le même frisson honteux que lorsque j'avais sept ans et que je regardais *Mon petit poney* à la télé ou les poupées Barbie dans le catalogue de jouets. Le frisson de l'interdit.

Je me secoue et je glisse quelques flacons dans ma poche. Ce n'est que de la peinture, je me répète en regagnant ma chambre. De minuscules pots de peinture aux noms ridicules. Je débouche un flacon de Pomme Empoisonnée, dont l'odeur me fait froncer le nez. Après avoir souligné les contours de la bouche du squelette avec ce vert intense, je parsème ses joues de paillettes, je lui fais des cils Indigo Nocturne, et j'ajoute une rose Rouge Désir sur sa tempe.

– Qu'est-ce que tu en penses, Clo ? Pas mal, non ?

Le chat bâille et entreprend de se lécher l'anus. Il en faut plus pour me vexer.

Quand la rose est finie, je dessine d'autres fleurs et des feuilles sur les joues et le menton. J'hésite à jouer le jeu à fond en me vernissant les ongles, comme Nico. Je pourrais choisir le même vert que pour les lèvres du masque, ou bien du rouge. Si je cache mes mains sous mes manches, personne ne…

Jake ouvre soudain la porte de la chambre et se fige en me découvrant à quatre pattes au milieu des vernis dispersés sur la moquette, aussi incriminants que les bombes de peinture d'un graffeur.

– Qu'est-ce que tu fabriques ?

– C'est pour mon cours d'arts plastiques. (J'ai arrêté cette matière à la fin du collège, mais il ne s'en souviendra pas.) Un projet pour le *Día de las Muertos*.

Il a un petit sourire en coin. Le sourire en coin à cause duquel je préfère faire mes devoirs au lycée ou chez Megan plutôt qu'ici, entouré de ses prix et de ses piles de livres. Le sourire en coin qui me donne l'impression d'être bête à manger du foin.

Quand mon frère avait neuf ans, son institutrice l'a envoyé passer un test de QI chez un psychologue. J'ai oublié le score exact, mais il était assez élevé pour que la directrice convoque mes parents. Ce n'était pas la première fois – Jake faisait plein de bêtises, interrompait les leçons, jetait des objets par terre ou quittait la classe sans prévenir. Mais ce jour-là, quand ils sont ressortis du bâtiment et sont venus nous chercher aux balançoires, quelque chose avait changé. Les yeux de ma mère brillaient et mon père regardait mon frère comme s'il venait de s'apercevoir qu'il avait deux têtes.

Quelques mois plus tard, Jake a passé les examens d'entrée de plusieurs écoles privées. Trois d'entre elles lui ont proposé une place, et la bourse qui allait avec.

C'est là que le vent a tourné. Avant, Jake, Keira et moi étions trois poids identiques sur une balance bien équilibrée. Quand il a intégré sa nouvelle école, la balance a soudain penché en sa faveur. « Lâche un peu l'ordinateur, Brody. Jake en a besoin pour ses devoirs. » « Baisse ta musique, Keira. Jake essaie d'étudier. » Aujourd'hui encore, ma mère rayonne de fierté chaque fois qu'il enfile sa fichue veste d'uniforme bleu marine.

Au fond de moi, j'aurais aimé vivre la même chose, avoir droit à mon moment à la « Tu es un sorcier,

Harry », découvrir que j'étais un génie. Mais personne ne m'a proposé de postuler dans ces fameuses écoles. J'ai quand même voulu passer les examens d'entrée, et on m'a laissé faire. J'ai échoué. Lamentablement. Quand j'ai regardé sur Internet combien coûtait l'inscription, j'ai halluciné. Un seul trimestre représentait presque autant que le salaire annuel de ma mère.

Après ça, je n'en ai plus jamais reparlé.

– *Día de los Muertos*, me corrige Jake. Tu te fais les ongles ? Tu veux de l'aide ?

– Lâche-moi.

Il hausse les épaules, l'air innocent.

– Oh, ça va, je voulais juste être sympa !

Il jette son sac sur son lit et file à l'ordinateur en refermant la porte derrière lui. Le sourire du masque me paraît soudain beaucoup moins amical, comme si lui aussi se moquait de moi.

À 22 h 45, je suis dans un tel état d'impatience que j'ai du mal à rester assis. Personne ne pourra m'empêcher de sortir. Mon père ne franchit jamais le seuil de la porte, et Jake ne gâcherait certainement pas de précieuses minutes de son temps à me courir après. Pourtant, je stresse, même si je n'ai jamais tenu mes parents informés du moindre de mes mouvements. Ils seraient sans doute surpris du nombre de fois où je me suis soûlé, et ma mère m'écorcherait vif si elle apprenait que j'ai ne serait-ce qu'envisagé de fumer de l'herbe. Mais, pour une raison qui m'échappe, ce soir, c'est différent.

– Sérieux, Brody, calme-toi, je grommelle. Tu vas juste faire un tour en ville, crétin.

Je prends une grande inspiration, je fourre le masque sous mon gilet à capuche et je sors de la chambre. Mon père s'est endormi devant la télé et Keira est allée se coucher il y a quinze minutes. Il ne reste plus que Jake, courbé sur le clavier au milieu de gratte-ciels de livres. Il tape tellement fort qu'il ne m'entend même pas passer derrière lui.

Retenant mon souffle, je sors de l'appartement sur la pointe des pieds. Puis je dévale les marches trois par trois, sans me soucier de réveiller Mrs McAskill au 8B ni réfléchir à ce qui se passera si je ne rentre pas à l'heure. Tout ce qui compte désormais, c'est que je sois à Calton Hill avant 23 h 21. Pour le reste, on verra plus tard.

J'arrive devant l'arrêt au même moment que le bus 22. Je grimpe à bord, je scanne la carte de transport dont Jake se sert pour aller en cours (on se ressemble assez pour que je la lui emprunte), et je m'installe à l'étage. Ce n'est qu'une fois assis, essoufflé, que je m'autorise à sourire comme un idiot. Le visage de Nico danse devant moi. Cette fois, c'est sûr. Je vais bientôt le revoir.

Bien qu'il n'y ait pas beaucoup de circulation à cette heure tardive, le bus met une éternité à remonter Leith Walk. Je descends juste avant Princes Street, je traverse Waterloo Place en courant sous la pluie, et je grimpe aussi vite que possible les marches de Calton Hill. Une fois devant le Monument national d'Écosse, dont les colonnes néoclassiques se dressent au sommet de la colline, j'inspecte les environs, en quête d'indices d'une fête à venir.

Rien. Pas de musique, personne en train d'installer quoi que ce soit. À part un couple de touristes ayant bravé le froid pour prendre des photos de la ville, l'endroit est désert. Aucune trace d'un garçon aux ailes bleues.

Il pleut de plus en plus. Lorsque je sors l'invitation de ma poche pour vérifier l'heure, de grosses gouttes détrempent le papier et brouillent les lettres tracées par Nico. J'arrive tout juste à déchiffrer « 23 h 21 ». Encore deux minutes. En contre-bas, dans Princes Street, la grande aiguille de l'horloge de l'hôtel Balmoral avance au ralenti. Peut-être qu'il est en retard. Peut-être qu'ils ont annulé la fête à cause du mauvais temps.

Ou peut-être qu'il n'y a jamais eu de fête.

Un mauvais pressentiment m'envahit. À tous les coups, c'était une blague. Nico s'est foutu de moi après m'avoir regardé courir derrière mon chat, incapable de tenir tête à deux filles.

– Et merde…

Quel idiot. Comme si un mec pareil allait m'inviter à sortir avec lui ! Qu'est-ce qu'il pourrait bien trouver à un loser boutonneux comme moi ?

J'ai une grosse boule dans la gorge. C'est bête, mais j'y ai vraiment cru. Son expression quand il a ordonné à Leanne et à Michelle de dégager… Ce qu'il m'a dit sur le harcèlement qu'il avait subi, son sourire quand il m'a appelé…

– Princesse !

Je fais volte-face. Plusieurs silhouettes gravissent la colline dans le noir. Celle qui porte des ailes me fait signe. Entendre mon surnom à cet instant me rend heureux.

– Tu as pu venir ! se réjouit Nico, le sourire aussi lumineux qu'un croissant de lune. Prépare-toi à passer la plus belle soirée de ta vie.

Chapitre 4

Je le dévore des yeux. Ses cheveux sont mouillés et un trait d'eye-liner bleu scintille au ras de ses cils inférieurs. Ses ailes, protégées par des sacs poubelle, dépassent de sa veste en jean. Il est accompagné d'un loup-garou en tee-shirt NASA et d'une Sailor Moon rondouillette qui joue avec le nœud de son costume.

– Désolé, on est un peu en retard, s'excuse Nico. La queue de Kasia est tombée, je ne trouvais plus ma deuxième chaussure, et on a raté le bus.

Le loup-garou me regarde de la tête aux pieds, puis agite les pattes d'un geste agacé.

– Encore un de tes Enfants Perdus ? grommelle-t-il derrière son masque. Génial.

– Ne fais pas attention à Kasia, soupire Nico. Elle est toujours de mauvais poil à la pleine lune.

Son amie commence à protester, mais il éclate de rire et la pousse d'un coup d'aile.

– Comment ça va ? reprend-il. Ton chat s'est remis de sa mésaventure ?

Avant que je puisse répondre, Sailor Moon frappe dans ses mains. C'est la fille qui nous a lancé la fleur en origami – Zahra, je crois. Elle porte une longue jupe bleue, un nœud rouge, et un foulard jaune vif par-dessus sa perruque blonde.

– On fera la conversation plus tard, Nico. Il nous reste à peu près trente secondes pour entrer.

Elle nous dépasse, imitée par le loup-garou, qui secoue la tête. Lorsque je me retourne pour les suivre, ma mâchoire manque de se décrocher.

Le Monument national est méconnaissable. Dans les interstices entre les colonnes de pierre, où on ne distinguait que le ciel plombé il y a encore quelques secondes, des couleurs sont apparues. Des nappes vertes, bleues et violettes qui miroitent et ondulent tels des reflets d'aurore boréale. Des images se dessinent par moments entre les volutes, des visages flous aux épais contours noirs. Entre les deux piliers centraux, la brume se solidifie peu à peu jusqu'à former un rectangle vert foncé. Un battement de cils plus tard – j'en avais oublié de cligner des yeux –, je me retrouve face à une rangée de vitraux et à une porte verte à heurtoir doré en forme de tête de licorne.

Il me faut un instant pour retrouver la parole.

– Bordel, mais c'est quoi, ça ?

Nico s'esclaffe.

– C'est vrai que ça fait bizarre la première fois ! Dépêche-toi, on n'a pas beaucoup de temps.

Bien que les marches du monument soient presque aussi hautes qu'elle, Zahra escalade une pile de briques à leur pied pour se hisser sur la première. Nico la suit d'un bond et me tend la main. Je le rejoins péniblement, en me cognant le genou sur la pierre.

Le loup-garou tourne la corne de la licorne dans le sens inverse des aiguilles d'une montre. La porte s'ouvre. Mon cerveau carbure à plein régime pour donner du sens à ce que je vois. Il doit y avoir un projecteur caché quelque part. Des complices ont dû installer la porte pendant que je regardais ailleurs. Désorienté, je franchis le seuil juste devant Nico. Le battant se referme derrière nous avec un bruit de ventouse.

– C'était moins une, commente Zahra. Il faut qu'on arrête de se pointer aussi tard.

– Il n'y aurait pas eu de problème si Nico n'avait pas passé une heure à me tripoter la queue, râle le loup-garou.

– Dit comme ça, ça prête à confusion, se moque son ami.

Ils continuent à se chamailler, mais je ne les écoute plus. Cet endroit est tellement étrange ! Quand je baisse les yeux, je constate que la base du monument a cédé la place à une longue pente herbeuse. Au-dessus de nous, les nuages se sont écartés, dévoilant un ciel bleu profond ponctué de millions d'étoiles. Je n'en avais jamais vu autant. Et soudain, mon cœur cesse de battre, car je viens de prendre conscience d'un détail troublant.

Édimbourg a disparu.

Au lieu des rues, des voitures et des enseignes lumineuses floues, je contemple un vaste paysage verdoyant. Trois rivières dévalent des collines de pins et zigzaguent au creux de la vallée. À l'endroit où elles se rejoignent, je distingue une concentration de lumière dorée, dont les ramifications se prolongent comme des éclaboussures dans l'herbe. Au loin, derrière un massif montagneux à moitié caché par des nuages bas, il y a d'autres lumières ainsi qu'une surface d'un noir d'encre qui pourrait être la mer. Mais pas trace de Leith Walk, ni de l'estuaire de la Forth, ni de la région de Fife, de l'autre côté. La ville entière semble s'être évanouie.

Je me retourne. La porte verte est toujours derrière nous, contrairement aux colonnes du Monument national. Les autres bâtiments de Calton Hill ne sont plus là non plus. Mon cœur bat très fort. Je n'avais jamais vu ces arbres auparavant, et je suis certain qu'il n'y a pas de rivière par ici. C'est forcément une illusion. Il doit y avoir un truc. Mais, franchement, c'est impressionnant.

Avant que j'aie pu lui demander des explications, Nico entreprend de me présenter ses amies. Comme si on venait de pénétrer dans un McDonald's, et non dans je ne sais quel lieu mystérieux.

– Voici Kasia, commence-t-il en tirant sur les oreilles du loup-garou. Et tu as déjà aperçu Zahra hier. Les filles, je vous présente… Brady, c'est ça ?

– Non, euh, B-Brody, je bégaie.

– *Pardon ?* s'exclame Kasia en retirant son masque.

Elle a de longs cheveux blonds et fins qui retombent autour de son visage mince. Ses yeux gris-bleu lancent des éclairs.

– Tu ne connais même pas son nom ? s'offusque-t-elle. Bon sang, Nico. Tu comptes en inviter beaucoup d'autres comme ça ? Pourquoi pas la caissière du supermarché ? Ou le skinhead qui jouait avec son pitbull à l'arrêt du bus tout à l'heure ?

– Bonne idée, il avait l'air sympa. J'ai bien aimé son tatouage dans le cou, réplique Nico en retirant les sacs qui protégeaient le camaïeu bleu de ses ailes. Je ne comprends pas où est le problème, Kasia.

– Ça ne marche pas comme ça ! Les gens sont censés découvrir cet endroit seuls. Tu ne peux pas y amener tous les inconnus que tu croises.

Nico fourre les sacs plastique dans un tote bag de musée.

– J'ai invité trois personnes ici. *Trois.* Mon ami Privashni, Mark, de mon cours de dessin, et aujourd'hui Brody. Ce n'est pas comme si j'avais placardé une annonce sur un panneau géant au bord de l'autoroute ! En plus, tu n'en sais rien. Il n'y a aucune règle. Ce n'est pas à toi de décider ce qui est autorisé ou pas.

Kasia grince des dents, marmonne quelque chose en polonais et s'éloigne sur le chemin, sa fausse queue oscillant derrière elle. Les deux autres échangent un regard que je ne parviens pas à déchiffrer.

– Désolé, s'excuse Nico. Son ex venait ici autrefois, et… Bref, ne t'inquiète pas. Ça lui passera.

Je suis bien trop occupé à essayer d'analyser ce qui m'arrive pour me vexer. Je finis par demander :

– La porte, là… Comment ça fonctionne ? Ces arbres, ils sortent d'où ? Et la rivière ? On est où ?

– N'essaie pas de tout comprendre d'un coup, me conseille Zahra en souriant. Contente-toi d'en profiter, OK ?

Ils continuent à discuter tandis que nous descendons la colline. Leurs voix atteignent à peine mes oreilles. Je regarde partout autour de moi en m'interrogeant sur ce qui m'arrive. Bientôt, les lumières que je distinguais au loin prennent forme. Un petit village est bâti au confluent des trois rivières, avec un marché animé et plusieurs feux de joie. Un brouhaha de sons monte de la vallée. J'identifie quelques mots d'arabe, des notes d'instrument à corde, une femme qui chante *Heroes* de David Bowie. Des chevreuils broutent non loin de nous. Ils sont différents de ceux que j'ai l'habitude de voir chez ma grand-mère dans les Highlands – plus petits, avec un pelage fauve tacheté de blanc. De grands oiseaux jaunes planent au-dessus de nos têtes et des bancs de poissons bleu électrique scintillent dans le courant.

Ce sont forcément des effets spéciaux, mais le résultat est incroyable.

En bas de la pente, un pont de pierre enjambe l'une des rivières et nous conduit jusqu'à une petite place bordée de bâtiments en brique rouge et éclairée par de vieux réverbères. Une porte est plantée au milieu, identique à celle par laquelle nous sommes arrivés, sauf qu'elle est rouge et que le heurtoir représente un dragon. Des dizaines de personnes déambulent autour de nous. Un homme âgé joue du sitar, un couple de filles s'embrasse sous un lampadaire, une nonne et trois rugbymen rient en jouant aux cartes. La plupart des gens portent des vêtements normaux, des tenues traditionnelles ou des uniformes, mais certains sont déguisés. Je repère un soldat de la Première Guerre mondiale, un pirate et une Marie-Antoinette. Zahra traverse la place pour aller parler à deux filles en sari, me laissant seul avec Nico.

– Alors, fais voir, lance-t-il en me regardant de la tête aux pieds. Tout en noir. Tu es donc… la nuit ? Une panthère qui va à un enterrement ? Un corbeau qui mange de la réglisse ?

– C'est censé aller avec ça.

J'ouvre mon gilet et en tire mon masque, qui me paraît un peu ridicule à côté des ailes de Nico et des autres costumes.

– Super ! C'est toi qui l'as fabriqué ?

Il me le prend des mains et le place devant son visage, se transformant en créature hybride, mi-oiseau, mi-squelette. Il a les mêmes ongles bleu foncé qu'hier. Je regrette finalement de ne pas avoir verni les miens.

– Bravo ! me félicite-t-il.

Tout rouge, je lutte contre l'envie de récupérer mon masque pour me cacher derrière.

– Non, c'est nul. Rien à voir avec tes ailes. Elles sont magnifiques.

Il tourbillonne sur lui-même.

– Merci. Je voudrais faire une école d'art l'année prochaine, et je compte les inclure dans mon dossier de candidature. Même si mon père les a qualifiées de « bêtises simplistes tout droit sorties de *Fantasia* ». Je m'en fiche ; moi, je les aime bien. (Ses yeux s'assombrissent un instant, puis reviennent sur moi comme si de rien n'était.) Et ton chat, alors ? Pas trop traumatisé ?

– Non, ça va.

Ça me fait bizarre de parler de Clo. Il y a à peine une demi-heure que je suis parti de chez moi, mais j'ai l'impression d'être à des kilomètres de mon appartement et de ma famille. Il faut dire que j'ai du mal à me concentrer, avec tout ce qui se passe autour de moi. Sous mes yeux ébahis, un gothique se promène au bras d'une femme d'au moins quatre-vingt-dix ans, et un homme les dépasse à dos de chameau. Nico pose sa main dans mon dos.

– Viens, je vais te faire visiter.

Il m'entraîne à travers la place, saluant quelques personnes au passage, puis nous empruntons une ruelle entre deux bâtiments. Nous débouchons bientôt dans le marché, bondé et chaotique sous la lumière des lanternes en papier. Les étals en bois bricolés débordent de nourriture, de babioles et de souvenirs. Nico zigzague entre les présentoirs de fruits, de pâtisseries, de boules à neige et de poupées. J'entends du français, du mandarin, du russe et une dizaine d'autres langues. Un parfum de chocolat et de cannelle flotte dans l'air. Le bruit et le mouvement sont omniprésents ; les gens rient, bavardent, marchandent, et…

… dansent. Soudain, tout le monde danse autour de moi. Je cligne des yeux, surpris, car le marché est désormais loin derrière nous. Nous sommes au beau milieu d'une parade, perdus dans un océan de sequins, de plumes et de gigantesques coiffes colorées. La musique fait vibrer le ciel et le sol sans que je sache d'où elle vient. Une pluie de confettis tombe de nulle part. Nico valse à travers la foule, les bras levés, les ailes transformées en un halo bleu scintillant. Je cours derrière lui, parmi les costumes d'ange et d'oiseau et les robes de bal dorées dont les jupons oscillent en rythme. Un homme couvert de plumes vertes me fait tournoyer sous son bras, avant de me crier quelque chose en portugais, et je…

… manque de m'étaler dans l'eau. Nous avons atteint une plage, alors que la mer me paraissait très loin. Sur le sable, un énorme feu de joie crépite et projette des étincelles dans le noir. Assis autour, des gens discutent ; d'autres font des ricochets sur l'eau noire ; d'autres agitent des bâtons fluorescents dans la nuit, dessinent des cœurs et tracent des mots dans des alphabets que je ne connais pas. Des feux d'artifice explosent en gerbes multicolores au-dessus des montagnes.

Nico se tourne vers moi, son visage souriant illuminé par une fusée dorée.

– Ça va, Brody ?

J'ouvre la bouche, trop ébahi pour répondre. Je le suis le long de la côte, puis à travers une procession de mariage bruyante, puis dans une fête de Holi qui nous laisse couverts de poudres orange et rose. Au moment où je commence à me sentir submergé, la foule se disperse et nous débouchons sur une vaste étendue de bruyère. Je regarde derrière moi afin de me repérer. La fête n'est plus qu'un brouillard coloré au loin ; le bruit diminue jusqu'à s'éteindre complètement.

– Qu'est-ce que…

J'ai la tête qui tourne, une guirlande de fleurs autour du cou et un bâton fluo à la main ; j'ignore comment ils sont arrivés là. Cette promenade ne m'a pas semblé durer plus de cinq minutes, et pourtant c'est comme si nous avions franchi la porte verte il y a des heures. Nico sourit toujours.

– Plutôt animé, hein ?

Il se laisse tomber sur l'herbe. Quelques chevreuils à taches blanches nous jettent un coup d'œil, avant de recommencer à brouter.

– Ne t'inquiète pas, me rassure-t-il. Ce n'est pas toujours comme ça.

Je tente d'ignorer le son de sa voix pour réfléchir. Il y a forcément une explication. C'est peut-être une immense farce. Un jour, avec mon père, on a regardé une émission de téléréalité qui mettait en scène une apocalypse zombie juste pour jouer un tour à un ado un peu trop fainéant. Si ça se trouve, ma mère se cache derrière tout ça. Si ça se trouve, c'est une machination tordue pour que j'arrête de rêvasser et que je me concentre sur mes examens. Si ça se trouve, j'ai été drogué et transporté sur un plateau de cinéma au milieu de nulle part, ou un truc du genre. Parce que tout ça ne tient pas debout.

– Allez, avoue, j'interromps Nico en cherchant les caméras autour de moi. On passe en direct à la télé ? Ou bien tu comptes diffuser les images sur YouTube ?

Il éclate de rire.

– La vache, tu me prends pour un millionnaire ? Il n'y a pas de caméras, je te le promets.

– Alors c'est *quoi*, cet endroit ?

Je scrute le paysage, en quête d'un élément familier – le contour du littoral, ou la silhouette du château d'Édimbourg. Mais je pourrais tout aussi bien être sur une autre planète.

– Sérieux, n'essaie pas de tout comprendre d'un coup, me répète Nico. Tu as le choix : soit tu passes la soirée à te demander ce qui t'arrive… soit tu te lâches et tu t'amuses.

Le souvenir de notre rencontre de la veille émerge peu à peu du kaléidoscope de sons et d'images dans ma tête. En quelques minutes, j'ai senti que je pouvais faire confiance à ce garçon. Je repense à la façon dont

Leanne et Michelle ont kidnappé Clo, à toutes les fois où elles se sont moquées de moi ou m'ont maltraité. Je pense à Jake levant les yeux au ciel quand je parle, à Keira qui me coupe sans cesse, à tous les moments où, lorsque je crois enfin capter l'attention de mes parents, quelqu'un d'autre l'accapare aussitôt. Nico n'est pas comme eux, pas besoin de le connaître pour le savoir. Il me voit. Même mon surnom sonne différemment dans sa bouche, comme s'il se réappropriait ce mot, qui d'habitude me donne envie de hurler, pour en faire quelque chose de positif. Quelque chose dont je peux être fier.

Je contemple le bâton fluo dans ma main. Puis je prends une grande inspiration et, comme me l'a conseillé Nico, je décide de profiter de l'instant. J'ai bien mérité une pause. Une aventure.

– OK.

Il se lève et hoche la tête. Entre ses ailes bleues, les confettis et la poudre de Holi qui tombent de ses cheveux, c'est un véritable arc-en-ciel.

– Dans ce cas, déclare-t-il en souriant, bienvenue à Everland.

Chapitre 5

En temps normal, j'ai plutôt un bon sens de l'orientation. Pourtant, quand je rebrousse chemin dans la vallée avec Nico, je ne reconnais aucun des lieux par où nous passons. Après avoir admiré un bal masqué dans les jardins d'un palais royal, on emprunte une petite rue où des diables défilent en hurlant et en brandissant des torches. Sur la place suivante se déroule une bataille d'eau géante, et sur celle d'après, un immense chœur gospel danse et chante. Nico navigue d'une scène à l'autre, parfaitement à l'aise. Peu importe le contexte, il donne toujours l'impression d'être à sa place, et ce malgré son déguisement. Ou peut-être grâce à lui.

– Comment as-tu découvert cet endroit ? je l'interroge tandis que nous nous frayons un chemin dans la foule qui se déhanche devant des joueurs de *steel drum*.

– Je suis tombé dessus par hasard il y a deux ans. À l'époque, j'en avais quinze. J'étais arrivé d'Espagne six mois plus tôt avec mon père et ma belle-mère. (Il frôle une bande de filles qui doivent se pencher pour éviter ses ailes.) Kasia a débarqué quelques semaines plus tard, et Zahra en mars dernier. On se retrouve ici toutes les semaines. Chaque jeudi à 23 h 21. On n'en a pas raté un seul.

J'ignore combien de temps nous marchons et si nous parcourons quelques mètres ou plusieurs kilomètres. Mais une fois de plus, à la seconde où je commence à fatiguer, la foule autour de nous disparaît et nous atteignons la berge d'une rivière.

Kasia, étendue sur une couverture, lit un gros livre, et Zahra est assise au bord de l'eau entre un garçon portant une veste en jean et une fille, vêtue d'un uniforme scolaire semblable à celui de Jake, qui tient un étui de violon sur les genoux. En nous voyant approcher, le garçon nous fait signe de la main. Il est assez séduisant : peau mate, épais sourcils, cheveux blonds décolorés, oreilles légèrement décollées qui lui donnent un air attendrissant. Quand je vois le sourire complice qu'il échange avec Nico, mon cœur se serre.

– Coucou, tout le monde. Je vous présente Brody, mon nouvel « Enfant Perdu », lance celui-ci avec un clin d'œil à l'intention de Kasia.

Elle lève les yeux au ciel derrière son livre tandis qu'il se laisse tomber sur l'herbe. Le garçon à la veste en jean dit quelque chose en espagnol, et Nico lui répond en riant. J'ai beau étudier cette langue au lycée, ils parlent beaucoup trop vite pour que je comprenne autre chose que « *niños perdidos* ». Contrairement à Kasia, le garçon n'a pas l'air contrarié que je sois là. Il se dresse sur ses genoux et me tend la main.

– Je m'appelle Dani, dit-il en anglais. Bienvenue à Everland.

– Ce n'est pas le terme *officiel*, précise Kasia, toujours sur le même ton agacé. Cet endroit a des tas de noms. Everland n'est que l'un d'entre eux. C'est une référence à Neverland, le Pays Imaginaire de Peter Pan.

– Merci, Siri, réplique Nico, son aile droite appuyée contre l'épaule de Dani. Vous auriez vu sa tête quand il a franchi la porte. J'ai cru que sa mâchoire allait tomber par terre !

– Tiens, ça me rappelle quelqu'un, le taquine Dani avant de l'imiter en s'empoignant les cheveux : « Où suis-je ? Que se passe-t-il ? Je dois être en train de rêver ! »

Nico, hilare, fait semblant de lui donner une tape. Dani se penche vers lui et l'embrasse. La déception me transperce le cœur comme un poignard. C'est ridicule ; je suis trop jeune pour Nico. Et même si on avait le même âge, je n'aurais sans doute aucune chance. Mais je n'ai pas très envie de leur tenir la chandelle, alors je vais m'asseoir un peu plus loin, à côté de Zahra et de la violoniste.

– Je m'appelle Miyumi, se présente celle-ci d'une voix mélodieuse teintée d'un léger accent japonais. Enchantée. Comment te sens-tu ? La première fois que je suis venue ici, j'étais complètement perdue. Je me suis pincée jusqu'à me faire saigner.

– Et moi, j'ai plongé dans la rivière pour me réveiller, renchérit Zahra en cueillant une fleur. Laisse-moi deviner : Nico t'a embarqué dans une rave, puis dans un festival de musique, puis dans une fête tellement déjantée qu'en comparaison, Ibiza ressemble à une maison de retraite.

– Hum, oui, c'est à peu près ça. On a vu un groupe de *steel drum*… une parade… des feux d'artifice…

Malgré mes efforts pour me rappeler le reste, tout s'est enchaîné si vite que mes souvenirs sont flous.

Miyumi secoue la tête, l'air attendri.

– Nico adore faire la fête et visiter les endroits les plus fous. Mais ce n'est pas comme ça partout. Il y a beaucoup de coins tranquilles par ici.

Zahra désigne leur amie, qui a repris sa lecture de *La Physique de l'impossible* de Michio Kaku.

– Kasia, par exemple, passe le plus clair de son temps à la bibliothèque. Tu parles d'une rebelle !

En l'entendant, celle-ci fait le signe des cornes avec sa main droite. Puis, pour la première fois, elle me regarde sans animosité.

– Tu n'imagines même pas le nombre de livres qu'il y a là-bas. C'est hallucinant. On se croirait dans la bibliothèque d'Alexandrie. Je t'y emmènerai un jour, si tu veux.

– Oh, euh, d'accord. Pourquoi pas.

La bibliothèque n'est pas vraiment en tête de ma liste de priorités, mais je ne veux pas la contrarier.

– Génial, intervient Nico. Après, on pourra visiter le musée des tondeuses à gazon et une expo sur le temps de séchage de la peinture. On va s'éclater.

Kasia lui fait un doigt d'honneur tandis que Zahra le traite d'inculte. Malgré leurs chamailleries, leur amitié est évidente. D'habitude, je suis un peu mal à l'aise en présence d'un groupe de gens qui se connaissent depuis longtemps. Mais pas là. Ils m'incluent dans leurs conversations comme si on traînait ensemble depuis des années. Des copains de Dani passent nous voir, et une violoncelliste s'arrête pour parler avec Miyumi. Sur la rivière, des dizaines de bateaux – gondoles, goélettes, canoés – se dirigent vers la mer. Deux hommes jouent du ukulélé à bord d'une péniche, et une troupe de théâtre flottant jette l'ancre devant nous afin de nous gratifier d'un spectacle improvisé.

Je me demande où ils vont et ce qu'il y a en aval, mais je repousse mes questions dans un coin de mon esprit, car je n'ai pas oublié les conseils de Nico : je suis là pour m'amuser sans me prendre la tête.

Et le fait est que je passe un excellent moment. Je me sens différent ici. Il n'y a que chez Megan que j'arrive à être aussi détendu, loin de Jake, de Leanne, de Michelle et de tous les crétins du lycée. Ici, je n'ai pas peur qu'on se moque de moi dès que je dis ou fais quelque chose. Je n'ai pas l'impression de détonner par rapport aux autres. C'est un sentiment bizarre, un peu comme quand on meurt de faim, mais qu'on ne s'en aperçoit qu'en passant à table. Ou qu'on est épuisé mais qu'on n'en prend conscience qu'une fois couché. Sans le savoir, j'attendais ça depuis toujours.

Alors que j'admire une course de voiliers, Nico vient s'asseoir près de moi. Il s'est absenté à deux reprises ce soir. La première fois, seul, la deuxième, avec Dani. Il a maintenant des pétales blancs dans les cheveux en plus des confettis.

– Comment ça va ? Tu crois toujours que je t'ai piégé pour faire des vues sur YouTube ?

– Non, ou alors, tu serais sacrément doué. C'est… dingue.

– J'étais sûr que ça te plairait. Kasia est persuadée qu'on doit trouver Everland par ses propres moyens, mais je ne suis pas d'accord. Dès que je t'ai vu hier, j'ai senti que tu étais fait pour cet endroit. Et qu'il était fait pour toi.

Il me sourit. La déception que j'ai ressentie en le voyant embrasser Dani n'a pas complètement disparu, mais elle commence à s'atténuer. De tous les gens que Nico connaît, il n'en a invité que trois ici. Dont moi. Ce n'est pas rien.

– Et puis je suis content de partager ça, reprend-il. C'est la meilleure chose qui me soit arrivée. Si je pouvais, je resterais ici pour toujours.

Je me rends compte que j'ai perdu la notion du temps. Je sors mon téléphone pour regarder l'heure, mais l'écran reste noir. Plus de batterie. Il doit être pas loin de 2 heures du matin. Si ma mère arrive avant moi, elle risque de paniquer et d'appeler la police. Je me lève à contrecœur.

– D'ailleurs, il doit être tard. Je ferais bien d'y aller.

– Mais on a encore… commence Nico, avant de s'interrompre et de sortir un paquet de cigarettes de sa poche arrière. OK, je te rejoins bientôt. J'ai juste quelques personnes à voir avant.

Dani et Miyumi nous font au revoir de la main. Kasia se contente d'un petit hochement de tête et Zahra promet également de me suivre dans une minute. Je longe la berge en direction de la zone lumineuse au confluent des trois rivières. Je traverse des lieux par où je n'étais pas encore passé : un joli jardin fleuri où trône une fontaine en forme d'étoile, un campement de tentes multicolores. Sans trop savoir comment, je parviens à retrouver mon chemin jusqu'au pont, la colline et la porte verte. Après un dernier coup d'œil à la vallée en contrebas, je tire sur le battant et franchis le seuil.

Un courant d'air glacé me fouette la peau. Il a recommencé à pleuvoir. Je constate avec soulagement qu'il fait encore nuit. Au moins, je serai rentré avant l'aube.

Tandis que je descends les marches surdimensionnées, la porte s'ouvre dans mon dos. Kasia apparaît, suivie de Nico et de Zahra. Je suis un peu surpris ; ils étaient donc juste derrière moi ? Comment ai-je pu ne pas les voir ?

– Hé, Brody ! m'interpelle Nico comme s'il ne m'avait pas vu depuis des jours, alors que ça fait à peine quelques minutes. On a besoin de ton avis : gaufrettes vanille ou chocolat ?

La porte verte devient floue, puis s'évanouit.

– Hum… Vanille, évidemment. Le chocolat, c'est trop cliché.

Il lève la main pour me faire un check.

– On est d'accord ! Tu vois, Kasia, tu n'as aucun goût.

– Tu ne manges même pas de gâteaux ! s'offusque celle-ci. Si je disais que j'aime respirer, tu trouverais encore le moyen de me contredire.

Nous descendons la colline pour rejoindre Regent Road. Zahra chantonne à mi-voix pendant que Nico et Kasia continuent à débattre de biscuits et d'oxygène. À l'approche du centre-ville, les doutes que j'avais refoulés refont peu à peu surface. La rivière, les arbres, les cascades, tous ces gens, ces lieux… Ils venaient forcément de quelque part.

Les questions font boule de neige dans ma tête jusqu'à devenir trop énormes pour que j'ose les affronter. Je décide donc de les ignorer – pour le moment – et me concentre sur la discussion de Nico et de Kasia.

Lorsque nous atteignons l'extrémité ouest de Princes Street, je désigne mon arrêt de bus.

– Je suis arrivé. Est-ce que… euh… est-ce que je peux revenir la semaine prochaine ?

Le visage de Kasia se ferme, mais les autres me sourient.

– Évidemment, me répond Nico. Cet endroit t'appartient autant qu'à nous, maintenant. Attends, je te donne mon numéro.

Comme mon téléphone est toujours éteint, il sort un stylo de sa poche et le note sur ma main.

– N'oublie pas : 23 h 21. Ne sois pas en retard !

Je les regarde s'éloigner – Sailor Moon, le loup-garou et le garçon aux ailes bleues. Avant de tourner au coin de la rue, Nico me fait un dernier signe de la main. Deux hommes le fixent d'un drôle d'air, mais il ne s'en aperçoit pas. Ou alors, il s'en fiche.

J'ai toujours mon masque de squelette sur le crâne. J'attends que les autres aient disparu avant de le glisser sous mon gilet. Contrairement à Nico, je n'ai pas envie qu'on me remarque. Ça me gêne.

Mon téléphone revient à la vie dès que je monte à bord du 22. Pas d'appels manqués. Et, bizarrement, l'horloge indique 23 h 38. L'absence de réseau à Everland a dû la détraquer. Pendant que le bus descend Leith Walk au ralenti, je me tortille sur mon siège. Ma mère va me tuer. Enfin, pas littéralement. Elle pourrait me punir, mais je ne sors jamais et elle ne peut pas me priver d'argent de poche puisque je n'en ai pas. N'empêche que je n'aime pas la contrarier. Elle a déjà assez de problèmes à gérer sans que j'en rajoute en disparaissant pendant des heures.

Mais ça ne m'empêchera pas de recommencer la semaine prochaine.

Quinze minutes plus tard, le bus me dépose devant Mackay House. Je traverse la cour à toute vitesse et je grimpe l'escalier jusqu'au 9B. Jake est toujours assis au bureau, en train de feuilleter un livre dans la lueur blanchâtre de l'écran. Il tourne la tête vers moi en bâillant.

– Tu étais où ?

– Je… je suis sorti prendre l'air. J'avais mal à la tête. (Je jette un coup d'œil autour de moi. Les chaussures de ma mère ne sont pas dans l'entrée, et son manteau n'est pas suspendu au dossier de sa chaise.) Maman n'est pas là ?

Il me dévisage, les yeux rougis par les heures passées devant l'ordinateur.

– Non, pas encore. Elle ne finit pas avant 1 heure du matin, je crois.

– Ah. OK.

Je fixe les petits chiffres au bas de l'écran : 23 h 57. *Hein ?*

Mon frère m'observe bizarrement avant de retourner à sa dissertation. Une idée inconcevable se fraie un chemin dans mon esprit. Une fois dans ma chambre, je retire mon manteau, je range le masque humide dans le placard et j'allume la vieille radio posée sur l'étagère de Jake. Clo sursaute et me fusille du regard avant de se rendormir au pied de mon lit. Les mains tremblantes, j'attends que la chanson – un vieux tube des Take That – se termine. Enfin, une voix d'homme s'élève par-dessus les derniers accords.

– Vous écoutez Forth One, et dans deux minutes, il sera minuit.

Minuit moins deux. Mon téléphone pourrait se tromper, l'ordinateur pourrait se tromper, mais pas la radio.

Nous avons arpenté toute la vallée, participé à des dizaines de fêtes, de festivals et de concerts, j'ai discuté avec Nico, Zahra et les autres pendant des heures… Mais il ne s'est écoulé que trente-sept minutes depuis que j'ai poussé la porte d'Everland.

Chapitre 6

– Tu me caches un truc.

On est vendredi midi, et je suis assis dans la cour du lycée avec Megan. Elle picore un sandwich thon-mayonnaise pendant qu'on regarde *RuPaul's Drag Race* sur son téléphone. On en est à la saison six, l'une de mes préférées, mais je suis incapable de me concentrer sur le concours de drag queens. Depuis ce matin, j'avance dans un brouillard. En cours d'histoire, Michelle m'a balancé que j'avais « plus de cratères sur la tronche qu'il y en a sur la Lune ». J'ai à peine bronché. Je n'arrête pas de penser à Everland, à la porte verte surgie de je ne sais où, au fait que je suis rentré chez moi super vite alors que je suis resté là-bas des heures, à mes chances d'y retourner la semaine prochaine sans me faire prendre. Et à Nico.

Je n'arrête pas de penser à Nico.

– Youhou ? Brody ? insiste Megan en me poussant du coude.

Je cligne des yeux.

– Quoi ?

– Reviens sur Terre !

– Comment ça ?

À l'écran, RuPaul décrit le challenge de la semaine. Un nouvel épisode a dû démarrer sans que je m'en aperçoive.

– Tu ne dis rien, continue mon amie. Tu n'as jamais été bavard, mais aujourd'hui, c'est carrément *Le Silence des agneaux*.

– Ce n'est pas un film sur le silence, tu sais. Ni sur les agneaux.

Elle détache une miette de pain de son sandwich. J'ai englouti ma baguette au poulet tikka en moins de deux minutes, mais il lui faut une heure pour finir son repas. Le fait qu'elle ne cesse de parler et que son téléphone soit greffé à sa main ne lui facilite sans doute pas la tâche.

– N'empêche, je suis sûre qu'il y a des dialogues. (Elle roule sa miette de pain en boule et me la jette.) Peut-être que je devrais manger avec Hannibal Lecter demain. Lui, au moins, il me ferait la conversation.

Un ballon de foot rebondit contre le mur au-dessus de ma tête. Je sursaute. Le garçon en manteau rouge qui vient le récupérer m'ignore superbement mais s'excuse auprès de Megan. Il faut dire qu'elle compte presque parmi les élèves populaires, entre autres grâce à son frère, Harry, qui organise des fêtes « légendaires » chez eux. Et aussi parce qu'elle est très jolie – dents blanches d'actrice hollywoodienne, chevelure tout droit sortie d'une pub de shampoing. Et intelligente, avec ça. Parmi les premiers de la classe dans toutes les matières. C'est ma meilleure amie depuis qu'elle est arrivée de Manchester à l'âge de neuf ans, après le divorce de ses parents. Elle aurait pu intégrer le groupe des stars du lycée ou celui des intellos, et pourtant, c'est avec moi qu'elle choisit de passer ses pauses déjeuner, à traîner en salle de musique ou à mater des vidéos.

– Je ne te cache rien du tout, Meg. Je suis concentré sur l'émission.

Je sens son regard soupçonneux sur moi.

– Non, tu n'es pas comme d'habitude. Tu es perdu dans tes pensées. C'est à cause de Leanne et de Michelle ? Elles t'ont encore soûlé ? Tu veux que je leur casse la gueule ? Je sais que tu n'aimes pas la violence, mais franchement, ces deux-là méritent une bonne leçon.

– Ça ira, pas la peine. Je suis juste fatigué. Un crétin bourré m'a réveillé en jouant du tambour sur les poubelles devant chez moi. J'ai eu du mal à me rendormir.

– OK. Mais pour info, ajoute-t-elle en levant les poings, Dwayne Johnson et The Rock sont là en cas de besoin.

Je la repousse en riant.

– C'est la même personne, patate.

Durant une seconde, je suis à deux doigts de lui parler d'Everland. Mille détails autour de moi m'y font penser : le badge Sailor Moon sur le sac d'Aimee McDougall ; *Heroes* qui passe à la radio de la cantine ; le duffle-coat de Rongrong Li, exactement du même bleu que les ongles de Nico… Toute la journée, j'ai eu du mal à garder ça pour moi, et encore plus à suivre nos conversations à sens unique. Je ne rêve que d'une chose, que jeudi arrive.

Je pourrais peut-être lui parler de Nico ? Megan a beau être une commère, elle sait tenir sa langue lorsqu'il le faut. Elle est, par exemple, la seule à qui j'ai avoué être gay. Et ça lui prouverait qu'il y a autre chose dans ma vie qu'un chat et une batterie. Megan passe son temps à envoyer des SMS à des mecs, à sortir et à rompre avec eux. Elle me demande sans cesse si je vois quelqu'un, et jusqu'ici, je n'ai jamais eu grand-chose à lui raconter. Je n'ai jamais embrassé personne d'autre qu'elle, à titre d'expérience, quand on avait treize ans. (Une expérience malheureuse : je me suis coincé la lèvre dans son appareil dentaire, et elle m'a reproché mon haleine de poulet à l'ail.)

Mais au moment où j'ouvre la bouche, son téléphone sonne. Elle met l'émission sur pause pour consulter ses messages.

– Non mais je rêve ! s'exclame-t-elle. Écoute un peu ce qu'Adam m'écrit.

Elle me lit le long message incompréhensible que son coup de cœur du moment vient de lui envoyer. Le temps que la cloche retentisse, je connais le prénom de la mère du type (Linda), son signe astrologique (Taureau) et le nombre de fois où il est allé à Lanzarote (deux). Mon envie de parler de Nico est retombée comme un soufflé. De toute façon, si je le faisais, je finirais probablement par tout déballer. Et Megan s'inviterait à Everland la semaine prochaine, ne serait-ce que pour s'assurer que je n'ai pas pété les plombs, avec mes histoires de monde secret caché sous Calton Hill.

Je ne suis pas prêt pour ça. J'adore Megan, elle est drôle, extravertie, et sait toujours quoi dire. Le plus souvent, ça m'arrange ; ça me permet de rester tranquillement dans l'ombre. Mais parfois, c'est étouffant. En sa présence, je deviens le second rôle, le faire-valoir qui la fait briller. Et si ça ne me pose pas de problème au lycée ou dans les soirées, je ne veux pas que ça arrive avec Nico. Ni à Everland.

Lorsque la journée se termine, mes souvenirs de la nuit dernière commencent déjà à s'estomper, comme si j'avais rêvé. Je me souviens encore du visage de Nico éclairé par le feu d'artifice, des gens que j'ai rencontrés, des conversations que j'ai eues, mais les lieux et les atmosphères deviennent flous. J'en viens même à douter de leur existence. La porte… les rivières… les arbres… tout.

Il me faut des preuves.

Comme je n'ai plus de forfait Internet sur mon téléphone, je dois attendre que Jake aille chez son copain Amir pour utiliser l'ordinateur. Quand je tape « everland calton hill », je ne trouve que des critiques TripAdvisor et le site d'un parc à thème en

Corée du Sud. Je n'ai pas plus de succès avec « everland édimbourg » et « everland monument national écosse ».

Un frisson de peur me saisit. Les couleurs qui miroitaient entre les colonnes du monument, la licorne dorée, tout ça n'était pourtant pas discret. Il doit bien y avoir quelqu'un qui les mentionne quelque part – un touriste intrigué sur un forum, ou même un ancien visiteur se vantant sur Reddit. Mais j'ai beau parcourir page après page de résultats, je ne trouve rien. Comme si tout ça n'existait que dans ma tête.

À défaut de trouver Everland, je peux peut-être me renseigner sur Nico ? Kasia a mentionné son nom de famille pendant l'une de leurs disputes hier soir : Clark Calderón. Après une vingtaine de tentatives infructueuses, je finis par aboutir à la bonne orthographe et par tomber sur sa page Twitter (qu'il n'a pas actualisée depuis trois ans) et son compte Instagram. Il n'y a pas beaucoup de photos. Sur l'une d'elles, je reconnais Zahra et Kasia posant dans des costumes étranges devant les colonnes du Monument national. Si ces filles sont réelles, Everland l'est aussi.

Tout en effaçant l'historique de recherche, je commence à regretter de ne pas en avoir parlé à Megan. Ça rendrait peut-être les choses moins mystérieuses si quelqu'un de ma vie « normale » était au courant.

Mais puisque je partage déjà ma chambre avec Jake, et ma batterie avec tous les Dave Grohl en puissance du lycée, j'ai envie d'avoir ce secret rien qu'à moi.

Chapitre 7

Ma mère n'était pas censée travailler ce jeudi. Mais, coup de chance, on lui demande de remplacer une de ses collègues, qui a mangé un cocktail de crevettes avarié. Je me prépare à partir juste avant 23 heures en remerciant le ciel pour les fruits de mer douteux et l'estomac fragile de Margaret. Jake m'observe pendant que je mets mes chaussures, mais ne me demande pas où je vais. Après avoir ajouté « dissert interminable et chiante sur je ne sais quel sujet » à la liste des choses pour lesquelles je remercie le ciel, je sors de l'immeuble.

Malgré le froid, Leanne et Michelle sont assises sur les balançoires. La lueur bleutée des écrans de leurs téléphones leur donne des airs de fantômes. Saisi d'angoisse, je remonte ma capuche sur ma tête et j'accélère le pas. Michelle me rattrape.

– Tu vas où, Princesse ? lance-t-elle en me barrant le chemin, les bras croisés sur son pull rose pâle. Au bal ?

– Lâche-moi.

J'essaie de la contourner, mais elle se décale sur la gauche. Le temps que je passe à droite, Leanne nous rejoint.

– Tu devrais déjà être au lit, ricane-t-elle. Ta maman sait que tu es dehors à une heure pareille ?

Elle tend la main pour m'ébouriffer les cheveux, mais je la repousse. Les deux filles prennent un air choqué alors que je l'ai à peine effleurée. Comme si c'était *moi* qui dépassais les bornes.

– Tu veux me frapper, c'est ça ? dit Leanne. Vas-y, je t'en prie. Essaie un peu, pour voir.

Je ne m'y risquerai pas, et elle le sait. Je n'ai jamais frappé personne, à l'exception de Jake quand, petits, on se bagarrait. Par moments, j'ai l'impression que c'est exactement ce qu'elle cherche. Elle a conscience d'être une peste, elle sait que son comportement relève du harcèlement. Si je la frappais, les rôles seraient inversés : je deviendrais le méchant de l'histoire. Et elle aurait raison de m'en vouloir. Même si elle me fait vivre un cauchemar depuis des années, je refuse d'avoir recours à la violence.

Alors j'essaie une nouvelle fois de m'échapper par la droite, mais Leanne est plus rapide que moi. Michelle tire sur mon sac en me demandant pourquoi je suis si pressé. Le 22 apparaît au coin de la rue. Je laisse glisser les bretelles de mon sac sur mes épaules, prêt à l'abandonner avec le costume qu'il contient. Aujourd'hui, c'est un masque d'Anubis fabriqué par Keira pour un exposé sur l'Égypte antique, que j'ai amélioré avec du feutre noir et du vernis à ongles doré. Le bus se range le long du trottoir. Merde. *Merde*.

– Hé !

Neuf étages plus haut, la tête de Jake surgit de la fenêtre de notre chambre.

– Dégage, Leanne, lance-t-il d'une voix plus lasse qu'agressive. Fous-lui la paix.

À défaut d'avoir peur de mon frère, Leanne et Michelle le respectent. Il a beau fréquenter une école de snobs et porter un uniforme ringard, il parvient à en imposer dans le quartier. Je n'ai jamais compris comment.

Leanne recule en riant ; Michelle lâche mon sac. Je pique un sprint et j'atteins le bus au moment où le chauffeur met son clignotant pour repartir.

– Heureusement qu'il y a toujours un héros pour voler à ton secours, hein, Princesse ? se moque Leanne dans mon dos.

Les portes se referment sur moi, m'épargnant le reste de ses commentaires. Je m'affale sur le premier siège libre. Je devrais être reconnaissant à mon frère de m'avoir aidé à leur échapper, mais je suis trop énervé qu'il nous ait espionnés par la fenêtre. Visiblement, il n'est pas aussi accaparé par ses devoirs que je le pensais.

Nico et les autres m'attendent devant le monument. Ce soir, il arbore un maquillage de chat dans des tons de rose, d'orange et de jaune, ainsi qu'une coiffe incroyable composée de grandes plumes fluo. Lorsque je lui montre mon masque d'Anubis, il me tape dans la main.

– Génial ! s'exclame-t-il en le tournant et le retournant dans la pénombre. Sérieux, Brody, tu n'as rien à m'envier. C'est du super boulot.

– Pff, tu parles.

Mon regard passe de ses longs cils noirs à la courbe de ses lèvres, puis aux taches de rousseur que l'on devine sous son maquillage. J'essaie de ne pas sourire comme un idiot, mais j'ai du mal.

– J'aime bien ton… truc en plumes.

– C'est censé être une crinière. Je voulais ressembler à un lion punk – Aslan qui part en rave à Narnia.

Nous patientons encore deux minutes avant que la porte apparaisse. Même si ce n'est plus nouveau pour moi, ça me donne le vertige : les couleurs qui illuminent peu à peu l'espace sombre entre les colonnes, les volutes vert et or qui se densifient et finissent par matérialiser une porte. J'inspecte les moindres reliefs du bois, les moindres gravures de la tête de licorne. Je pose une main sur les vitraux ; ils sont durs, froids et humides. Bien réels.

– Personne ne vient jamais voir ce qui se passe en apercevant la porte de loin ? je m'étonne alors que Zahra actionne le heurtoir.

– Si, parfois, me répond Kasia, affublée cette semaine d'une combinaison dinosaure. Vous vous souvenez du groupe de touristes allemands qui s'est engouffré derrière nous l'année dernière ? On leur a dit que c'était une soirée privée, mais ils avaient l'air perplexes.

– C'est quand même fou que ça n'arrive pas plus souvent, j'insiste en franchissant le seuil.

– La porte n'est visible qu'à quelques mètres de distance, m'explique Zahra, déguisée en Sans-Visage du *Voyage de Chihiro* – l'un des films préférés de Megan. En général, ceux qui tombent dessus croient que c'est un truc artistique, une projection ou quelque chose comme ça.

Nico entre à son tour.

– Et s'ils sont assez curieux pour revenir, pour se demander ce que ça cache, c'est qu'ils ont leur place ici, conclut-il.

La porte se referme dans notre dos. Le ciel est éclairé d'une lueur rosée par le soleil qui se couche derrière les montagnes. Nous ne prenons sans doute pas le même chemin que la première fois, car nous arrivons sur une place différente au pied de la colline. Elle est plus grande, avec une immense fontaine ronde, des pavés clairs et de vieux bâtiments de pierre dont les fenêtres sont protégées par des stores bruns. Quelques personnes sont assises autour de petites tables, en train de lire ou d'admirer le ciel. Dani, seul dans un coin, prend des notes dans un carnet. Il fait doux, presque chaud. Je n'ai jamais voyagé à l'étranger, mais je suppose que c'est à ça que doivent ressembler la Grèce ou l'Italie.

Nico pose une main sur mon épaule.

– Je dois discuter avec Dani. Ça ne t'embête pas d'explorer sans moi ? Je te rejoindrai plus tard.

J'ai un peu de mal à encaisser la nouvelle après avoir attendu toute la semaine pour le revoir, mais je hoche la tête.

– Pas de problème, je me débrouillerai. Tu veux que je t'attende quelque part ?

– Pas besoin. On finira par se trouver.

Je le regarde courir vers Dani, dont le visage s'illumine en l'apercevant. Il l'embrasse sur la joue, se laisse tomber sur une chaise en face de lui, parle avec animation en agitant les mains. Il lui raconte probablement tout ce qui s'est passé depuis la dernière fois. Quand Dani se penche afin de chasser une poussière de son visage, Nico attrape sa main et leurs doigts s'entremêlent.

Je tente d'ignorer la nouvelle flèche de déception qui me transperce le cœur. Nico et moi, on est amis. Et si ce n'est pas tout à fait ce que j'espérais, ça n'est pas moins bien pour autant.

La semaine dernière, quand il m'a fait visiter, la foule était partout – dans les fêtes, les concerts, au marché... Ce soir, c'est beaucoup plus calme. Je quitte la place par une large rue bordée d'orangers qui me mène au bord d'une rivière. De minuscules poissons dessinent des éclairs de cobalt au ras de la surface. Des gens trempent leurs pieds dans l'eau, se baignent, se promènent en barque. Certains me sourient et me font signe. Une vieille dame m'offre une pastille de menthe ; un jeune homme assis sur un radeau me parle dans une langue inconnue. Je ne le comprends pas, mais ça ne fait rien. Nous rions ensemble.

J'ai l'impression que le monde m'appartient. Plus j'avance, plus je me sens chez moi.

Au bout d'un certain temps, je ne saurais pas dire combien, une voix s'élève dans le silence. C'est celle que j'ai entendue chanter du Bowie la semaine dernière. Elle interprète une reprise magnifique de *Sweet Dreams (Are Made of This)*. Guidé par la musique, je tombe bientôt sur un attroupement autour d'une petite scène. La chanteuse, une grande femme noire en robe rouge avec de longues boucles d'oreilles en or, susurre dans le micro, les yeux fermés. Un gros type blanc en tee-shirt des Pink Floyd gratte une basse tandis qu'une petite Indienne joue de la guitare. Des ampoules nues suspendues au-dessus d'eux les éclairent d'une lueur jaune. Et au fond de la scène, abandonnée, scintille une batterie.

C'est une Gretsch des années 1970, mille fois mieux que l'instrument pourri sur lequel je joue au lycée. Mes mains me démangent. Sans réfléchir, je fends la foule et je gravis les marches alors que la chanson se termine. Les musiciens se retournent. Je rougis.

– Euh, salut. Je m'appelle Brody. Est-ce que… (Les mots restent coincés dans ma gorge, mais je me force à continuer.) Est-ce que vous auriez besoin d'un batteur ?

Ils ont tous l'air ravis. La chanteuse joint les mains devant sa poitrine.

– Ce serait formidable ! s'exclame-t-elle d'une voix un peu moins grave que lorsqu'elle chante, teintée d'un accent sud-africain. Le nôtre ne vient plus depuis quelque temps. Je suis Esther, et voici Arnau et Sandhya.

– Installe-toi, me propose cette dernière en désignant la batterie. On va enchaîner avec une compo d'Esther. Tu n'auras qu'à te lancer quand tu seras prêt.

– OK, cool. Merci.

Je sens que le public m'observe. Je l'entends murmurer. Alors je baisse mon masque d'Anubis devant mon visage avant de m'asseoir. Dès que je m'empare des baguettes, mon trac s'évanouit. Ici comme dans le monde extérieur, je ne suis jamais aussi à mon aise que derrière une batterie.

J'ai commencé à en jouer quand j'avais sept ans, le jour où Jake s'est ouvert le menton. Mes parents m'ont confié à une voisine, le temps de le conduire aux urgences. Heather. Une droguée aux cheveux bleus et aux tatouages de sirènes, qui n'avait pas la moindre idée de comment occuper un enfant. Elle m'a assis derrière la caisse claire pendant qu'elle allait me chercher à manger. Aussitôt, je me suis lancé. Mes pieds ne touchaient pas les pédales, je tenais probablement les baguettes à l'envers, mais ça ne m'a pas arrêté.

N'importe quel gamin serait content de taper sur un tambour pendant une heure. Mais pour moi, ça ne se résumait pas à ça. C'était tellement… *fort*. On me reprochait toujours d'être trop timide, trop discret, de ne pas dire bonjour, de ne pas me faire d'amis facilement… Soudain, je reprenais le contrôle. J'avais du pouvoir. J'avais une voix.

Quand Heather est revenue avec une boîte de pêches au sirop et deux Kit Kat, elle m'a regardé comme si je m'étais métamorphosé en Meg White. Elle m'a demandé si j'avais déjà joué de la batterie, et je lui ai répondu que non. Elle a secoué la tête, ébahie, pendant deux bonnes minutes. Je pensais qu'elle était en colère, jusqu'à ce qu'elle s'approche, règle le siège, me montre comment tenir les baguettes et me donne le nom des différents éléments qui composaient l'instrument.

Après ça, j'y suis retourné plusieurs fois par semaine. Quand elle n'était pas trop défoncée, Heather me donnait même des leçons. Parfois, on s'allongeait sur son tapis pour écouter des vinyles. Elle m'a fait découvrir Sheila E. et Keith Moon, Questlove et Janet Weiss. À sept ans, mes goûts musicaux étaient encore douteux, mais elle ne s'est jamais moquée de moi. Je pouvais jouer tout ce que je voulais. Puis, quand j'ai eu onze ans, ma famille a dû déménager et mes cours avec Heather se sont arrêtés. Désormais, la salle de musique du lycée est le seul endroit où je peux répéter ; j'essaie donc d'en profiter au maximum.

Mais là, c'est autre chose. Cette batterie me rappelle mes visites chez Heather et le plaisir que je ressentais alors. Comme si le monde entier pouvait être transcrit en mesures et en battements, comme s'il était aussi facile d'y trouver sa place que de marquer le bon tempo. Nous jouons un set complètement disparate, allant du disco au reggaeton en passant par le jazz et les musiques de Bollywood. La plupart des morceaux me sont inconnus, mais j'improvise et, bizarrement, ça tient la route. Mieux que ça, même. Je pourrais continuer toute la nuit. Je pourrais continuer jusqu'à la fin de mes jours.

Quand je relève la tête après deux ou trois chansons – ou plus, car j'ai perdu le compte quelque part entre Johnny Cash et un air traditionnel malien –, je repère Nico dans la foule, qui danse en faisant onduler sa crinière de lion. Esther finit par nous proposer une pause, et il me rejoint sur scène.

– J'hallucine ! s'extasie-t-il. Tu es hyper doué ! On dirait, euh, il y a qui, comme batteur célèbre ? Ringo Starr ! On dirait Ringo Starr en plus jeune.

– Je suis plutôt fan de Sheila E, mais merci. (Je remonte mon masque pour lui sourire.) Je serais encore meilleur si j'avais une batterie chez moi.

– Tu as celle-là, maintenant, réplique Esther depuis le devant de la scène. Tu te débrouilles vraiment bien ; reviens quand tu veux. C'est beaucoup plus sympa de chanter avec une rythmique.

Nico descend d'un bond et je lui emboîte le pas. J'ai l'impression de repartir par là où je suis arrivé, mais quand je me retourne pour jeter un dernier coup d'œil à la scène, elle a déjà disparu. À la place de la prairie que j'ai traversée à l'aller, nous tombons sur un terrain vague couvert de gigantesques sculptures d'animaux en métal. Ce changement de décor est si perturbant que ça me donne le vertige. Je suis Nico entre les éléphants d'acier et les girafes de bronze, ne l'écoutant que d'une oreille tandis qu'il me parle des cartes qu'il vient de se faire tirer au marché.

Toutes les questions que j'ai chassées de mon esprit la semaine dernière ressurgissent. Il y a des choses que je ne peux plus ignorer : le paysage qui semble évoluer à chaque fois que nous passons d'un lieu à un autre, le temps qui ne passe pas, et...

– Nico. (Je m'arrête, essoufflé, pour regarder autour de moi.) C'est quoi, cet endroit ?

À son tour, il contemple le zoo métallique qui nous entoure. Trompes et cornes luisent doucement dans la lumière tamisée. Au-dessus de nos têtes, le ciel a toujours la même teinte de sorbet à la fraise, alors que nous sommes là depuis des heures. Nico s'assied sur la patte d'un lion en cuivre et envoie valser ses chaussures.

– La première fois que j'ai visité Everland, je venais de me prendre la tête avec ma belle-mère. Une histoire de vernis à ongles sur le canapé, je crois. Je ne me rappelle plus trop. (Il remonte ses jambes et entoure ses genoux de ses bras.) Mon père m'avait foutu à la porte. On se dispute tout le temps, mais il ne m'avait encore jamais chassé de la maison. Je n'avais nulle part où aller, alors j'ai erré en ville jusqu'à me retrouver à Calton Hill. Pile devant la porte. (Il s'interrompt, les yeux brillants.) J'ai passé une soirée incroyable. D'ailleurs, je ne sais même pas si on peut parler de « soirée ». J'ai eu l'impression que ça durait une éternité, ou au moins plusieurs jours. Et si j'étais resté absent aussi longtemps, ce n'était pas pour faire peur à mon père et à ma belle-mère, mais parce que j'en avais envie. Je pensais qu'ils seraient soulagés de me voir rentrer, sauf que, quand je suis arrivé chez moi, il était à peine minuit moins le quart. Je n'étais parti que quarante minutes.

Je sursaute.

– Comme moi la semaine dernière ! Je suis rentré avant minuit.

– On a chronométré, une fois. Techniquement, on ne passe qu'une minute ici, ce qui correspond à la durée d'ouverture de la porte. Ça équivaut parfois à des heures, parfois à des jours, mais dehors, le temps ne s'écoule pas.

– Tu veux dire que… c'est comme une espèce de monde de Narnia ?

– Un peu, oui. (Il désigne sa crinière en riant.) D'où mon costume !

Je secoue la tête, persuadé qu'il me fait marcher, même si tout ce que j'ai vu semble confirmer ses dires. Il sort un briquet en plastique de la poche de son jean et l'allume.

– Je ne peux pas te dire où on est exactement, reprend-il. Personne, enfin aucun des gens à qui j'ai posé la question. Tout ce que je sais, c'est que les choses fonctionnent différemment ici. On n'a pas besoin de manger ni de boire, mais on peut si on en a envie. On n'a pas non plus besoin de dormir. J'ai entendu dire qu'on ne pouvait pas mourir. En tout cas, rien ne peut nous blesser.

Il place sa main au-dessus de la flamme, qui lui lèche la peau. Au bout de dix ou quinze secondes, il me montre sa paume. Pas la moindre trace de brûlure. Il me tend alors le briquet et je l'imite en me mordant la lèvre, me préparant à la douleur. Elle ne vient pas. Je laisse ma main sur la flamme trente secondes, une minute, deux. À part un léger chatouillis, je ne sens rien.

– Ne me demande pas comment c'est possible, conclut Nico. Mais je dirais… qu'on n'est plus dans le monde réel.

Je me laisse tomber à côté de lui sur la patte de lion. C'était déjà difficile quand j'essayais d'appliquer les règles de la physique normale à cet endroit. Maintenant que je sais que c'est peine perdue, ça me fait des nœuds au cerveau… et un peu peur. Je suis tenté de partir en courant, de retrouver ma vie, qui se résume à jouer de la batterie et à regarder des documentaires. Une vie que je comprends, dans un monde linéaire et logique.

Mais à la seconde où Nico se tourne vers moi, un petit sourire aux lèvres, mes envies de fuite s'évaporent.

– Ce fameux soir, reprend-il, quand je suis rentré chez moi, rien n'avait changé. Mon père était toujours en rogne, ma belle-mère astiquait toujours le canapé comme une maniaque. Mais je m'étais suffisamment calmé pour leur présenter des excuses, même si ce n'était pas à moi de le faire. Cet endroit m'aide à mieux gérer ma colère et mon énergie. Au bout du compte, c'est ce qui le définit le mieux : il offre à chacun ce dont il a besoin.

Lorsque j'entends ces derniers mots, tout s'éclaire subitement. Il y a ce monde, et il y a l'autre. Il y a les règles d'ici, et les règles du dehors. Aussi inconcevable que ce soit, c'est comme ça. Je suis là. Tout ça appartient désormais à ma vie.

Et malgré les nœuds dans ma tête, cette vie ne m'a jamais paru aussi séduisante.

Chapitre 8

J'aime le samedi matin. C'est le seul moment de la semaine où j'ai le salon rien que pour moi. Keira a son club de théâtre, Jake va souvent dormir chez son copain Amir, et mes parents ont l'habitude de faire la grasse matinée quand ma mère ne travaille pas. Cette semaine, je décide de me lancer dans la confection d'un nouveau masque : Animal, le batteur du Muppet Show. Ça me paraît adapté si je dois devenir celui d'un groupe d'Everland.

Je regarde un tutoriel YouTube dans lequel une Américaine très enthousiaste me conseille de commencer par une tête en papier mâché. Comme je n'ai pas de ballon de baudruche pour servir de base, je réalise deux demi-sphères à l'aide de saladiers en Pyrex. J'ai déniché un faux nez dans un tiroir, et je coupe une balle de ping-pong pour les yeux. Pour imiter le monosourcil du personnage, j'arrache une patte à un vieux blaireau en peluche. C'est plutôt satisfaisant, de fabriquer quelque chose comme ça à partir de rien.

Vers 10 heures, mon père émerge de sa chambre. Il jette un regard étonné aux chutes de tissu étalées sur la moquette du salon, et à Clo, qui se bat sur le canapé avec le blaireau amputé.

– Qu'est-ce que tu fais ?

– Oh, je fabrique un masque pour une fête chez Megan. Sur le thème du Muppet Show.

Ce n'est pas un gros mensonge : Megan adore les Muppets – je ne sais pas trop pourquoi.

Mon père soulève la tête d'Animal en construction.

– Tu adorais te déguiser quand tu étais petit, me rappelle-t-il. Tu te souviens des ailes de fée Clochette que tu traînais partout ?

– Non…

En réalité, maintenant qu'il en parle, ça me revient : c'étaient des ailes délicates en tulle vert pâle avec des nervures rose vif. J'avais même une baguette magique assortie, avec une étoile au bout. J'ai un peu honte de m'imaginer, à cinq ans, sautillant à travers notre appartement dans cette tenue. Et puis je songe à Nico, qui était sûrement comme ça au même âge – qui l'est toujours, au fond.

– Ha ha, si, tu t'en souviens ! me taquine mon père. Tu ne les as pas quittées pendant des semaines ! Tu les mettais tout le temps, même chez McDo.

– Oh, ça va.

– Il n'y a pas de quoi être gêné ! J'adorais te voir jouer avec. Tu te fichais complètement du regard des autres. Si tu veux mon avis, c'est la meilleure attitude à avoir.

Une ombre triste passe sur son visage, comme toujours quand il évoque le passé. À l'époque, sa vie ne se limitait pas encore à quatre pièces et un écran de télé.

Mon père souffre d'agoraphobie. Ça a commencé il y a six ans, même s'il faut remonter plus loin pour en comprendre les causes. Il a quitté l'armée quand j'avais trois ans. Je n'ai pas la moindre idée de ce qu'il a fait là-bas, parce qu'il n'en parle jamais. J'ai vu quelques photos, un portrait officiel et deux ou trois clichés pris en Irak ou en Afghanistan, mais j'ai l'impression qu'il s'agit d'une autre personne. Ce jeune homme en uniforme camouflage et casque n'a rien à voir avec le père qui nous prépare à dîner et qui connaît par cœur les films de Werner Herzog.

Entre ces deux versions de lui, il y en a eu une autre. Quand on était petits, on avait un papa tout ce qu'il y avait de plus normal. Après l'armée, il avait trouvé du boulot comme peintre-décorateur. Il nous emmenait à la pizzéria, à la mer, au stade de foot ou à la piscine ; il sortait au pub avec ses copains ou au restaurant avec notre mère. Il était drôle, exubérant, parfois de mauvaise humeur. Il n'avait peur de rien.

Un soir, en rentrant du pub, il est tombé sur trois types qui tabassaient un gamin derrière le supermarché. Or, s'il y a bien une chose qu'il n'a jamais supportée, c'est l'injustice. Il se met dans tous ses états si plusieurs animaux s'en prennent à un plus faible dans un docu animalier. Cet événement est encore plus flou pour moi que ses années dans l'armée. Des hommes sans visage frappant mon père à la tête, piétinant son corps… comme s'il n'était même pas humain.

Il est resté deux jours dans le coma, avec des côtes cassées et une hémorragie cérébrale. J'avais dix ans. J'entends encore les voix feutrées des médecins en blouses blanches, les bips des machines et l'entrain forcé de l'infirmière nous proposant un chocolat chaud. Je revois encore le visage de ma mère, tendu, blafard, jusqu'à ce que ma grand-mère arrive et qu'elle éclate en sanglots d'une violence inouïe.

Et puis je me rappelle le moment où elle a fait irruption dans notre chambre pour nous annoncer que papa s'était réveillé. Je me rappelle notre départ pour l'hôpital, en pyjama, et le mélange de soulagement, de joie et de stress qui m'a envahi en le voyant assis dans son lit, couvert de contusions et de bandages, mais souriant. Il a eu droit à un article dans le journal : « Un courageux père de famille s'en sort miraculeusement après s'être interposé dans une bagarre. »

J'ai cru que c'était terminé. Que mon père était guéri et que tout allait revenir à la normale. Mais quand il a franchi les portes de l'hôpital une semaine plus tard, il a fait une crise de panique avant même d'atteindre la voiture.

Dit comme ça, ça ne paraît pas bien méchant. Ça ne colle pas avec les images que j'ai gardées de mon père en train de suffoquer, blanc comme un linge, les yeux exorbités, tirant des deux mains sur son col comme s'il était en train d'étouffer. Ça ne colle pas avec l'horreur que je lisais sur son visage ni avec la peur qui émanait de lui et me faisait paniquer. Ça ne colle pas avec les larmes de Keira ni avec l'inquiétude de Jake, qui n'arrêtait pas de lui demander ce qu'il avait.

Les crises se sont répétées, de plus en plus sévères. Un jour, en sortant de notre ancien appartement pour aller à l'école, je l'ai trouvé assis dans son van, les mains crispées sur le volant et le souffle court. Une autre fois, il s'est figé devant le kiosque à journaux alors qu'il nous emmenait au parc, Keira et moi. Les gens ont continué à promener leur chien et à faire leurs courses pendant qu'il s'effondrait à côté des poubelles. Pour eux, c'était un dimanche comme un autre ; pour lui, ça ressemblait à la fin du monde.

Il a commencé à se trouver des excuses pour rester à la maison. Il a démissionné de son travail – à moins qu'on ne l'ait renvoyé, je n'ai jamais vraiment su. Bientôt, il n'a plus mis le pied dehors. Sauf pour de rares rendez-vous à l'hôpital, il n'est pas sorti depuis des années. Ses blessures ont cicatrisé, ses contusions ont disparu, mais il ne s'est jamais remis de son agression. Ça a fait ressurgir quelque chose en lui, une peur enfouie depuis longtemps.

Plus jeune, je lui en ai beaucoup voulu. J'ai détesté devoir déménager, quitter mes amis et renoncer aux leçons d'Heather parce qu'il ne gagnait plus assez pour payer le loyer. Ça me mettait hors de moi lorsqu'il refusait de m'accompagner dehors, alors que Leanne et Michelle n'auraient pas osé m'embêter devant lui. Le jour où j'ai trouvé le courage de jouer de la batterie lors du concours de talents de l'école, il n'est même pas venu me voir. Ma mère m'a filmé avec son téléphone, mais ce n'était pas pareil.

Aujourd'hui, j'ai compris que ma colère était vaine. L'agoraphobie est une maladie, pas un choix. Aujourd'hui, ce qui me rend dingue, ce sont les gens qui l'accusent de faire semblant, parce qu'on associe forcément « handicap » et « allocations », puis « allocations » et « fraude ». Surtout lorsqu'il s'agit d'un handicap invisible comme le sien. Et même si c'est un peu pénible de ne pas pouvoir regarder ce que je veux à la télé, je comprends son obsession pour les documentaires. C'est la seule fenêtre sur le monde qu'il lui reste.

Le voile de tristesse ne dure qu'une seconde ; un battement de cils, et il disparaît.

– On doit avoir des photos quelque part, non, Sally ? lance mon père en se tournant vers la chambre. De Brody avec ses ailes ?

Ma mère ne répond pas. Je me penche par-dessus l'épaule de mon père. Elle est assise sur leur lit, une main sur le front, en train de lire une lettre.

– Qu'est-ce qui se passe, maman ?

– Quoi ? Oh, rien. (Elle range la feuille dans l'enveloppe.) Les photos ? Elles doivent être dans l'un des albums. Ce sera un bon moyen de le faire chanter quand il ramènera une fille à la maison !

Je ricane intérieurement.

– Merci, maman.

Ils me taquinent, mais ce n'est pas méchant. Jamais ils ne m'ont reproché d'aimer la fée Clochette, *Hannah Montana* ou les poupées Bratz de ma cousine Léonie. Le seul à qui ça posait problème, c'était Jake : il m'ordonnait sans cesse de jouer à des « jeux de garçon ». D'une manière ou d'une autre, il a toujours eu le chic pour me rabaisser.

Ma mère nous rejoint, me prend le masque d'Animal des mains, l'inspecte sous toutes les coutures et le pose sur ma tête.

– Bravo, Brody ! Je dois avoir un reste de fils chenille quelque part pour les cheveux. Keira adorait jouer avec quand elle était petite. Je vais regarder.

– Et Megan, elle se déguise en quoi ? s'enquiert mon père.

Il me faut un moment pour réaliser qu'il parle de la prétendue fête et non d'Everland.

– Euh… en Gonzo.

Il éclate de rire.

– Génial ! Moi, j'aurais choisi le chef suédois. Ou un des vieux grincheux.

– Bonne idée. Tu n'aurais même pas eu besoin de déguisement.

– Dis donc, sale gosse, je n'ai que quarante-six ans !

Il attrape un des livres de Jake et fait mine de me taper sur la tête. Ma mère ressort de la chambre de Keira avec une poignée de chenilles orange, rose et jaune.

– Tiens, me dit-elle. Tu n'auras qu'à percer des trous sur le masque et à les faire passer au travers, un peu comme des moustaches.

– Il te faudra aussi une chaîne, ajoute mon père. Animal en porte une autour du cou. Demande à Ahmed au rez-de-chaussée, il te prêtera celle de son vélo.

Ça peut sembler pathétique, mais je m'amuse comme un petit fou. Il y a longtemps que mon père ne m'avait pas parlé d'autre chose que de ses documentaires et que ma mère ne s'était pas intéressée à un autre sujet que mes devoirs. Chaque fois qu'ils essaient, on est interrompus – par Keira qui fait un caprice ou par Jake qui nous annonce avoir remporté le prix Nobel. C'est agréable de les avoir rien que pour moi, pour changer.

Bien entendu, ça ne dure pas.

La porte d'entrée s'ouvre sur mon frère, qui ne devait rentrer de chez Amir que dans l'après-midi. Il est tout rouge, comme s'il avait grimpé l'escalier en courant. Il brandit son téléphone, un immense sourire aux lèvres.

– Je suis pris à l'oral ! s'écrie-t-il. À Cambridge, section Histoire et Sciences politiques.

Mon père lâche le livre qu'il tenait. Ma mère saute quasiment par-dessus le canapé pour lui arracher le portable des mains et lire l'e-mail à mi-voix. Elle s'arrête avant la fin et se jette au cou de Jake.

– Oh, mon chéri ! Mon petit génie ! Je suis si fière de toi !

– Je ne suis pas encore pris, précise-t-il tandis qu'elle dépose un gros baiser sur sa joue. Et si je réussis, il faudra encore que je décroche une bourse. Mais c'est un bon début.

Au fond, moi aussi, je suis fier de lui. Je n'ai jamais rencontré personne qui travaille aussi dur que mon frère. Quand il ne reste pas debout la moitié de la nuit afin de terminer une dissertation, réviser ou écrire un article pour le journal du lycée, il est au club de débat, participe à une simulation des Nations unies, fait du bénévolat… bref, tout ce qui pourrait l'aider à atteindre l'objectif qu'il s'est fixé. Il mérite de rentrer à Cambridge. Vraiment.

Le truc, c'est qu'il faut *toujours* qu'il tire la couverture à lui. J'aurais bien aimé garder l'attention de mes parents pendant encore dix minutes. Ou juste deux. Malgré tout, pendant que mon père l'étreint à son tour en le félicitant d'une voix étranglée, je lève le pouce dans sa direction.

– Bien joué, Jake.

Il me sourit pour la première fois depuis une éternité.

– Merci, Brody.

Après avoir relu l'e-mail une bonne centaine de fois, ma mère décide d'appeler tantes et grands-parents pour leur annoncer la bonne nouvelle. Mon père va voir dans le frigo si nous avons de quoi trinquer. Pendant ce temps, Jake s'assied devant l'ordinateur et jette un regard en coin à la tête d'Animal, que je tiens encore dans une main.

– Tu fais quoi ?

Je contemple le sourire édenté, les yeux en balle de ping-pong trop rapprochés, le nez en plastique qui ne tient pas et la bouche de travers. Je me sens rougir. Mon frère est en route pour Cambridge, et moi, de quoi puis-je me vanter ? D'avoir fabriqué un masque débile qui tombera sans doute en morceaux à mi-chemin du centre-ville ? Et dire qu'il y a quelques minutes à peine, j'étais presque fier de cette horreur…

– Rien. C'est nul.

– Pas du tout, c'est…

Jake est interrompu par mon père, qui revient de la cuisine avec un plateau. Il a déniché un paquet de biscuits et une bouteille de mousseux rescapée de Noël.

Je rassemble mes chutes de tissu et mes fils chenille, que je dépose sur mon lit avec le masque. Mon frère ne l'a pas fait exprès, je le sais bien. Mais, une fois de plus, il a réussi à me gâcher mon plaisir.

Chapitre 9

Par certains côtés, ça m'arrange bien, que Jake prépare l'oral de Cambridge. Mes parents sont trop focalisés sur lui pour s'apercevoir que j'ai la tête dans les nuages, et lui est tellement pris par ses révisions qu'il ne me verra pas m'éclipser pour retourner à Calton Hill.

Le jeudi soir, à 22 h 45, j'attrape mon sac à dos, dans lequel attend sagement le masque d'Animal. Au moment où je m'accroupis pour enfiler mes baskets, la voix de Jake me fait sursauter.

– Alors, elle s'appelle comment ? Ou *il* s'appelle comment ?

Je relève brusquement la tête. Mon frère me dévisage avec un sourire en coin, comme s'il m'avait pris en flagrant délit.

– Qu'est-ce que tu racontes ?

– Oh, arrête. C'est la troisième fois que tu sors en pleine nuit. Ça m'étonnerait que ce soit juste pour « prendre l'air ». (Il pivote sur sa chaise.) Pourquoi vous vous donnez rendez-vous aussi tard ? Et pourquoi toujours le jeudi ?

Mon cœur s'emballe. Jake ne me pose jamais aucune question sur ma vie privée, tout comme je ne l'interroge jamais sur la sienne. L'espace d'une seconde, j'ai envie de le gifler pour effacer son sourire. Il se moque de moi. Il saccage tout. Comme d'habitude.

– Il n'y a pas de « elle » ni de « il ». Je ne suis pas… je ne vois pas de quoi tu parles. (Je noue mes lacets, les mains tremblantes.) Fiche-moi la paix.

– C'est bon, désolé, se défend-il. Je trouve juste bizarre que tu sortes à 11 heures moins le quart tous les jeudis. Ça ne veut pas dire que je… Enfin, tu peux bien être gay, on s'en fiche.

– Je ne le suis pas.

Je suis incapable de prononcer le mot. Pourtant, j'assume tout à fait mon homosexualité. Je n'ai pas envie de changer. J'irais même jusqu'à dire que ça me plaît – en tout cas, je pense que ça me plaira une fois que j'aurai franchi le cap d'avoir un copain et des relations sexuelles. Mais le formuler à haute voix, devant les autres… c'est différent. Ça me fait encore peur, et ce n'est pas en entendant « on s'en fiche » que ça ira mieux. C'est typique de mon frère : il s'empare d'une réalité qui m'obsède depuis l'âge de huit ans, et il balaie tous les problèmes qu'elle implique d'un revers de la main. Comme quand je bloquais sur un devoir de maths ou d'espagnol et qu'il se penchait par-dessus mon épaule pour m'expliquer, avec sa voix horripilante de présentateur pour enfants, que c'était « super simple ».

– Fiche-moi la paix, je répète en prenant mon manteau. (Mon père grogne et se retourne sur le canapé, alors je baisse d'un ton.) Ça ne te regarde pas. Je vais juste…

La porte de la chambre des parents s'ouvre sur ma mère.

– Qu'est-ce qui se passe, ici ? soupire-t-elle en se frottant les yeux.

Jake retourne à ses cahiers comme si de rien n'était. Maman ne met pas longtemps à repérer le manteau entre mes mains.

– Brody ? Tu vas où ?

– Nulle part. (Je laisse doucement glisser mon sac à dos sur le sol. Si je l'emmène, elle va se douter que je mijote un truc.) J'ai besoin de prendre l'air.

Elle regarde l'heure sur l'écran de l'ordinateur.

– Il est 11 heures moins dix !

Mon ventre se serre ; si je ne pars pas tout de suite, je vais rater le bus.

– Juste cinq minutes.

Sans lui laisser le temps de répondre, je sors en courant. Alors que j'arrive au huitième étage, j'entends notre porte se rouvrir. La voix de ma mère résonne dans la cage d'escalier, m'ordonnant de remonter. Mon père, à moitié endormi, lui demande ce qui se passe, et Mrs McAskill commence à remuer dans son appartement. Je vais avoir droit au sermon du siècle en rentrant, mais je m'en moque. Tout ce qui compte, c'est que j'attrape…

Le 22.

Qui est en avance. Et sur le point de repartir.

– Merde !

Je pique un sprint dans la rue, mais la circulation est fluide à cette heure et je me fais vite distancer. Paniqué, je reviens sur mes pas pour consulter les horaires affichés sous l'abri : le 16, qui est censé arriver, a huit minutes de retard. Je ne serai pas en ville avant 23 h 30. C'est mort.

Les jurons jaillissent de ma bouche tels des frelons en colère. Je donne un coup de pied dans la paroi vitrée, faisant sursauter un type bourré qui sortait d'un pub.

– Oh, du calme, gamin, bougonne-t-il.

Je suis tenté d'y aller quand même, ne serait-ce que pour énerver mes parents, mais Nico aura disparu le temps que j'arrive. J'ai raté ma chance.

Je vais jusqu'au supermarché, histoire de laisser passer un peu de temps pour que mon histoire de « prendre l'air » soit crédible. Enfin, à regret, je regagne notre appartement.

Ma mère est assise sur l'accoudoir du canapé près de mon père et discute avec Jake. Ils s'interrompent à mon entrée. Jake se retourne vers l'écran comme s'il n'était pas en train de me balancer.

– C'était quoi, ça ? me demande ma mère.

Elle a beau parler calmement, je devine à ses bras croisés et à ses lèvres pincées qu'elle est très en colère.

– Je te l'ai dit, j'avais besoin de prendre l'air.

Je me dirige vers ma chambre, mais elle m'arrête d'un geste.

– Reste ici. Assieds-toi.

– Maman, je suis fatigué…

Mon père se lève. Il passe tellement de temps affalé devant la télé que j'oublie parfois combien il est grand : plus d'un mètre quatre-vingts, avec des bras musclés et une petite bedaine.

– Assieds-toi, Brody, m'ordonne-t-il à son tour.

Je serre les dents et je me laisse tomber sur le canapé en soupirant.

Ma mère s'assied sur la table basse afin de me regarder dans les yeux.

– Qu'est-ce qui se passe ?

– *Rien.* Je t'ai déjà expliqué : je suis resté enfermé toute la journée, j'avais envie de me dégourdir les jambes cinq minutes.

Les épaules de Jake se raidissent. J'attends qu'il les informe de mes disparitions précédentes, mais il a la décence de la fermer et de continuer à pianoter sur le clavier de l'ordinateur.

Mon père secoue la tête.

– À une heure pareille ? Je ne suis pas né de la dernière pluie, petit gars.

Maman plisse les yeux. Keira a hérité de ceux de notre père, d'un bleu très clair, mais Jake et moi avons le même regard brun que le sien. Je devrais peut-être m'en vouloir de lui mentir, mais ce n'est pas le cas. Everland est trop important.

– Je te jure, Brody, si j'apprends que tu te drogues…

– Que je me *drogue* ? Non mais ça va pas, la tête ? Bien sûr que non, je ne me drogue pas.

Voilà donc pourquoi j'ai droit à cet interrogatoire digne de l'Inquisition espagnole. Ma mère a une peur bleue de la drogue. Sa sœur Carol est morte d'une overdose à dix-huit ans, et son frère a passé les vingt dernières années à faire des allers-retours en prison pour deal. Elle est terrifiée à l'idée que l'un de nous finisse comme eux. Il faut dire que ce n'est pas difficile de s'en procurer dans le quartier. Mais moi, ça ne m'a jamais tenté. J'ai tiré sur un joint un jour, pendant une fête organisée par le frère de Megan ; ça m'a piqué les yeux et donné l'impression qu'on me pressait la tête comme un citron. Mon expérience à la *Trainspotting* s'est arrêtée là.

Et, tout à coup, j'ai une illumination. Je sais quelle excuse leur donner. C'est carrément la honte, mais ça devrait couper court à leurs reproches. Même Jake pourrait y croire.

– OK, puisque vous voulez tout savoir, c'est le seul moment où Leanne et Michelle ne traînent pas dans le coin. Voilà pourquoi j'attends qu'il fasse nuit noire pour sortir.

Un long silence suit cet aveu.

J'ai le visage en feu. Même si ce n'est pas vrai… ce n'est pas complètement faux. Je fais tout mon possible pour éviter de croiser les filles dans la cour. Je rentre du lycée en courant pour arriver avant elles. Un jour, je me suis pointé chez Megan avec une heure de retard parce qu'elles étaient en train de fumer sur les balançoires et que je n'avais pas eu le courage de les affronter. Il y a des moments où la perspective de subir leurs brimades me paraît tellement insurmontable que je préfère rester à la maison.

Mes parents échangent un regard.

– Brody… soupire mon père. Tu ne peux pas laisser ces gamines te traiter comme ça.

– Je vais en parler à Kath et à Paul, déclare ma mère en me tapotant le genou.

Ce sont les parents de Michelle. Bizarrement, ils sont très sympas. Je ne comprends pas comment leur fille a pu aussi mal tourner, mais ce n'est pas en la dénonçant que ça ira mieux. Je n'ai pas le temps d'ouvrir la bouche pour protester que Jake répond à ma place :

– Mauvaise idée, maman. (Il surligne quelque chose à l'écran.) Je lui ai déjà expliqué que le mieux, c'est de les ignorer.

– Sans blague, je réplique. Comme si je n'avais pas essayé.

Ma mère me contemple d'un air désolé, puis me caresse la joue.

– Peu importent les raisons, tu ne peux pas te promener tout seul dans le noir. C'est dangereux. Tu te souviens du garçon qui s'est fait poignarder au mois de juillet ?

C'était un règlement de comptes entre gangs, et ça s'est produit à 3 heures de l'après-midi. Mais je hoche la tête pour la rassurer.

– D'accord, maman. Je vais tâcher de ne pas me faire assassiner. Je peux aller me coucher, maintenant ?

Mon père pose une main sur mon épaule.

– Oui, vas-y.

Avant que je me lève, ma mère m'embrasse sur le sommet du crâne.

– La prochaine fois que tu décides d'aller te balader, préviens-nous, d'accord ? S'il est tard, Jake ou moi t'accompagnerons.

Je me retiens de rire. Comme si Jake allait sacrifier ne serait-ce que dix minutes de son emploi du temps pour moi ! Quant à me faire chaperonner par ma mère, ce n'est sûrement pas le meilleur moyen pour que Leanne et Michelle me lâchent. Mais je n'ai pas l'énergie d'argumenter.

– OK. Bonne nuit.

Cette mise au point familiale m'a empêché de trop réfléchir. Lorsque je m'allonge sur mon lit et que je sors mon téléphone pour écrire à Nico, la réalité me frappe de plein fouet. J'ai raté une soirée à Everland. Je vais devoir attendre une semaine de plus pour jouer sur la super batterie, revoir Zahra, Miyumi et les autres. Sept jours de cours, de quotidien et d'ennui avant de retourner dans cet endroit où je me sens enfin moi-même.

Une semaine entière avant de retrouver Nico.

Chapitre 10

Il ne répond à mon message que le lendemain, pendant ma quatrième heure de cours. Et lorsqu'il le fait, il ne prend pas la peine de commenter la longue explication énervée dans laquelle j'ai reporté la faute sur Jake. Il me demande simplement dans quel lycée je vais.

Je suis en anglais, en train d'écouter d'une oreille Mrs Davies nous parler des figures rhétoriques. J'envoie le nom de mon établissement à Nico sous la table. Ryan Martin, mon voisin, se tortille sur son siège pour voir ce que je fais. Quelques secondes plus tard, je reçois un nouveau message.

Ça tombe bien, je suis devant ☺

Je jette un coup d'œil par la fenêtre. De l'autre côté de la cour, une grande silhouette en veste en jean est plantée près des grilles. Sans réfléchir, je lève la main. Mrs Davies s'interrompt, surprise, car ça n'arrive jamais.

– Oui, Brody ?

– Je peux aller aux toilettes, s'il vous plaît ?

L'espoir que j'ai senti poindre dans sa voix disparaît.

– D'accord, vas-y.

Je prends mon temps pour sortir, histoire d'éviter que Leanne m'accuse d'avoir la diarrhée. Une fois dans le couloir, je me précipite au rez-de-chaussée et je sors par la porte qui donne sur le gymnase. Je fais le tour par-derrière, plutôt que de traverser la cour, pour ne pas être vu, et je rejoins les grilles en trottinant. Nico me regarde approcher avec un grand sourire.

– Heureusement que j'étais au bon endroit ! s'exclame-t-il. J'aurais eu l'air malin à poireauter tout l'après-midi devant le mauvais lycée. Enfin bon, je n'ai jamais l'air malin, de toute façon.

– Qu'est-ce que tu fais ici ?

J'ai du mal à croire que c'est bien lui. Il paraît plus jeune dans son uniforme de lycéen : pantalon noir, pull sobre, veste en jean au col décoré de badges et écharpe à carreaux. Il n'est pas maquillé, mais ses ongles sont orange – souvenir, sans doute, de son dernier déguisement.

– Tu avais l'air dégoûté pour hier soir, dit-il. Je suis venu voir comment tu allais. (Il lève les yeux vers le bâtiment gris.) Ça te dit de sécher le reste de la journée ?

J'ai soudain mal aux joues. Ce n'est qu'en y portant ma main que je comprends pourquoi : je souris comme un dément.

– Carrément !

Le cours d'anglais, le déjeuner et mes projets de jouer de la batterie pendant la pause s'envolent comme des feuilles emportées par le vent. Il fait inhabituellement beau pour la mi-octobre ; nous décidons donc d'aller nous promener le long de la Water of Leith, la rivière qui remonte jusqu'au centre-ville. Je meurs d'envie de demander à Nico ce que j'ai raté la veille, mais il n'arrête pas de parler. Pendant qu'il me raconte sa soirée en boîte du mercredi, j'envoie un message à Megan pour qu'elle récupère mon sac dans la classe de Mrs Davies. J'explique que je suis rentré chez moi parce que j'étais malade. Sa réponse arrive une demi-seconde plus tard.

OK... mais je veux tout savoir sur ce mec !

Message suivi presque instantanément d'une ribambelle d'émojis : tête curieuse, clin d'œil, cœurs dans les yeux, aubergine, visage hurlant, bonhomme rougissant, détective. Elle n'était même pas en anglais avec moi ! Elle bosse pour les services secrets ou quoi ? Je fourre le téléphone dans ma poche. J'inventerai une histoire plus tard.

Nous marchons pendant des heures à travers les quartiers de Stockbridge et de Dean Village, en direction du musée d'art moderne. Nico me parle d'un documentaire intitulé *Kiki* (je mémorise le titre pour le conseiller à mon père) et d'une fille de son cours d'arts plastiques qui a jeté sa sculpture par la fenêtre parce qu'elle n'était pas contente du résultat. Il prend des nouvelles de Clo, me demande ce que je faisais avant qu'il débarque, sans jamais mentionner Everland. Lorsque nous décidons enfin de nous arrêter, le temps qu'il fume une cigarette, j'ai presque l'impression que c'est devenu un sujet tabou.

– Désolé pour le cliché de l'artiste en herbe, s'excuse-t-il en posant son sac sur un banc, mais je vais dessiner. Et toi aussi.

Il sort deux carnets de croquis. Devant nous, une statue d'homme en bronze se dresse dans la rivière, de l'eau jusqu'aux chevilles. Une rangée de maisons en brique rouge borde la rive droite. Nico me force à prendre l'un des carnets avant de chercher des crayons, la cigarette coincée entre ses lèvres.

– Mais je suis nul en dessin ! je le préviens en m'asseyant à côté de lui.

– On s'en fout. Tu es créatif, c'est tout ce qui compte.

Il feuillette son carnet – je vois défiler un cendrier, une horloge, Dani, Zahra, une caravane – jusqu'à tomber sur une page vierge.

– Il n'y a qu'à voir les masques que tu fabriques, insiste-t-il. Ils sont géniaux.

Il trace de grands traits sur la feuille, la main très lâche sur son crayon, comme pour le laisser libre. La scène prend forme peu à peu : les berges herbeuses, les maisons, les grands arbres inclinés au-dessus de l'eau.

Plutôt que de représenter la même chose, je décide de me concentrer sur la statue. Il y en a plusieurs comme celle-ci à différents points de la rivière, qui regardent dans des directions différentes. Quand j'étais plus jeune, elles me faisaient flipper, mais j'ai fini par les apprécier. Leur regard vide a quelque chose d'apaisant.

– Alors, j'ai raté quoi, hier soir ?

Je suis soulagé de lui avoir enfin posé la question. Quand je suis dans le monde réel, je doute toujours un peu de l'existence d'Everland. Nico jette un coup d'œil à la rive d'en face et ajoute une fenêtre à l'une des maisons.

– Pas grand-chose. Le groupe se demandait si tu comptais revenir, Zahra et les autres aussi. Miyumi a pris de tes nouvelles. Je crois qu'elle craque pour toi.

Il me sourit. Je déglutis avant de m'attaquer au visage de la statue.

– Elle est mignonne, mais pas vraiment mon genre.

– Ah non ? C'est quoi, ton genre ?

Mes joues deviennent aussi brûlantes que le désert du Sahara. Je baisse le nez vers ma feuille, dans l'espoir de dissimuler mes boutons, qui ont dû virer au rouge vif. Puis je marmonne que je ne sais pas trop et j'enchaîne avec la première chose qui me passe par la tête :

– Du coup, ça fait combien de temps que vous êtes ensemble, Dani et toi ?

– Hum, c'est compliqué. On n'est pas officiellement en couple. (Il croque la statue en quelques coups de crayon.) Enfin, à Everland, si, et ça se passe super bien.

C'est le reste du temps qui pose problème. Avant, on discutait un peu en ligne, mais c'est difficile parce qu'il n'a pas Internet chez lui. De toute façon, c'était bizarre. J'avais l'impression de discuter avec quelqu'un que j'aurais rencontré en rêve, tu vois ? Ça ne me semblait pas réel.

Il hausse les épaules avant de continuer.

– Et puis aucun de nous deux ne peut parler de l'autre à ses amis ou à sa famille. Ses parents savent qu'il est bi, et ça ne les dérange pas, mais va expliquer à quelqu'un que tu as plus ou moins un mec dans une réalité alternative…

Je hoche la tête, compatissant. Il y a en effet de quoi passer pour un cinglé.

– Et tes parents à toi ?

– Quoi, mes parents ? Est-ce qu'ils acceptent que je sois gay ? Ma mère, oui. Mon père s'en tape. (Il débouche un feutre rose avec ses dents.) Je le déçois constamment ; il n'est plus à ça près.

Sa voix a pris une intonation amère que je ne lui avais encore jamais entendue. Les doigts crispés sur son feutre, il dessine quelques étoiles au-dessus de la statue. Puis il lève les yeux vers moi et me sourit comme si de rien n'était. Mais je reste bloqué sur ce qu'il vient de dire, parce que je ne vois pas comment il pourrait décevoir qui que ce soit.

– On a envisagé d'essayer de se voir dans le monde réel, reprend-il. Dani et moi. Il n'a pas les moyens de venir ici. Je pourrais sans doute me payer un billet pour l'Argentine. (Il hésite, la main en suspens au-dessus de la feuille.) Mais ça me stresse. Tu imagines, s'il me déteste ?

Même si c'est un sujet douloureux pour moi, je suis content qu'il m'avoue tout ça. Ça prouve qu'il me fait confiance.

– Pourquoi veux-tu qu'il te déteste ? Dani est raide dingue de toi. Ça crève les yeux.

– Ah bon ? Peut-être. (Il se redresse et se secoue comme pour chasser ses idées noires.) En même temps, c'est vrai que je suis génial. Dans n'importe quelle réalité.

Cet après-midi au bord de l'eau avec Nico me donne presque la sensation d'être de retour à Everland. J'oublie le reste de ma vie et le temps file à toute allure. Il me raconte des anecdotes sur ce qu'il a fait et vu là-bas – comme l'île minuscule sur laquelle Zahra et lui sont tombés, un jour, et qu'ils n'ont jamais pu retrouver, ou ce qu'il pense être les ruines d'une pyramide. Au bout d'une demi-heure, son dessin est terminé. C'est une vue en noir et blanc très réaliste de la rivière et des maisons, surplombée de poussière d'étoiles et de traînées de couleurs vives. Comme une couche de magie superposée au monde.

Le mien, par contre… On y reconnaît plus ou moins une silhouette humaine, ce qui est déjà pas mal.

– Bravo ! s'exclame-t-il. « Je suis nul en dessin », tu parles !

Sa tentative pour imiter mon accent écossais me fait sourire.

– La dernière fois que je suis venu ici, quelqu'un lui avait enfilé un bikini. Il doit avoir froid, sans rien.

– C'est clair, il doit se geler les couilles.

Même si, d'après ce que je vois, le sculpteur n'a pas jugé utile de les représenter.

– On devrait faire quelque chose pour lui, conclut Nico.

Il défait ses chaussures, remonte son pantalon et met un pied dans l'eau. Aussitôt, il jure et fait un bond de quinze centimètres.

– Alors ça, c'était une idée à la con ! s'exclame-t-il, trempé jusqu'aux genoux.

Au bout d'un moment, je retire moi aussi chaussures et chaussettes pour le rejoindre. J'ai l'impression d'entrer dans la Baltique. Je n'ai pas eu aussi froid depuis la fois où mon père nous avait emmenés faire du camping en novembre, mon frère et moi, et où on s'était retrouvés coincés dans une tempête de neige. Mais je serre les dents et je m'approche de la statue au regard éteint. Nico retire son écharpe à carreaux pour la lui nouer autour de la taille.

– Voilà. Sa dignité est préservée. C'est un homme moderne, je suis sûr qu'il n'a rien contre les jupes.

– Une jupe ? Mais non, voyons, c'est un kilt ! je réplique avec un air faussement outré. Tu n'as vraiment aucun respect pour la culture écossaise.

Nico éclate de rire. L'espace d'un instant, j'oublie l'eau glacée qui m'engourdit les pieds. C'est agréable de faire rire quelqu'un comme ça... Un rire qui transforme son visage, plisse ses yeux et fait danser ses taches de rousseur.

Je savais déjà que Nico me plaisait. Mais, soudain, je prends conscience d'autre chose : quand je suis avec lui, je me plais davantage aussi.

Nous tenons encore une minute avant que je commence à craindre d'y laisser des orteils. Le temps de regagner la berge et de nous sécher en grelottant, la faim se fait sentir. Nico range les carnets dans son sac, puis nous reprenons notre balade, avant de nous arrêter devant un café. Je n'ai pas d'argent sur moi, juste ma carte de cantine. Nico insiste pour m'offrir un sandwich, une part de gâteau au chocolat et un Coca.

– À charge de revanche, décrète-t-il en me les fourrant dans les mains.

D'habitude, je déteste ça. J'ai peur de devoir rembourser plus tard et de ne pas en avoir les moyens. C'est toujours un peu énervant de voir les gens jeter l'argent par les fenêtres. Ma mère devrait probablement travailler une ou deux heures pour gagner ce que Nico vient de dépenser en un claquement de doigts. Mais je suis tellement content qu'il ait suggéré une « prochaine fois » que ça ne me tracasse pas plus que ça.

Quand nous rentrons enfin, le jour décline et je claque des dents. Il y a plus d'une heure de marche pour rejoindre Mackay House, mais Nico fait le trajet avec moi en me parlant d'une émission coréenne à laquelle Zahra l'a rendu accro et du costume qu'il prépare pour notre prochain voyage à Everland.

À l'approche de mon quartier, mon estomac se noue comme il le fait toujours quand je risque de croiser Leanne et Michelle.

– Ces filles t'embêtent toujours ? m'interroge Nico alors que nous passons l'aire de jeux pour enfants au coin de la rue. Celles qui ont kidnappé ton chat…

Aurait-il lu dans mes pensées ? Je réponds sans réfléchir :

– Non. Enfin, si. Parfois.

– Et laisse-moi deviner : tout le monde te conseille de les ignorer ?

Je laisse échapper un petit rire forcé.

– Ouais. Pas évident, vu jusqu'où elles sont prêtes à aller. Et encore, le chat, ce n'était pas le pire. Mon père est agoraphobe ; il ne peut plus sortir de la maison. Un jour, elles ont raconté à tout le monde qu'il faisait semblant pour toucher des allocs. Et une autre fois, qu'il était assigné à résidence pour avoir conduit en état d'ivresse.

Je n'en avais jamais parlé à personne. Ça aurait bouleversé mon père, et ma mère aurait fait irruption au 3C pour expliquer sa façon de penser à Leanne. Nico me regarde avec un drôle d'air. Ce n'est pas de la pitié – heureusement, parce que je ne supporte pas ça. On dirait plutôt qu'il me comprend.

– *Qué cabronas*, marmonne-t-il, ce que je suppose être l'équivalent espagnol de « connasses ». C'est pathétique.

– Dans le parking, tu as dit que ça t'était arrivé aussi ?

Je m'arrête devant le passage piéton. Dans le square, une maman fatiguée pousse son petit garçon sur la balançoire. Il rigole en battant l'air de ses jambes potelées. Nico sourit.

– En effet. Et ce n'est pas étonnant, vu que j'étais super lourd quand j'étais petit. Je passais mon temps à monter des comédies musicales ou des spectacles de danse dont j'étais la star. Bref, je faisais mon intéressant devant tous ceux qui approchaient à moins de cent mètres. À Madrid, j'allais dans une petite école où ça ne dérangeait personne. J'avais des tas d'amis, les gens m'appréciaient. Et puis mon père a rencontré Jenny et ils ont décidé de revenir en Écosse. Au début, ça a été l'horreur. Tout ce que j'étais, tout ce que j'aimais, tout ce pour quoi j'étais doué s'est retourné contre moi. Même mon accent. Il ne s'écoulait jamais plus de cinq minutes sans qu'on se moque de ma façon de marcher, de parler ou de m'habiller.

Il secoue brusquement la tête, comme pour chasser ces mauvais souvenirs. J'ai l'impression qu'il est en train de me parler de moi, le côté exubérant mis à part – j'étais un gamin très timide et je le resterai sans doute toute ma vie. Mais tout le reste… Cette angoisse d'être tourné en ridicule, quoi que je dise, quoi que je fasse… C'est plus facile d'enfouir des pans entiers de ma personnalité que de l'exposer au grand jour, à la merci de tous.

– Le pire, c'est que ça ne s'arrêtait jamais… poursuit Nico. Les autres gosses rentraient chez eux, allumaient la télé et, cinq minutes après, ils n'y pensaient plus. Alors que moi, je continuais à ruminer. Je l'aurais peut-être mieux supporté si j'avais vécu chez ma mère. Elle aussi, elle est du genre excentrique. Elle aurait su me changer les idées. Mon père, lui, me conseillait simplement de ne pas me laisser faire.

– Comment tu t'en es sorti ?

– En découvrant Everland. Et une nouvelle famille. (Il me donne un petit coup d'épaule.) Dont tu fais maintenant partie.

À ces mots, tout mon stress s'évapore. On traverse la rue et on s'arrête à quelques mètres de l'entrée de la résidence, pour éviter que quelqu'un nous voie par la fenêtre.

– Merci pour cette journée, Nico. C'était top.

– Je vous en prie, Mr Prince, réplique-t-il en soulevant un chapeau imaginaire. On se voit la semaine prochaine ?

– Bien sûr.

Que mes parents essaient donc de m'en empêcher ! Je suis prêt à déchirer mes draps pour en faire une corde et à descendre en rappel s'il le faut. Oui, les neuf étages.

– Super. Alors bonne soir… Oh, attends, ton dessin !

Il commence à détacher la feuille, puis se ravise, ouvre l'autre carnet et en arrache son propre dessin. Lorsqu'il me le tend, je remarque des petits détails qui m'avaient échappé : une canette de Coca flottant au bord de l'eau ; un sac en plastique pris dans les branches d'un arbre ; les mots « Kevin est un con » tagués sur le pont... Je ne sais pas s'ils étaient présents dans la scène, et que je n'y ai pas prêté attention, ou s'il les a ajoutés après coup. Ils se fondent dans le dégradé de gris, quasiment invisibles sous les traits de crayon et les tourbillons de feutre coloré.

– On n'a qu'à échanger, me propose-t-il. Je préfère le tien.

Je le regarde s'éloigner avant de rentrer dans Mackay House. La cour est déserte. De toute façon, en cet instant, une éventuelle embuscade de Leanne et Michelle est le cadet de mes soucis. Elles pourraient me bombarder de moqueries et de provocations, ça glisserait sur moi sans m'atteindre. Je me fous complètement de ce qu'elles pensent. J'ai trouvé ma famille.

J'ai trouvé Nico.

Chapitre 11

« L'heure est venue pour vous… de faire le play-back de votre vie ! »

On est jeudi, il est 20 h 30 et je suis assis avec Megan sur son lit, à côté d'une pizza hawaïenne. On regarde une vieille saison de *RuPaul's Drag Race* sur son ordinateur portable. Comme les vacances d'octobre ont commencé, j'ai dit à mes parents que je dormais chez elle – d'abord parce que je suis à peine sorti de chez moi depuis le début de la semaine, et aussi parce que ce sera beaucoup plus facile de me rendre à Everland de là-bas. En temps normal, ma mère m'aurait chambré parce que je passais la nuit avec une fille (silences entendus, sourires en coin de Jake au-dessus des spaghettis, etc.) Mais elle est trop obsédée par l'oral de Cambridge qui approche. Hier, je l'ai même surprise en train de s'en vanter auprès du facteur.

– Allez, Monét ! s'écrie Megan en tapant du poing sur sa couette.

On a déjà vu cette saison deux fois ; on sait très bien qui va devoir tirer sa révérence à la fin de la chanson. Mais Megan aime revivre chaque épisode comme si elle le découvrait. Elle tend la jambe et pousse mon pied avec le sien.

– Alors, vous allez faire quoi, Nico et toi, ce soir ?

À l'écran, Monét X Change fait mine de tenter un « death drop[1] », avant de se raviser. Les juges sont hystériques.

– Trop classe, je commente.

Megan m'enfonce son doigt entre les côtes.

– Arrête de changer de sujet.

Un sourire se dessine sur mes lèvres, mais je ne réponds pas. Elle soupire et lève les pieds vers les dessins d'Alaska et de Chi Chi DeVayne affichés au mur.

– Je ne comprends toujours pas pourquoi tu ne me le présentes pas.

Je mords dans une part de pizza. Quand je suis rentré de mon escapade avec Nico, j'avais douze SMS et trois messages vocaux de Megan exigeant de savoir qui c'était, où nous étions allés et ce que nous avions fait. J'ai beau lui répéter qu'on ne sort pas ensemble, elle refuse de me croire.

– Ton père risque de s'inquiéter si un inconnu se pointe chez lui à 11 heures du soir.

En réalité, son père n'est pas encore rentré. Depuis qu'il a monté sa boîte de pub en ligne il y a deux ans, il passe sa vie en déplacement ou en réunion. Quant à

1. Littéralement, « chute mortelle ». Figure de danse qui consiste à se laisser tomber sur le dos, une jambe repliée sous le corps.

la mère de Megan, elle vit à Manchester, ce qui signifie que, la plupart du temps, Harry et elle ont la maison rien que pour eux. Ils commandent tellement souvent à manger qu'ils connaissent les livreurs Deliveroo par leur prénom.

– Pas faux, concède-t-elle en attrapant un morceau d'ananas au fond de la boîte de pizza. Alors tu as intérêt à tout me raconter en rentrant.

– Promis.

– Et je ne parle pas de ton habituel résumé en trois mots. Je veux des *détails*. Des descriptions. Et des adjectifs, Brody, des adjectifs ! Je ne te laisserai pas dormir tant que je n'aurai pas eu droit à dix phrases complexes.

– Disons cinq.

– Sept. C'est mon dernier prix.

L'épisode se finit, comme toujours, dans une envolée de perruques et de sequins. Megan lance le suivant, puis fait glisser la boîte de pizza vers moi.

– Termine ça avant que je le fasse, s'il te plaît.

Il reste trois parts. Il y en avait huit au départ, et je crois en avoir englouti cinq.

– Tu as mangé quelque chose, Meg ?

– Mais oui, j'ai pris deux parts ! Et je me suis gavée à midi. Harry avait commandé des burritos.

– OK, si tu insistes.

Je me ressers. Elle m'observe un moment avant de reporter son attention sur l'écran.

– Quand est-ce que tu me laisseras te transformer en drag ? enchaîne-t-elle. Ça t'irait trop bien. Je t'ai même trouvé un nom : Rythmisia. Tu piges ? En référence à la batterie.

Je manque d'avaler de travers.

– On dirait une maladie de peau…

– Pas du tout, c'est parfait. Allez, s'il te plaît ! Juste une touche d'eye-liner.

Elle me l'a déjà proposé un millier de fois. J'ai toujours refusé. Les deux premières saisons, le simple fait de regarder *Drag Race* me procurait un plaisir coupable. J'imaginais Jake en train de ricaner et de se moquer de moi. Pourtant, je ne suis pas vraiment attiré par le transformisme. Mon goût du spectacle se limite à la batterie ; on est à moitié caché derrière les cymbales, et on n'a besoin ni de parler, ni de danser, ni de savoir coudre des tenues extravagantes. Si cette émission me fascine, c'est parce qu'elle offre une fenêtre sur un autre monde, un monde dans lequel un homme peut porter des talons et du maquillage si ça lui chante. Un monde sans Leanne et Michelle. Un monde sans grand frère qui insiste sur l'importance d'être « un vrai mec », quoi que ça signifie.

Mes yeux se posent sur la coiffeuse de Megan, couverte de produits de maquillage. Je devrais peut-être essayer. Nico met bien du vernis à ongles, et parfois du khôl. À Everland, ça ne dérangerait personne, et ce serait un bon moyen de cacher ma vilaine peau.

Je prends une grande inspiration.

– OK, vas-y. À condition que ça reste discret.

Megan s'illumine.

– Sérieux ? Maintenant ? (Elle se lève d'un bond et rassemble une brassée de matériel.) Youpi ! On va faire jaillir la Rythmisia qui sommeille en toi !

– Continue comme ça, et je change d'avis.

Elle éclate de rire en laissant tomber flacons, tubes et palettes sur la couette à côté de moi. J'éprouve un mélange de trac et de regret avec, juste en dessous, une pointe d'excitation.

***

Quand je sors de chez Megan deux épisodes plus tard, j'ai l'impression que de grandes flèches clignotantes sont braquées sur moi. La scène de mon relooking a pris des allures de champ de bataille. Si je l'avais laissée faire, Megan m'aurait transformé en clone de Trixie Mattel : un kilo de fond de teint et davantage de blush qu'au rayon maquillage d'une parfumerie… J'ai dû lui arracher un rouge à lèvres pailleté des mains avant qu'elle me repeigne la bouche avec. Pour finir, on s'est mis d'accord sur de l'eye-liner, du mascara, du vernis à ongles vert et une base correctrice pour masquer mes boutons.

Je n'ai pas arrêté de soupirer, de lever les yeux au ciel et de me comporter comme si je lui faisais une immense faveur. Mais quand je me suis regardé dans le miroir, j'en suis resté bouche bée. La métamorphose n'était pas si radicale que ça ; mon teint paraissait juste plus lumineux et mes yeux plus grands. Pourtant, je me sentais différent. Comme si mon nouveau visage allait me permettre de devenir qui je voulais. D'être plus sûr de moi. De ne plus me laisser faire.

Une fois dans Leith Walk, je remonte ma capuche et rentre la tête dans mon col. Précaution inutile, car personne ne fait attention à moi. Je presse le pas en arrivant sur Waterloo Place, impatient de retrouver Everland. Les lumières ne sont pas encore allumées entre les colonnes, mais les autres attendent déjà au pied du monument. Nico s'avance à ma rencontre.

– Waouh, Brody, tu t'es maquillé !

Je porte mes mains à mes joues, sans les toucher pour ne pas abîmer l'œuvre de Megan.

– Je suis ridicule, hein ? C'est ma meilleure amie qui m'a forcé.

– Tu rigoles ? Tu es *canon* ! (Il sort son téléphone de la poche arrière de son jean.) Il faut absolument qu'on fasse un selfie. Pour garder un souvenir.

Il se tourne face au monument, passe son bras autour de mon cou et m'attire contre lui. Tout mon corps devient brûlant. Juste avant qu'il appuie sur le bouton, le bâtiment de pierre s'illumine. Des lumières bleues et vertes dansent sur mon visage, d'autres, orange et jaunes, sur celui de Nico.

– Parfait !

Il me montre la photo, et je dois reconnaître que Megan a fait du super boulot.

– C'est dingue comme ça te va bien, insiste t-il en rangeant son téléphone.

– Nico ! Dépêche !

Zahra nous fait signe, déguisée en personnage d'animé aux cheveux verts. Nico me prend par la main et m'entraîne en haut des marches, où nous franchissons la porte juste avant qu'elle se referme, avec l'habituel bruit de succion. Zahra et lui n'en finissent pas de me complimenter sur mon maquillage. Même Kasia approuve d'un hochement de tête. Je sens toujours les flèches clignotantes sur moi, mais elles ne me dérangent plus, maintenant que je suis entouré de mes amis.

Dans la vallée, le groupe m'attend sur une vieille scène de théâtre encadrée de rideaux de velours. Esther se chauffe la voix tandis que les autres accordent leurs instruments. Malgré mon envie de rester avec Nico, je cours les rejoindre. Sandhya me tape dans la main.

– Sympa, ton maquillage. Ça me fait plaisir de te voir, Brody. Je n'étais pas sûre que tu reviendrais.

– Ah bon ? Pourquoi ?

Je m'installe derrière la batterie, et un frisson de bonheur me parcourt lorsque j'empoigne les baguettes.

Sandhya hausse les épaules tout ajustant les chevilles de sa guitare.

– Certaines personnes prennent peur. Ça fait beaucoup à encaisser. Bon, on va commencer par *Let's Twist Again* ; tu la connais ?

Je ne l'ai jamais jouée, mais j'attrape rapidement le rythme. Notre playlist est aussi éclectique que la dernière fois : Nina Simone, les Black Eyed Peas, des chansons en zoulou et en xhosa. Au bout d'un moment, je perds le fil. Je me contente d'interpréter, morceau après morceau, jusqu'à n'être plus que des mains, des pieds et des os qui vibrent.

Nico, Zahra et Kasia ont disparu depuis longtemps. Et puis, au milieu de *Go Your Own Way* de Fleetwood Mac, je lève les yeux et repère Dani dans le public. Il attend la fin de la chanson pour venir s'accouder à la scène à côté de moi.

– Je monte dans les collines ! m'annonce-t-il par-dessus le brouhaha. Tu veux venir ? Nico, Miyumi et Zahra sont déjà là-haut.

Sandhya est allée rejoindre des amis et Arnau fait une pause. J'en profite pour dire au revoir à tout le monde et descendre de scène. Je me souviens que je suis maquillé en voyant Dani me sourire.

– *Reguapo*, dit-il. J'aime beaucoup.

On prend à droite en quittant la place. La scène se retrouve bientôt loin derrière nous tandis que nous gravissons une pente à l'est de la vallée. Même si c'est la première fois que je me retrouve seul avec Dani, il n'y a aucun malaise. Je comprends ce que Nico lui trouve. Ce garçon dégage quelque chose de si calme et de si posé qu'on ne peut que se sentir bien avec lui. Il sourit beaucoup, rit quand il le faut. Il me parle d'un couple de Russes avec qui il a discuté près de la rivière et du bracelet qu'il a acheté à une Arménienne au marché. Puis, alors que nous contournons un bosquet de pins, il lance :

– Regarde, une autre porte !

Un peu plus haut, une porte rouge se dresse sur une excroissance rocheuse qui surplombe la mer. Dani se précipite vers elle – il court étonnamment vite – et caresse le heurtoir doré. C'est une tête d'aigle qui tient un anneau dans son bec.

– Je ne l'avais encore jamais vue ! me confie-t-il lorsque je le rejoins. Mexique, peut-être ? Ou États-Unis.

– Qu'est-ce que tu racontes ?

Il paraît étonné.

– Toutes les portes mènent à des endroits différents. Tu ne savais pas ?

Maintenant qu'il le dit, je me sens idiot de ne pas l'avoir deviné. Les milliers de personnes qui arpentent Everland ne peuvent évidemment pas toutes venir d'Édimbourg. Mais comme elles évoquent rarement leur vie à l'extérieur, je suis parti du principe… je ne sais pas, que ces gens habitaient ici, qu'ils faisaient partie du décor.

Dani pivote sur ses talons et désigne la forêt qui s'étend en contrebas.

– Tu vois la bleue, là-bas, entre les arbres ? Elle s'ouvre sur le sous-sol d'une école de musique de Tokyo. C'est par là que Miyumi vient avant son cours de violon du vendredi matin.

Il continue à inspecter les environs et me montre une autre porte, blanche celle-ci, dans un champ de fleurs violettes.

– Ça, c'est la mienne. Elle conduit à mon village, dans le sud de l'Argentine.

À mon tour, j'en repère plusieurs : une jaune coincée entre deux tentes, une orange au cœur d'un marché, une bordeaux encastrée dans un mur en ruine. Ça paraît impossible. *C'est* impossible. Mais après tout ce que j'ai vu ici, je n'ai aucun mal à y croire. Une porte vers le Japon… Pourquoi pas ?

J'interroge Dani :

– Tu en as déjà ouvert ?

Il tire sur l'anneau du heurtoir, qui ne bouge pas d'un pouce.

– Nico a essayé, mais on ne peut emprunter que celle par laquelle on est entré. Dommage, hein ? Ça serait cool de pouvoir aller en Nouvelle-Zélande, en Mongolie ou au Kenya comme ça.

Il y a du regret dans sa voix. Mon petit doigt me dit que lui non plus n'a pas beaucoup d'expérience du monde en dehors de son village. C'est d'autant plus frustrant de songer à tous ces pays inconnus cachés derrière les portes.

– Tu viens ici depuis longtemps ?

– Trois ans. Depuis le jour où j'ai voulu me tuer.

Je dois avoir l'air choqué, car il répond à la question que je n'ose pas poser :

– Pourquoi j'ai décidé ça ce jour-là ? Aucune idée. En me réveillant, j'ai su que j'allais le faire. J'y pensais depuis des années et ça y était, je n'en pouvais plus. Je suis allé me promener au bord de la rivière derrière chez moi. Tout à coup, sur ce chemin par lequel j'étais passé un million de fois, il y avait une porte blanche plantée au milieu de nulle part. Je l'ai ouverte… et je me suis retrouvé ici.

– C'est là que tu as rencontré Nico ?

– Non, il est arrivé quelques mois plus tard. La première personne que j'ai croisée, c'était une Canadienne qui s'appelait Olivia. On a discuté et je lui ai tout raconté. C'était la première fois que j'avouais ça à quelqu'un. Le truc, c'est que j'étais persuadé de rêver, alors ça ne comptait pas. Et puis, à l'époque, je parlais beaucoup moins bien anglais. Le fait de m'exprimer dans une autre langue rendait mes confidences… moins personnelles. Quand je suis rentré chez moi, j'avais changé d'avis. Je voulais revenir le jeudi suivant pour en savoir davantage. C'est ce que j'ai fait, semaine après semaine. Et, petit à petit, ça m'a aidé.

Je ne sais pas quoi lui dire.

– Alors maintenant, tu vas bien ?

– Oui et non. C'est compliqué. J'ai encore des journées difficiles. Je ne suis pas tout à fait... (Il hésite, cherche ses mots.) Guéri. Mais je commence à penser à l'avenir. J'aimerais aller à l'université pour devenir médecin. Voyager, si je peux. Vivre.

Je contemple son grand sourire et ses yeux bruns pétillants. Il y a encore quelques minutes, je m'émerveillais qu'il soit aussi calme et posé. Comme quoi, on ne sait jamais vraiment ce qui se passe dans la tête des autres.

On est arrivés si haut qu'on pourrait lever la main pour toucher les nuages. Nico, Miyumi et Zahra sont assis, jambes ballantes, dans les branches d'un énorme chêne noueux. Nico en descend d'un bond, faisant tomber l'étui de violon de Miyumi, que Dani rattrape au vol.

– Désolé ! s'écrie Nico tandis que l'Argentin rend l'instrument à sa propriétaire, blanche comme un linge. Mais au fait... les objets peuvent casser, ici ? Si on ne peut pas se blesser, ça doit aussi valoir pour nos affaires, non ?

– Je propose qu'on évite de tester cette théorie sur un violon à un million de livres, rétorque Zahra.

J'ouvre de grands yeux.

– Un *million* de livres ?

Miyumi serre l'étui dans ses bras, gênée.

– Peut-être. Je ne connais que sa valeur en yens.

– C'est un Stradivarius, m'informe Dani. Ça coûte un œil de la tête.

– On dit "les yeux de la tête", le corrige Nico en riant.

Il s'installe sur une branche avec lui avant de se tourner vers moi.

– Miyumi est très célèbre au Japon. C'était une enfant prodige… Quoi, c'est vrai ! insiste-t-il lorsqu'elle proteste. J'ai vu les vidéos. Tu es extraordinaire.

– Tu devrais venir jouer dans mon groupe, je propose, debout sur une racine pour attraper la main que Zahra me tend. Esther serait ravie.

Miyumi fait "non" de la tête.

– Merci, mais… je joue déjà toute la journée. C'est beaucoup de travail. Je me lève à 5 heures, j'enchaîne les répétitions, le lycée, puis d'autres cours. Everland me permet de faire une pause.

– Je comprends. Si tu changes d'avis, tu sais où nous trouver.

Je commence à saisir que cet endroit représente quelque chose de différent pour chacun d'entre nous : un refuge pour Miyumi, une source de lectures et de savoir pour Kasia, un espace où faire le point sur ses sentiments pour Dani, qui n'en a sans doute pas l'occasion dans le monde réel. Je ne suis pas encore sûr de ce que Zahra et Nico en retirent.

Pour ma part, j'y vois deux intérêts. Le premier, c'est la batterie et le groupe. Et le deuxième, c'est ça. Être assis là, avec des gens qui m'écoutent, me donnent l'impression d'être important et se moquent pas mal que je sois maquillé, à contempler un monde où nous sommes tous les bienvenus.

HIVER

Chapitre 12

Plus je fais le mur pour me rendre à Everland, plus ça devient facile. La semaine suivante, mes parents ne s'aperçoivent même pas que je suis sorti, et celle d'après, ma mère est de garde le jeudi soir. Jake me voit partir les deux fois, mais il ne me demande pas où je vais. Je n'ai même plus l'impression d'enfreindre les règles ; aller à Everland est devenu la règle.

Si je ne sais toujours pas exactement combien de temps je reste là-bas, chaque visite me paraît un peu plus longue que la précédente. Je passe le plus clair de ce temps à explorer les lieux avec Nico, Zahra et les autres ou à jouer avec le groupe. Je sens que je m'améliore à chaque set. C'est étrange de faire des progrès dans un domaine sans s'y consacrer plus que ça dans la vie réelle. Dani a appris l'anglais de cette façon, et Kasia a englouti le programme de cinq années de fac de physique.

– Je me suis entraînée à la guitare pendant quatre ans ici avant d'oser en jouer chez moi, m'avoue Sandhya un soir. Un mec m'a vue regarder la sienne lors d'une soirée. Il m'a proposé de gratter quelques accords sur un ton *hyper* condescendant. J'ai joué le jeu, comme si c'était la première fois de ma vie que j'en touchais une, avant de me lancer dans le solo le plus compliqué que je connaissais. Tu aurais vu sa tronche ! C'était trop drôle.

On est en train de se préparer pour notre concert du jour, sous un vieux kiosque en fer forgé au bord d'un lac paisible. Chose inhabituelle, le ciel est d'un bleu vif et sans nuages au-dessus de nos têtes. On se croirait en mai plutôt que fin novembre.

– Ça fait un moment que tu viens ici, alors ? j'interroge Sandhya.

J'ai beau jouer avec eux depuis près d'un mois, je ne connais pas bien les autres membres du groupe. La musique prend le pas sur le reste.

Elle compte sur ses doigts.

– Cinq ans et demi, maintenant. Avec une pause au milieu. La première porte que j'avais trouvée était au sud de Calcutta. Je m'en suis servie pendant environ un an, puis elle a disparu. J'ai été coincée dehors pendant huit mois, jusqu'à ce que j'en découvre une autre près de chez une amie au nord de la ville, dans le quartier de Kumartuli.

– Sérieux ?

C'est la première fois que j'entends parler d'un truc pareil. Du coup, je me demande s'il existe d'autres portes à Édimbourg. C'est tout à fait possible. Everland est si vaste qu'on pourrait l'arpenter éternellement sans jamais croiser son voisin. Je me tourne vers Esther, qui s'échauffe de l'autre côté de la scène.

– Et toi ? Quand as-tu commencé à venir ?

– Je suis tombée sur ma porte quand j'avais… vingt et un ans, je crois. Je ne pourrais pas te dire à quand ça remonte, parce que j'ai perdu la notion du temps. Ça fait un moment que j'ai cessé d'y retourner, alors c'est flou.

Elle ouvre la bouche et fredonne quelques notes. Je la dévisage longuement, estomaqué.

– Tu veux dire que… tu ne rentres plus chez toi ? Pourquoi ?

Elle hésite, les sourcils froncés.

– Je n'étais pas heureuse là-bas. Ça, je m'en souviens. Je suis mieux ici.

Elle a une expression étrange, comme si elle avait du mal à accéder à ses souvenirs. Je n'avais encore jamais réfléchi à ce qu'impliquait le fait de ne pas pouvoir mourir à Everland. Et si Esther restait encore plusieurs décennies, puis décidait de ressortir, aurait-elle toujours vingt et un ans ? Ou bien son corps vieillirait-il en accéléré, jusqu'à ce qu'elle rattrape les gens qu'elle a laissés derrière elle ?

Cette pensée me fait frissonner. Alors je prends mes baguettes, et je me prépare à jouer.

***

Quand mon père a cessé de travailler, il m'a fallu un moment pour comprendre qu'on manquait d'argent. Mes parents, qui n'avaient jamais roulé sur l'or, devaient maintenant se contenter d'un maigre salaire et d'indemnités encore plus maigres pour élever trois enfants et payer le loyer. Avec le recul, je me dis qu'ils ont dû beaucoup angoisser. Ça a dû les empêcher de dormir la nuit.

Pourtant, ma mère ne nous en a jamais rien laissé voir. Lorsqu'ils n'ont plus eu les moyens de nous emmener en vacances chez nos grands-parents, ils les ont invités à Édimbourg à la place. Lorsqu'ils ont dû vendre la voiture, ils ont positivé en disant que ça nous ferait de l'exercice. Le pire, pour moi, a été d'emménager dans un appartement moins cher, loin d'Heather et de sa batterie. Mais là encore, ma mère nous a présenté le bon côté des choses : on serait plus près de ma nouvelle école, il y avait un square au coin de la rue, etc. Comme si une vieille balançoire rouillée pouvait compenser tout ce à quoi on renonçait.

À mon réveil ce dimanche matin, j'ai l'impression d'être revenu en arrière. Maman a un sourire forcé, comme si elle s'apprêtait à nous servir un repas décongelé en jurant qu'il a été préparé par un chef étoilé.

– Bonjour, mon chéri, me lance-t-elle d'une voix trop aiguë. Conseil de famille. Va te chercher de quoi déjeuner et viens t'asseoir avec nous.

Visiblement, l'heure est grave, car elle oblige Jake à se décoller de l'ordinateur avant d'aller réveiller Keira. Je jette un regard perplexe à mon père, qui s'enfonce un peu plus dans les coussins du canapé, télécommande à la main.

Je me prépare des toasts, le ventre noué par l'appréhension. Peut-être que ma mère est au courant pour Everland. Non, impossible. Ou pour Nico ? Mais ça ne justifierait quand même pas un conseil de famille, si ? Bon sang, j'espère que non.

Je retourne dans le salon. Elle est assise à table avec Keira et Jake, qui se frottent les yeux, perplexes. Elle appelle plusieurs fois mon père, mais il lance une émission d'estimation d'antiquités et monte le son. Au bout d'un moment, elle se racle la gorge.

– Comme vous le savez déjà, j'ai du mal à faire assez d'heures à la maison de retraite, déclare-t-elle. Quant à votre père… On a appris il y a quelques semaines qu'il allait être radié.

Pendant que Jake jure à mi-voix, Keira pose la question qui m'est venue à moi aussi :

– Radié ? Ça veut dire quoi ?

– Ça veut dire que ses allocations d'adulte handicapé vont être suspendues. En gros, ils estiment qu'il est apte à reprendre une activité et qu'il doit chercher du travail.

– Quoi ? Mais…

Keira jette un coup d'œil par-dessus son épaule à notre père, qui regarde toujours la télé comme si on n'était pas là. Puis elle se penche en avant et continue sur un ton plus bas :

– Il ne peut pas.

Maman lui caresse les cheveux.

– Je sais, ma puce. Ne t'inquiète pas, on essaie de régler ça. En attendant, je vais voir si je peux trouver une autre source de revenus. Kath, la voisine du dessous, m'a dit qu'elle pourrait m'avoir quelques heures de ménage. Il va simplement falloir qu'on se serre la ceinture pendant un petit moment.

Je comprends mieux les lettres, les conversations étouffées, le frigo moins rempli que d'habitude. Maintenant que j'y prête attention, je constate que ma mère a de gros cernes sous les yeux. Je me sens coupable. Si je n'avais pas été aussi obnubilé par Everland, je me serais aperçu avant qu'elle était épuisée.

Jake tambourine sur la table.

– Maman, laisse-moi chercher un job !

À son ton insistant, je devine que ce n'est pas la première fois qu'il évoque le sujet.

– C'est ridicule, ajoute-t-il. Je pourrais vous aider, je pourrais…

– Non ! Il n'est pas question que ça te fasse rater tes examens. Tu as travaillé trop dur, Jake. Et tu touches enfin au but.

– Mais il y a des choses plus importantes dans la vie.

– Comme ne pas mourir de faim, renchérit Keira.

– N'exagère pas, la rabroue notre mère.

Elle se tourne vers papa, en quête de soutien, mais il est trop occupé à suivre les enchères d'un parapluie en forme de lévrier.

– On va s'en sortir, promet-elle. Je refuse que ça te perturbe, Jake, alors que ton oral approche. Fin de la discussion.

Ma grand-mère m'a confié un jour que ma mère avait prévu d'aller à l'université. Elle était même inscrite à la fac d'Aberdeen, en géographie. Ses parents n'étaient pas très riches mais, à l'époque, il y avait davantage de bourses et le coût de la vie était moins élevé qu'aujourd'hui. Mais deux mois avant le début des cours, sa sœur a fait son overdose. Puis, pendant que le reste de la famille était à l'enterrement, son frère Andrew est entré dans la maison par effraction pour voler le vélo de ma mère, la télé familiale et tous les bijoux de ma grand-mère. Ça a été le point de départ de la carrière de délinquant qui allait lui valoir plusieurs longs séjours en prison. En résumé, mes grands-parents ont perdu deux enfants d'un coup.

Ma mère ne pouvait pas les abandonner dans de telles circonstances. Ou elle n'a pas voulu. Elle a renoncé à l'université et a trouvé du travail dans la maison de retraite de leur village. Ensuite, soit elle a pris goût à la vie active, soit elle a oublié ses projets – ou un peu des deux. Quand elle a rencontré mon père, huit ans plus tard, lors d'un mariage à Inverness, où ils étaient tous les deux déguisés et soûls, les blessures familiales commençaient à cicatriser. Elle s'est installée à Édimbourg avec lui, elle a changé de travail, et elle nous a eus tous les trois. Ma mère n'évoque jamais la vie qu'elle a failli avoir. Je ne savais même pas qu'elle s'intéressait à la géographie avant que ma grand-mère m'en parle.

C'est peut-être pour ça qu'elle tient tant à ce que Jake fasse de brillantes études – parce qu'elle n'a pas eu cette chance.

– Et moi, alors ? j'interviens. Je pourrais travailler. Je commencerai à chercher après mon anniversaire.

J'aurai seize ans dans quelques semaines, ce qui suffit pour la plupart des supermarchés et cafés.

Ma mère déglutit, cherchant un moyen d'accepter sans me donner l'impression que mon avenir compte moins que celui de mon frère. Ça ne me dérange pas. Je veux vraiment aider. Et puis, à force, j'y suis habitué.

– Eh bien… si tu te proposes… mais seulement les week-ends, d'accord ? Et pas plus de quelques heures. Toi aussi, tu as des devoirs.

– Ouais, ouais.

Jake lève les mains, agacé.

– Sérieux ? Tu vas le laisser faire ? S'il y en a un qui a besoin de réviser, c'est lui, pas moi !

– Sympa…

Keira enfonce le clou :

– C'est vrai, Brody. Tu es encore plus nul que moi en orthographe.

Je la fusille du regard.

– Quelques heures de plus ou de moins, ça ne changera pas grand-chose. Je vais aller voir au supermarché. Ils cherchent toujours du monde.

Ma mère semble soulagée. Triste, mais soulagée.

– Merci, mon chéri.

Elle m'embrasse le dessus du crâne, gardant le visage pressé contre mes cheveux durant un long moment. Lorsqu'elle se redresse, elle a les yeux brillants.

– Ça nous aidera beaucoup. N'est-ce pas, Rob ?

À la télé, le parapluie est finalement parti pour deux cent vingt livres. Ses propriétaires sont déçus. Ma mère répète le nom de mon père. Après un silence, il nous jette un coup d'œil par-dessus le dossier du canapé.

– Euh, ouais. Super, Brody.

Puis il change de chaîne. Soudain, une vague de colère inattendue déferle en moi. Le genre de colère que je n'avais plus ressentie depuis le déménagement, quand j'avais onze ans. Elle est tellement violente que je suis obligé de me réfugier dans la cuisine pour ne plus voir mon père. Maman essaie de nous parler d'un sujet important, et lui, il reste là, avachi devant son émission pourrie. Il n'a pas honte ?

Pendant que je remplis la bouilloire, je devine qu'elle lui fait la leçon. Il y a un long soupir, puis la voix de mon père s'élève à nouveau.

– Merci, mon grand. C'est très gentil à toi.

Je ne veux pas de ses remerciements. Et je ne m'attends pas non plus à ce qu'il sorte de l'appartement et trouve du boulot en cinq minutes. J'ai conscience que son problème est réel et qu'il ne se résoudra pas par magie. Mais j'aimerais juste qu'il fasse un effort, un tout petit effort, au lieu de se contenter d'une ombre de vie égayée par les aventures des autres.

Chapitre 13

Mon anniversaire se passe beaucoup mieux que je l'aurais cru. Ma mère a prévu un gâteau au chocolat. Mon père et elle m'ont acheté un livre sur les meilleurs batteurs de tous les temps, Jake un tee-shirt Joy Division plutôt cool, et Keira un gros paquet de sucettes. Elle n'en a mangé que deux, ce qui représente un sacré progrès par rapport à l'année dernière. (Elle m'avait « offert » un CD des *Plus Grands Hits de Broadway* qui n'a jamais quitté sa chambre depuis.)

Mon plus beau cadeau est celui de Megan : une super carte pop-up sur laquelle elle a dessiné toutes nos candidates préférées de *Drag Race*. Quand je l'ouvre, une RuPaul en carton en jaillit au milieu d'une pluie de confettis. Le concierge, de mauvaise humeur comme tous les lundis, nous oblige à balayer le sol du couloir. Malgré notre retard en cours d'anglais, ça en valait la peine. Ce n'est pas exactement la méga fête qu'on voit dans les films américains, mais c'est sympa quand même.

Lorsque je me dirige vers Calton Hill le jeudi suivant, je n'y pense déjà plus. Mais en me voyant arriver devant le monument, Nico et les autres entonnent un « Joyeux anniversaire » assourdissant. Zahra tient un énorme gâteau et Kasia agite des bougies crépitantes avec un enthousiasme qui ne lui ressemble pas.

– Bienvenue ! s'écrie Nico en me serrant dans ses bras et en m'embrassant sur la joue. Joyeux anniversaire, jeune homme.

Je n'en reviens pas qu'il s'en soit souvenu, alors que j'ai dû mentionner la date une fois en passant.

– Vous n'étiez pas obligés…

– Bien sûr que si. C'est ton anniversaire d'Everland ! Tu en as deux maintenant, comme la reine. (Il m'ébouriffe les cheveux.) Allez, viens, tout le monde t'attend.

De l'autre côté de la porte, la pleine lune projette des ombres gris pâle sur l'herbe. Après avoir traversé le pont, nous nous retrouvons dans une sorte de clairière illuminée par de vieilles lanternes suspendues aux arbres. Esther et le groupe sont là, ainsi que Miyumi, Dani et quelques-uns de leurs amis. Eux aussi me chantent « Joyeux anniversaire », dans des langues et des tonalités variées. Gêné, je cache mes joues écarlates derrière le masque de dragon que je me suis fabriqué pendant le week-end. Mais, au fond, je suis ravi.

Zahra soulève le gâteau devant moi.

– Fais un vœu !

Je me penche et je souffle les bougies en faisant l'impasse sur le vœu. Car, en cet instant, rien ne manque à mon bonheur.

Personne n'ayant de couteau, on se partage le gâteau avec les mains. Quelqu'un apporte du thé et de la limonade. Dani déniche dans une maison voisine un assortiment de pots de confiture qui feront office de verres. Nico râle parce qu'il n'y a pas de champagne, mais personne ne sait où en trouver. De toute façon, Everland est déjà suffisamment enivrant. Boire de l'alcool en prime ne serait sans doute pas recommandé.

Après avoir mangé, je joue un set avec le groupe. Esther me propose de choisir la première chanson, et j'opte pour *Born to Hand Jive* de *Grease*. Keira écoute l'album en boucle en ce moment, parce que son club de théâtre va reprendre la comédie musicale le trimestre prochain. Et dans ce morceau, il y a un super solo de batterie. Après le concert, nous nous dirigeons vers le marché, où nous discutons avec des vendeurs qui nous font déguster des biscuits et de délicieux gâteaux au miel.

Je n'aurais pas pu rêver anniversaire plus parfait.

À un détail près : j'aurais aimé avoir Nico rien que pour moi. Au moins un petit moment.

À peine cette pensée m'a-t-elle traversé l'esprit que tout le monde se disperse. Dani décide d'aller retrouver des amis, Kasia file à la bibliothèque, Zahra et Miyumi partent en quête d'un peu de verdure. Nico et moi débouchons bientôt sur une prairie en friche, où des touffes de bruyère et d'étranges plantes orange et violet nous font trébucher. Il est déguisé en phénix, avec une coiffe rouge et or et une longue traîne ornée de plumes flamboyantes. Son costume n'arrête pas de se prendre dans la végétation, ce qui nous ralentit.

– Merci encore pour ce soir, Nico. Le gâteau, les bougies… Vous n'étiez vraiment pas obligés.

– Ça nous a fait plaisir. (Il soulève sa traîne afin d'enjamber les racines noueuses d'un vieux chêne.) Et ton vrai anniversaire, c'était bien ?

J'écarte une branche basse de mon chemin.

– Ça va. Mes parents ne roulent pas sur l'or en ce moment, donc rien d'incroyable. Mais c'était sympa.

Je ne sais pas pourquoi j'ai dit ça. Je suis pourtant content de mes cadeaux. Mes anniversaires ont toujours été plutôt calmes, car je déteste être au centre de l'attention. Et en dehors d'une batterie ou d'un portable qui ne sorte pas d'un magasin d'antiquités, il n'y a pas grand-chose qui me ferait plaisir. J'avais juste envie de me confier à lui, j'imagine.

Il me dévisage longuement, les sourcils froncés. Je suppose que dans sa famille, ils ne connaissent pas ce genre de problèmes. Ça se voit à ses vêtements, à la marque de son téléphone, à sa façon de dépenser sans compter. Il n'a jamais eu à se préoccuper d'argent.

– Tant mieux si c'était sympa, conclut-il d'un ton hésitant.

Passant à un sujet de conversation moins sensible, il tapote le masque de dragon que j'ai remonté sur ma tête.

– Tu devrais sérieusement envisager des études artistiques, déclare-t-il. Dans la conception de costumes de scène, par exemple. Je suis sûr que tu aurais tes chances.

– Tu parles. Je me contente de suivre des tutos trouvés sur Internet. Là, j'ai dû m'y reprendre à dix fois pour que ça ressemble à quelque chose. Et je ne sais même pas coudre.

Il prend un air faussement scandalisé.

– Voyons, Brody, tu ne pourras jamais participer à *Drag Race* si tu ne sais pas coudre !

– Ça tombe bien, je n'ai aucune intention de m'y inscrire. Ni à l'émission ni dans une école d'art.

– Blague à part, tu as un sacré potentiel. Et pourquoi pas la musicologie ? Section batterie ?

– Peut-être…

J'ai déjà pensé à aller à la fac, mais je ne suis pas certain de vouloir faire de longues études. Ce que j'aime, c'est *jouer* de la batterie, pas disserter dessus. Et ça m'étonnerait que ce projet professionnel enchante mes parents, vu les débouchés limités. Les rêves sont faits pour les gens comme Nico et mon frère. Moi, je dois rester réaliste.

– Tu devrais y réfléchir, insiste-t-il en se retournant. Ça alors, regarde !

Une rivière contourne la forêt, et un mât pointe au-dessus des branches. Nico part en courant entre les arbres. Je trottine derrière lui, puis je m'arrête net en voyant le bateau surgir devant moi.

Un jour, avec le collège, j'ai visité le *Queen Elizabeth 2*, l'énorme paquebot à bord duquel la famille royale partait autrefois en vacances. J'ai trouvé ça intéressant, mais là… on se croirait dans *Peter Pan*. C'est un authentique navire pirate, avec une barre à roue sur le pont supérieur, des rangées de gros canons de chaque côté, des cordages aux nœuds complexes et trois grands mâts. Il y a même un pavillon noir et une planche pour jeter à la mer les marins accusés de mutinerie. Le bateau semble avoir vécu : il y a deux trous dans la coque près de la poupe, comme s'il avait été bombardé, et l'une des voiles est tachée d'une auréole rouge foncé qui pourrait bien être du sang.

– Incroyable ! s'écrie Nico en grimpant à l'échelle de corde pendue sur le côté. Tu crois que c'est un vrai ?

Il atterrit sur le pont avec un bruit sourd. Je le suis, manquant de tomber à travers un autre trou de boulet de canon. Vrai ou pas, peu importe. Il ne manque plus que le capitaine Crochet, Mouche et un crocodile qui fait tic-tac.

Nico escalade le mât principal pour accéder à la vigie. Les dents serrées, j'ignore mon vertige et je monte à mon tour jusqu'à l'étroite plateforme. Appuyé contre la rambarde en bois, il pousse un long sifflement.

– La vache ! Dommage que les téléphones ne fonctionnent pas ici. J'aurais adoré prendre une photo. Tu imagines un peu les *likes* sur Instagram ?

Je m'agrippe au mât pour soulager mes jambes en coton, et je tente de me concentrer sur la vue. C'est magnifique. Depuis cette hauteur, on voit toute la rivière sinuant dans la vallée, le brouillard argenté planant sur la forêt et la pleine lune coincée entre deux montagnes.

– À ton avis, ça va jusqu'où ? j'interroge Nico.

– Aucune idée. Peut-être qu'Everland est comme l'espace : infini.

Cette idée me donne le vertige – à moins que ce soient les dix mètres qui me séparent du pont. Je me demande comment ce navire est arrivé là. Impossible de faire entrer un truc aussi énorme par l'une des portes. Il y a peut-être vraiment des pirates ici, comme dans le Pays Imaginaire ? Tout est possible.

– Ça me donne envie de le retaper, avoue Nico en déployant le pavillon noir, dont le tissu est si déchiré qu'il manque une partie du crâne. On pourrait partir en voyage avec, voir ce qui se trouve de l'autre côté de l'océan. On découvrirait peut-être encore un autre monde, qui sait.

– Ça me paraît tellement loin… et si la porte se refermait avant qu'on soit revenus ? Et si on se perdait ?

– On resterait à Everland, voilà tout. (Une bourrasque de vent fait claquer le drapeau.) On deviendrait des pirates !

– Finis, les cours, finis, les problèmes de boulot ou d'argent.

– On ne grandirait jamais. On ne mourrait jamais.

L'idée fait son chemin dans mon esprit : je pourrais effectivement rester ici. Comme Esther. Je n'aurais plus à m'inquiéter de ce que je vais faire de ma vie. Ma vie, ce serait ça.

Et puis j'éprouve comme un tiraillement, une sensation familière qui m'indique qu'il est temps de rentrer. Nico pousse un long soupir. Il est l'heure. Lui aussi l'a senti.

– Un jour, peut-être, dit-il en souriant. Allez. Le monde réel nous attend.

Chapitre 14

Décembre est mon mois préféré. Pas à cause des cadeaux de Noël, mais parce que je trouve la ville plus belle sous le gel et les guirlandes clignotantes. J'aime les chansons ringardes et l'ambiance du marché traditionnel dans le centre, malgré la foule et les prix trop exorbitants pour acheter quoi que ce soit. J'aime aussi l'idée que l'année touche à sa fin. Ça laisse une chance à la suivante de faire mieux.

Cette fois, pourtant, j'en doute. Tout va mal en ce moment. J'ai postulé pour plusieurs jobs à temps partiel dans des supermarchés, des cafés, des restaurants et une super boutique de vinyles, Rusty Records (dans l'espoir peu réaliste qu'ils aient de quoi payer plus d'un employé). Personne ne m'a recontacté. Jake passe les semaines précédant son oral à stresser et celles qui le suivent à déprimer parce qu'il pense s'être planté. Ma mère, fatiguée, n'a plus aucune patience, et mon père, qui feint de ne se rendre compte de rien, commence à me taper sur les nerfs. Même Clo est plus grincheux que d'habitude. Megan non plus ne paraît pas dans son assiette. Elle est étonnamment silencieuse, et même son Touche Éclat bien-aimé ne suffit plus à masquer ses cernes.

– Ça va, Meg ?

On est assis à notre table favorite à la cafétéria, au milieu d'un groupe de gamines qui s'échangent des ragots. Apparemment, Rhona Lewis aurait plaqué Toby Harris en plein cours de biologie. Megan, qui adore jouer les commères d'habitude, ne les écoute même pas. Elle repousse sa barquette de lasagnes, quasiment intacte.

– Oui, oui, ça va. Tu les veux ? Je n'ai plus faim.

– Tu n'as rien mangé !

Elle hausse les épaules sans répondre.

– OK, alors. Si tu insistes.

Je fais glisser la barquette sur mon plateau à côté de mon sandwich thon-mayonnaise. Je suis affamé. Keira a fini le pain ce matin, et il n'y avait rien d'autre pour le petit-déjeuner. Après la conversation de l'autre jour, je n'ai pas osé demander de l'argent à ma mère pour m'acheter un truc sur le chemin.

– Ton père est encore en déplacement ?

Mon amie se laisse aller contre le dossier de sa chaise, une mèche de cheveux enroulée autour d'un doigt.

– Ouais. À Moscou.

Parfois, quand je dois attendre cinq heures que Keira sorte de la salle de bain ou que Jake daigne lâcher l'ordinateur, j'envie la grande maison vide de Megan. Mais elle doit se sentir seule, surtout que Harry n'est pas souvent là. J'aurais du mal à prendre tous mes repas en tête-à-tête avec moi-même. Et à n'avoir personne à qui dire bonne nuit.

– Du coup, je peux venir dormir chez toi ?

Je me rends compte avec une pointe de culpabilité que je n'y suis pas allé depuis des semaines. La dernière fois, c'était le jour où elle m'a maquillé.

Son regard s'éclaire.

– Avec plaisir ! Tu as au moins six épisodes à rattraper. (Sa voix retrouve son entrain naturel.) Et tu ne m'as toujours pas dit quand tu comptes me présenter Nico.

– Bientôt.

– C'est-à-dire ? Cette semaine ? Ce mois-ci ? Vous êtes ensemble depuis un bail, maintenant ! s'exclame-t-elle, ses longs cheveux traînant à quelques centimètres des lasagnes. Vous avez couché ensemble ou pas encore ?

Les gamines sont toujours assises à l'autre bout de la table. Je leur jette un coup d'œil : elles sont trop passionnées par leur conversation pour faire attention à nous.

– Je t'ai déjà expliqué que ça n'arriverait pas.

Pourtant, ce n'est pas l'envie qui m'en manque. J'y pense même toutes les cinq minutes. Ça craint. On est amis et il sort déjà avec quelqu'un. Je ne devrais sans doute pas l'imaginer nu aussi souvent. Mais c'est plus fort que moi.

– Pourquoi ? Vous attendez le mariage ?

– Tu peux baisser d'un ton ?

Personne ne nous écoute, mais ça n'empêche pas les battements de mon cœur de s'accélérer. Dans notre lycée, faire son coming-out n'est pas forcément compliqué, mais pas simple non plus. Piotr Lisowski n'a eu aucun problème, alors que Thomas McInally s'est fait tabasser quand on a découvert qu'il avait un copain près de Glasgow. Le fait que Louisa Walsh soit lesbienne ne dérange personne, mais quand elle a commencé à sortir avec Millie Yung, tout le monde a accusé cette dernière de faire semblant d'être bi pour se rendre intéressante. (Cette rumeur court toujours, bien qu'elles soient maintenant ensemble depuis *deux ans*.) En résumé, ça dépend de la cote de popularité de chacun. Si elle est basse, ça devient une arme de plus dans l'arsenal de nos détracteurs.

Je sais déjà que dans mon cas, ça ne se passerait pas bien. Leanne et Michelle sautent sur la moindre occasion de se foutre de moi : quand j'ai 2/20 en anglais ; quand j'ai 18/20 en anglais ; quand je ris trop fort ; quand je parle trop doucement ; quand je porte le même tee-shirt en sport trois semaines d'affilée. Elles ont peut-être déjà deviné que je suis gay – vu certaines de leurs vannes, ça ne me surprendrait pas. Mais un coming-out officiel serait un cadeau inespéré pour elles. Je me retrouverais téléporté dans la vidéo éducative débile des années 1990 qu'on nous a montrée en éducation civique : nez cassé, casier tagué, couloirs remplis d'élèves hilares pointant leur doigt au ralenti. Ce serait même sans doute pire, parce qu'aujourd'hui, il y a Internet.

– OK, OK. Désolée, s'excuse Megan en levant les yeux au ciel.

Ça m'énerve qu'elle ne comprenne pas. Elle est jolie, populaire et sûre d'elle ; elle obtient sans effort tous les garçons, les bonnes notes et les invitations qu'elle veut. Elle n'a pas la moindre idée de ce que ça fait de ne pas rentrer dans le moule.

C'est d'ailleurs l'une des choses que j'apprécie à Everland : mes amis de là-bas, eux, *savent*.

Je plante ma fourchette en silence dans les lasagnes trop cuites. Plus que deux jours à tenir. Dans des moments comme celui-ci, cela me paraît interminable.

***

– Alors, à ton avis : colibris ou toucans ?

On est jeudi, et j'arpente l'un des marchés d'Everland avec Zahra. Même si sa famille, de confession musulmane, ne célèbre pas vraiment Noël, elle voudrait rapporter un petit quelque chose à ses cousines. Nico était censé nous accompagner mais, à peine la porte franchie, il a déclaré qu'il devait parler à Dani. J'ai l'impression qu'il y a de l'eau dans le gaz. L'Argentin semblait très nerveux quand il nous a retrouvés au bout du pont, et le sourire de Nico manquait de conviction.

– Brody ? insiste Zahra en agitant deux paires de boucles d'oreilles devant mes yeux. Aide-moi, je n'arrive pas à choisir !

– Les toucans. Ils ont plus de caractère.

– Tu as raison. Deux toucans, s'il vous plaît.

Elle fouille dans les poches de sa veste de patineur russe – ce soir, elle incarne Victor Nikiforov, de l'animé *Yuri !!! on ice* – afin de payer le vendeur. Ce marché est différent de ceux que j'ai visités avec Nico. Il est vaste et calme, rempli d'artisans qui travaillent sans bruit derrière leurs stands surchargés de babioles : poupées russes, petits chats japonais agitant la main, boules à neige, théières, colliers et bracelets en verre dépoli par la mer, échoués comme des algues sur les présentoirs en bois flotté. Tous profitent de leur temps ici pour perfectionner leur art et certains semblent être installés là depuis des années. Un homme a posé un exemplaire du journal *O Globo* sur son banc, comme pour le lire plus tard. Il est daté de 1986.

Zahra s'approche d'une échoppe qui vend des couvertures et des coussins brodés. Sur une table, il y a un tas de petits personnages en fil, pas plus gros que l'ongle de mon pouce. Elle en examine un à la lumière de la lanterne pendue au plafond.

– Des poupées tracas ! s'exclame-t-elle. Tu connais ? On les glisse sous son oreiller pour chasser ses soucis. Elles viennent du Guatemala, je crois. Je pourrais en prendre une pour ma cousine Salima. Depuis qu'elle travaille sur sa thèse, elle est super stressée.

– Ça serait utile à mon frère aussi. (Je me racle la gorge, réfléchissant à la meilleure façon de formuler la question qui me brûle les lèvres.) En parlant de soucis… tout va bien entre Nico et Dani ?

Zahra m'observe du coin de l'œil.

– Bonne question. Les relations amoureuses, ici, ce n'est jamais simple. Surtout quand on vient de pays différents. Le décalage entre Everland et le monde extérieur se ressent encore plus.

– Oui, j'imagine. (Je repense aux paroles de Nico quand on dessinait près de la rivière.) J'espère pour eux que ça va s'arranger.

Zahra sourit, amusée.

– Tu es sûr ?

– Oui, pourquoi ?

– Arrête, Brody. On ne peut pas dire que tu sois discret. En même temps, je te comprends. Nico est très charmant…

– Mais ?

Elle tend quelques pièces au vendeur et fourre les poupées dans sa poche.

– Mais… il est aussi compliqué.

– C'est-à-dire ?

– Il a pas mal de problèmes à régler. Comme nous tous, d'ailleurs. Tu ne devrais pas trop l'idolâtrer.

J'aimerais en savoir davantage, mais elle se dirige déjà vers un stand de télescopes, jumelles et autres instruments d'optique. Elle paie quelques livres pour un petit kaléidoscope doré, puis échange des stylos contre trois coquetiers en argile. Les prix sont assez libres, ici.

Certains marchands collectionnent la monnaie dans des boîtes de conserve ou des bocaux, peut-être en prévision de leur retour dans le monde réel – même s'il y a tant de devises mélangées que je ne vois pas bien ce qu'ils pourront en faire. D'autres préfèrent le troc, ou distribuent même gratuitement leurs créations.

Alors que Zahra admire des bouteilles en verre renfermant des maquettes colorées, le propriétaire, un grand homme aux cheveux gris, à la peau grêlée et au sourire édenté, m'en tend une. Je fais « non » de la tête.

– Désolé, je n'ai pas de quoi payer.

– J'ai l'équivalent d'une vie entière de travail ici, me répond-il avec un accent d'Europe de l'Est. Je ne vendrai jamais tout. Je t'en prie, ça me fait plaisir.

Il me fourre la bouteille dans la main. Tout en hauteur, elle abrite un village miniature, dont les habitants se promènent dans une rue bordée de cottages au toit de chaume. Au bout, un réverbère minuscule projette une lueur dorée sur le sol couvert de neige. Je suis fasciné par le niveau de détails ; c'est comme si tout un monde était emprisonné derrière le verre. Je remercie l'homme, gêné de ne rien avoir à lui offrir en échange. Car, mis à part mon téléphone et la carte de bus de Jake, mes poches sont vides.

Lorsque nous terminons notre tour du marché, j'ai récolté de quoi faire tous mes cadeaux de Noël : un porte-monnaie rose vif décoré de petits miroirs pour Keira, une machine à écrire sculptée dans un livre pour Jake, une montre à gousset en bronze gravée d'un moineau pour ma mère. Je suis tenté de garder le village en bouteille pour moi, mais je décide finalement de l'offrir à mon père. Ça devrait lui plaire.

J'ignore combien de temps nous avons passé à faire nos emplettes. Nous laissons le marché derrière nous et débouchons dans un grand champ d'herbe jaune qui me monte jusqu'aux genoux. Des montagnes se dressent au nord et à l'est. À l'exception d'une cascade qui glougloute au loin, le silence règne. C'est drôle comme Everland change en fonction de la personne avec qui je suis. Avec Nico, on se retrouve toujours au milieu d'une foule, d'une célébration ou d'un festival. Avec Zahra, ce sont plutôt de grands espaces ouverts. Je le lui fais remarquer, et elle sourit.

– C'est ce que j'adore ici. La liberté.

À quelques pas de nous, deux daims se reposent sous un arbre. Elle s'arrête pour les observer.

– Je ne t'ai jamais parlé de ma mère, n'est-ce pas ? reprend-elle.

– Non.

Elle prend une grande bouffée d'air frais, chargé, ce soir, d'un parfum de pin et de feu de bois.

– Elle a une SEP – une sclérose en plaques. Mon père travaille à l'étranger et, depuis que mes sœurs ont quitté la maison, il n'y a parfois que moi pour m'occuper d'elle. Même si nos voisins et nos amis de la mosquée m'aident beaucoup, c'est pesant.

– Oh… Je comprends.

Il m'est arrivé de devoir veiller sur mon père, après ses crises de panique par exemple, mais rien de comparable avec ce qu'elle vit.

Zahra caresse les hautes herbes du bout des doigts.

– J'ai découvert cet endroit pendant une soirée difficile. Ma mère s'était ouvert la tête en tombant dans la cuisine et j'avais dû appeler une ambulance. Mon père était au Texas, c'était la première fois que je devais gérer un truc aussi grave toute seule, bref, je me sentais un peu… dépassée. Même si elle allait bien, ils l'ont gardée en observation pour la nuit. Une de mes tantes est venue me chercher à l'hôpital. Comme je n'arrivais pas à dormir, je suis sortie me promener et j'ai atterri sur Calton Hill. Nico et Kasia attendaient près du monument. Je les ai suivis de l'autre côté. Depuis, je reviens toutes les semaines sans exception. Au début, je m'en voulais, mais, au fond, je ne fais rien de mal. Notre appartement n'est qu'à quatre minutes à pied ; je ne pars pas longtemps.

– Je ne m'en serais jamais douté… Je suis désolé, Zahra.

– Merci. Ça va, ça me fait du bien d'être ici et de pouvoir respirer. Sans ça, j'aurais pété les plombs depuis longtemps.

Nous marchons sans rien dire, les yeux tournés vers les daims qui broutent. J'ignorais son histoire, tout comme j'ignorais celle de Dani. Ça me rend encore plus heureux qu'Everland existe, pour que ceux qui en ont besoin puissent s'y ressourcer.

Peu après, nous revenons à notre point de départ, une grande place ombragée de palmiers. Une porte rouge à la poignée en forme de lune argentée est coincée entre des bâtiments de chaux blanche. Miyumi est assise en tailleur au pied d'un tronc, avec un livre ; Esther et les autres se préparent un peu plus loin. Les voir me réchauffe le cœur. Je me fiche pas mal de la théorie de Kasia sur le fait qu'il faut découvrir cet endroit tout seul pour le mériter. Ma place est ici.

Alors que je confie mes cadeaux à Zahra pour monter sur scène, j'hésite soudain.

– Je ne pourrai jamais donner ces objets à ma famille. Ça vaut beaucoup trop cher. Ils vont se demander comment je les ai payés.

En le disant à voix haute, je me rends compte du problème. Ma mère me prend déjà pour un drogué ; autant éviter d'ajouter le vol à la liste de mes crimes imaginaires. Ça me rend triste. J'aurais tant voulu leur offrir quelque chose pour Noël, à mon père et à elle, afin de compenser ce qu'ils endurent en ce moment…

– Tu n'as qu'à dire que tu les as fabriqués toi-même, me suggère Zahra. Vu tes masques, ce serait crédible.

– Les masques n'ont pas grand-chose en commun avec ça, j'objecte en soulevant la maquette en bouteille.

– Alors range-les quelque part. Tu auras peut-être une autre occasion de les leur donner. (Elle referme ses mains sur les cadeaux.) Les choses changent, tu sais.

J'acquiesce d'un hochement de tête. Mais une fois arrivé de l'autre côté de la place, je m'interroge : de quoi parlait-elle ? De la vie, d'Everland, ou des deux ?

Chapitre 15

Quand je rentre du lycée le jeudi suivant, notre salon a été dévasté par l'ouragan Keira. Ce n'est pas la première fois que ma sœur pique une crise de colère de catégorie cinq, mais là, ça bat tous les records. Le visage barbouillé de larmes, elle pousse des hurlements hystériques. Je ne comprends pas un mot de ce qu'elle raconte. D'habitude, à ce stade, mes parents devraient avoir perdu patience et s'être mis à crier eux aussi. Bizarrement, ils restent de marbre. Mon père a les yeux rivés sur la télé et ma mère n'arrête pas de secouer la tête et de s'excuser.

– … pas le choix, dit-elle quand Keira fait enfin une pause pour reprendre son souffle. Je ne l'aurais pas fait si…

Elle s'avance d'un pas, les bras ouverts, mais Keira la repousse, glaciale. Même Jake a interrompu ses devoirs pour observer la scène. Lui qui a toujours traité notre sœur comme un chiot agaçant semble presque désolé pour elle.

– Je vous déteste ! crie Keira. Je vous *déteste* !

Elle part dans sa chambre en claquant la porte si fort que ça fait trembler les murs. Aussitôt, Mrs McAskill tape au plafond. Jake lui répond à grands coups de talon sur la moquette. Ma mère s'effondre sur le canapé, la tête entre les mains. Au bout d'un moment, mon père se penche vers elle et lui caresse tendrement le genou.

– Elle finira par se calmer, Sally. Attendons une quinzaine de jours. D'ici là, elle se sera trouvé un nouveau hobby et elle n'y pensera plus.

– Ça m'étonnerait. Elle adorait ce club.

Maman se masse les yeux et se pince la racine du nez, signe qu'elle sent monter une migraine. Tout à coup, je vis l'un de ces moments étranges où l'on s'aperçoit qu'on a beau voir quelqu'un chaque jour, on ne le regarde plus vraiment. Ma mère a vieilli. Des cheveux blancs qui n'étaient pas là auparavant pointent autour de son front ; les rides aux coins de sa bouche se sont creusées.

Quand elle m'aperçoit, planté sur le seuil de la porte, elle se fige.

– Oh… Tu es là depuis quand ?

– Euh, j'arrive à l'instant. Qu'est-ce qui se passe ?

Elle prend une grande inspiration, comme si elle rassemblait son courage. Mon père croise les bras et reporte son attention sur la télé. Je jette un coup d'œil à Jake, mais il est de nouveau concentré sur sa dissertation. Ma mère me désigne la table d'un geste du menton.

– Assieds-toi, mon chéri.

J'abandonne mon sac et je me laisse tomber sur la chaise la plus proche. Cette scène commence à devenir… étrangement familière. Ma mère prend place en face de moi, les coudes sur la table. Elle a toujours été douée pour cacher ses émotions – quand mon père était à l'hôpital, ou ces dernières années, quand son agoraphobie ne cessait de s'aggraver. Mais elle laisse aujourd'hui transparaître son inquiétude, peut-être parce qu'on a grandi. Ou peut-être que la situation est trop grave pour qu'elle continue à faire comme si de rien n'était.

Cette pensée m'effraie.

– Tu te souviens, quand je vous ai dit qu'on allait devoir se serrer la ceinture en attendant que le problème d'allocations de votre père soit réglé ? Eh bien, nous n'avons plus les moyens de payer le club de théâtre de Keira.

– Oh. Je vois.

Voilà qui explique le mélodrame : Keira a une véritable passion pour le théâtre. Et elle est douée. Le trimestre dernier, on est allés voir leur reprise de *Annie*. Ma sœur jouait le rôle de Duffy, une petite orpheline. Elle était géniale. Complètement déjantée, mais super drôle. Après, elle a refait tout le spectacle dans le salon sous forme de one-woman show pour mon père. Elle connaissait le texte par cœur, et je dirais même que son interprétation de la directrice de l'orphelinat était meilleure que celle du film.

– Ça coûte une fortune, m'explique ma mère, le nez baissé vers la table, sur laquelle elle gratte une trace de ketchup séché. Et on a d'autres priorités. Je sais que c'est dur, mais on doit tous faire des sacrifices.

– Laisse-lui un peu de temps pour digérer. Elle s'en remettra.

Malgré son côté diva, ma sœur a un bon fond. Ses colères ne durent jamais longtemps.

Ma mère continue à gratter le ketchup sans rien dire. Jake tape plus vite et plus fort, comme pour meubler le silence. Enfin, maman soupire et lève les yeux vers moi.

– Brody… On va devoir trouver un nouveau foyer à Clochette.

Il me faut une seconde pour comprendre de quoi elle parle. Comme un idiot, je crois d'abord qu'on va tous déménager. Puis ça fait tilt.

– Quoi ? Maman, non ! Pourquoi ?

Elle se tord les mains.

– Tu sais bien qu'on n'est pas censés avoir un animal de compagnie ici. On aurait dû le donner en arrivant, mais tu étais tellement attaché à lui, et tu n'avais que onze ans… Je n'ai pas eu le cœur de vous séparer.

– Donc ça t'autorise à le faire maintenant ? J'en ai profité assez longtemps, c'est ça ?

Mon père monte le volume de la télé. Les épaules de Jake se raidissent, mais il ne se retourne pas. Ma mère secoue la tête.

– Je suis désolée, je te jure. On peut le garder jusqu'au Nouvel An, mais après ça, il devra s'en aller.

– Je t'ai dit que j'allais trouver du travail. J'ai déposé plein de candidatures. Personne ne m'a encore répondu, mais je vais insister. Je paierai sa nourriture avec mon salaire.

– Ce n'est pas le problème. Clo se fait vieux. Imagine, s'il avait besoin d'une opération ou de médicaments ? Et surtout, on ne peut pas risquer de perdre l'appartement à cause de lui.

On a eu plusieurs visites de l'agence immobilière depuis qu'on vit ici. À chaque fois, on a confié Clo à Amanda, la copine de Keira qui vit quelques étages au-dessus. On a aspiré les poils de chat, caché sa gamelle et sa litière sous l'évier. Le type de l'agence n'est jamais resté plus de cinq minutes, et il avait autre chose à faire que chercher des traces de contrebande animalière. Mais j'ai beau le rappeler à ma mère, elle continue à secouer la tête.

– Brody, on ne s'en sort pas. Je n'arrête pas de réclamer plus de gardes, mais ça ne suffit pas. Je suis déjà allée deux fois à la banque alimentaire. Si Mrs Adebayo ne nous avait pas descendu un plat de curry hier soir, on n'aurait rien eu à manger.

Sa voix tremblante me fait un choc. Même si je savais que ça allait mal, je ne me doutais pas que c'était à ce point-là.

– Qu'est-ce qu'on va devenir, si le propriétaire nous met à la porte parce qu'on a enfreint le règlement ? On ne trouvera rien de moins cher dans le quartier, et il faudra des années avant qu'on nous attribue un logement HLM. Je suis désolée, mais ce chat est un luxe qu'on ne peut plus se permettre.

– Un *luxe* ?

Je suis incapable de la regarder, tant les sentiments se bousculent en moi. Je me lève et je récupère mon sac.

– Ras le bol de ces conneries !

Mon père se décide enfin à intervenir.

– Ne parle pas comme ça à ta mère. Elle fait ce qu'elle peut.

Et c'est tout. Il change de position sur le canapé et continue à regarder son émission comme si rien de tout ça ne le concernait. Durant une seconde, je lui en veux à mort. Même si c'est injuste. Il est malade, il n'y peut rien, c'est plus fort que lui… Le truc, c'est que, depuis quelque temps, j'ai l'impression qu'il n'essaie même plus d'aller mieux. Il préfère se réfugier dans ses documentaires, se plonger dans des enquêtes policières ou des explorations sous-marines, plutôt que de s'intéresser à ce qui se passe autour de lui.

– Très bien, je conclus. Donne-le à qui tu veux. Je m'en tape.

Comme Keira tout à l'heure, je claque la porte de ma chambre derrière moi, ce que je n'avais plus fait depuis l'âge de huit ans. Clo est allongé devant la fenêtre dans un rectangle de soleil qui fait flamboyer son pelage roux. Je me laisse tomber sur le sol à côté de lui. La colère fait palpiter ma gorge, ma poitrine, mes poignets. De toutes les choses dont mes parents pouvaient me priver, c'est la pire.

Enfin, pas tout à fait. Everland serait la pire. Mais Clochette vient juste après.

– Qu'ils aillent tous se faire voir.

Je passe ma main sur son dos. Pas d'humeur pour les caresses, il me crache dessus et va se planter devant la porte, grattant le bois jusqu'à ce que je lui ouvre. Ça n'a rien d'inhabituel ; il est toujours de mauvaise humeur. Mais aujourd'hui, ça me fait mal.

Il n'est pas encore 16 heures. Trop énervé pour rester chez moi, je me change et ressors sans rien dire. Je déambule un moment dans les rues, en donnant des coups de pied dans les cailloux et les détritus qui jonchent le trottoir. Les paroles de ma mère résonnent dans mon esprit, et les arguments que j'aurais pu lui opposer me viennent bien trop tard. Je finis par envoyer un message à Nico pour lui demander ce qu'il fait. Il me rappelle aussitôt – à part lui, je ne connais personne de moins de quarante ans qui préfère les appels aux textos.

– Brody ! Je pensais justement à toi.

Ma gorge se serre. Ça me fait du bien d'entendre sa voix, même si je suis incapable de répondre. Il répète mon nom plusieurs fois, puis me propose :

– Tu veux passer chez moi ? Je t'envoie l'adresse.

***

Il y a une bonne demi-heure de marche jusqu'au centre-ville. Nico m'ouvre la porte, vêtu d'un pantalon Adidas et d'un tee-shirt blanc taché de peinture. Avant de dire quoi que ce soit, il me serre dans ses bras. J'en profite un peu plus longtemps que nécessaire, le visage pressé contre son épaule.

– Je ne m'attendais pas à te voir, murmure-t-il finalement. Ça ne va pas ?

– Si, si. C'est juste que…

Ma voix s'étrangle à nouveau. Je ne sais pas ce qui m'arrive. Nico n'insiste pas.

– Monte. Mon père et Jenny sont encore au boulot. Ils rentrent super tard.

Je retire mes chaussures. Leur appartement semble tout droit sorti d'un concours d'architecture : parquets rutilants, hauts plafonds à corniches sculptées, puits de lumière. Nico attrape deux Coca dans la cuisine – le frigo fait à peu près la taille de la chambre de Keira –, avant de me conduire à l'étage. Une nature morte et une vue de l'estuaire de la Forth ornent le couloir, mais il n'y a aucune photo de famille.

– Désolé pour le bazar, s'excuse-t-il. Je suis en train de terminer un projet pour mon portfolio.

Il pousse la porte du bout du pied. Sa chambre n'a rien à voir avec ce que j'imaginais. Je pensais découvrir des murs bleu cobalt, des piles de vêtements et de costumes sur le sol, un coin entièrement tapissé de croquis et de coupures de magazines de mode. J'avais tout faux. Il y a bien quelques crayons, pinceaux et carnets sur le bureau, ainsi qu'une poignée de dessins et de photos punaisés sur un panneau de liège. Mais, à part ses ailes appuyées contre l'armoire et un pan de tissu doré étalé sur le lit, aucune trace de déguisements. Les murs sont crème, les rideaux beige, la couette et la moquette grises. Ça ne lui ressemble pas du tout.

– Je sais ce que tu penses, soupire-t-il en faisant de la place sur son lit. (Quelques roses en tissu tombent sur le sol.) On se croirait dans un hôtel. Il ne manque plus qu'une mini-bouilloire et deux sachets de biscuits sur la table de nuit.

– Au moins, c'est grand.

Immense, même. Deux fois la taille de la chambre que je partage avec Jake. En fait, notre appartement tout entier y tiendrait presque. Quant au jardin que j'aperçois par la fenêtre, il doit faire le double de la cour de Mackay House.

– Et puis… la vue est sympa, j'ajoute.

Nico ricane.

– Je déteste cette piaule. Je l'avais repeinte en violet quand j'avais quinze ans, avant d'aller passer quelques semaines de vacances chez ma mère. À mon retour, je l'ai trouvée comme ça. C'est « plus adulte », d'après Jenny. « Plus convenable. » J'ai hésité à recommencer, mais elle m'aurait refait le coup. (Il s'étire, les bras levés au-dessus de la tête.) J'ai tellement hâte d'aller à la fac… Ma chambre là-bas ressemblera à une *battle* de peinture entre Matisse et Miró.

Je m'assieds à côté de lui.

– Tu comptes postuler où, déjà ?

– Londres, Paris, Barcelone et Berlin. Avec une préférence pour Londres.

Un peu déçu qu'il n'ait même pas envisagé de rester à Édimbourg, je l'écoute me décrire les différents cursus d'art qui existent. Sa voix change quand il parle de ça. Mais contrairement à Jake, dont le timbre devient plus aigu et le débit plus rapide dès qu'il est question de Cambridge, Nico semble détendu, comme s'il savait déjà que sa place est dans l'une de ces écoles. Ça me trouble. Il doit s'en rendre compte, car il sourit et me donne une tape sur le genou.

– Je viendrai toujours à Everland, me rassure-t-il. Il y a forcément des portes dans ces villes. J'en trouverai une, et on pourra continuer à traîner ensemble le jeudi soir.

Il étale le tissu doré sur ses genoux. C'est une espèce de cape à manches longues, avec une capuche brodée de délicats motifs floraux.

– Ça te dirait de me donner un coup de main ? J'ai encore une bonne centaine de roses à coudre là-dessus d'ici la semaine prochaine.

Vu l'énorme boîte remplie de fleurs en satin doré qu'il va chercher sur son bureau, il n'exagère même pas. Je suis nul en couture, mais je devrais m'en sortir grâce aux petites croix qu'il a tracées sur l'ourlet pour marquer l'emplacement de chaque rose. C'est même plutôt relaxant. Nico met de la musique, et nous restons assis un moment dans un silence paisible, tandis que sa création prend forme entre nos mains.

– Tu vas la porter ce soir ?

– Non, je dois d'abord la photographier pour mon portfolio. (Il arrête son fil avant de lever les yeux.) J'ai prévu de passer chez Kasia tout à l'heure, pour l'aider à terminer son costume. Tu veux m'accompagner ? Elle habite près de Leith Walk, tu sais, là où on s'est rencontrés la première fois.

Mon cœur bat plus fort à l'évocation de ce souvenir. Clo tapi entre les roues de la voiture, puis se réfugiant dans les bras de Nico et se laissant porter à travers le parking.

– Ça ne va pas la déranger ? J'ai peur qu'elle me chasse de chez elle, comme elle a voulu le faire à Everland !

Nico éclate de rire.

– Mais non, Kasia t'aime bien. Elle est juste obsédée par des règles qui n'existent que dans sa tête. (Il me lance une rose.) Ça sera marrant. On prendra des pizzas en chemin. Comme ça, tu n'auras pas à supporter l'enfer d'un dîner avec mon père et Jenny.

– Arrête, ils ne doivent pas être si terribles que ça.

– Regarde autour de toi, Brody ! Tu crois qu'une personne dotée d'un minimum de personnalité choisirait ce genre de déco ?

– OK, OK. Je t'accompagnerai chez Kasia.

– Cool.

Il attrape une autre rose dans la boîte et joue avec pendant un moment sans me regarder.

– Alors, reprend-il, tu veux me raconter ce qui s'est passé ?

Je déglutis.

– Oh, pas grand-chose. Ma mère a simplement... décidé de donner notre chat.

J'essaie de présenter les choses de manière amusante, comme si ça ne m'atteignait pas plus que ça, allant jusqu'à tourner en dérision ma réaction exagérée. Nico rit avec moi, mais son regard est triste. Cette nouvelle semble lui faire beaucoup de peine.

– Mon pauvre, commente-t-il quand j'ai terminé. Ça craint.

– Ouais.

La boule est de retour dans ma gorge et j'ai les yeux qui piquent. Lorsque je tends la main vers les roses, Nico la frôle du bout des doigts.

– Je t'aurais bien proposé de le prendre, mais Jenny nous tuerait, Clo et moi. Elle en est capable, je te jure.

– Merci. C'est gentil. (Je me mords la lèvre.) Mais je... je ne...

Il patiente pendant que je cherche mes mots. Je n'ai jamais été doué pour exprimer ce que je ressens ou même me le formuler clairement. Les mille teintes de bleu des ailes appuyées contre l'armoire se brouillent devant mes yeux.

Et tout à coup, c'est un torrent qui jaillit de ma bouche.

– J'en ai marre. Marre de me sentir moins bien que mon frère, marre qu'on me marche dessus, marre qu'on ne m'écoute jamais. Marre de me laisser harceler par deux abruties. Marre qu'on me traite comme un gamin. Je sais bien que ma mère ne se débarrasserait pas du chat si elle avait le choix et que mes parents n'y peuvent rien s'ils n'ont plus d'argent. Mais qu'ils aient osé prendre cette décision sans me consulter… J'ai l'impression de n'avoir aucun contrôle sur ma vie. On ne me demande jamais mon avis sur rien. Au lycée, c'est la merde, je ne suis même pas sûr de réussir mon année. Et je n'ai aucune idée de ce que je veux faire après. Everland est la seule chose qui m'aide à tenir, mais il faut attendre toute une semaine après chaque visite, et ça devient de plus en plus difficile.

Sacré monologue pour quelqu'un qui ne dit jamais rien. Lorsque je relève les yeux, ceux de Nico sont rivés sur moi. Je rougis et reprends mon aiguille afin de coudre une nouvelle rose.

– Désolé. Je suis pathétique.

– Pas du tout. Je comprends, Brody, crois-moi. Dans la bande, on a tous éprouvé des choses similaires. Moi, c'est mon quotidien.

J'ai du mal à le concevoir. Nico est tellement sûr de lui, tellement bien dans sa peau. D'un autre côté, il ne se sent pas chez lui dans cette chambre ni dans cette maison. Ça ne doit pas être évident.

Il se rapproche de moi et me serre dans ses bras, plus fort que la première fois. Malgré toute la colère et la frustration de l'après-midi, des papillons se mettent à danser dans mon ventre.

– Le mal-être que tu décris… c'est justement la raison pour laquelle tu as découvert Everland. J'ai servi d'intermédiaire, mais c'est la preuve que tu y as ta place.

Il s'écarte et me sourit. Le poids qui oppressait ma poitrine s'envole.

– Le reste du monde ne compte pas, conclut-il. Tu nous as, nous, maintenant. On forme une famille. Et peu importe où j'irai l'année prochaine, ça ne changera pas.

Chapitre 16

Cette soirée à Everland me paraît encore plus longue que d'habitude. Je me défoule sur la batterie pendant cinq ou six sets avec Esther et le groupe ; puis Nico et moi dénichons un vieux parc aquatique et une rue remplie de boutiques de porcelaine. Lorsque j'éprouve enfin le tiraillement qui m'incite à rentrer, Zahra et Kasia sont parties depuis longtemps. Même Miyumi, qui s'attarde toujours plus que nous, est prête à s'en aller.

Dehors, rien n'a changé. On est toujours jeudi. Et il n'est pas encore minuit.

Quand j'arrive à la maison, tout le monde est debout. Ce n'est pas surprenant pour Jake et mon père, mais normalement, quand ma mère ne travaille pas, elle se couche de bonne heure. Elle est en train de faire les comptes, assise à la table de la cuisine. En me voyant, elle pose son stylo.

– Ah, te voilà.

Je m'attendais à un sermon et à une centaine de questions sur ce que j'ai fait de ma soirée, mais elle a plutôt l'air soulagée.

– Rob, tu peux éteindre la télé, s'il te plaît ?

La caméra s'attarde longuement sur le panorama d'une forêt tropicale. Mon père tend la main vers la télécommande, mais je ne le laisse pas finir son geste.

– Pas la peine d'en reparler, puisque votre décision est prise.

Pendant que je suspends mon manteau dans l'entrée et que je retire mes chaussures, ma mère se lève en tripotant les bagues de sa main gauche.

– Écoute, mon chéri, Jake a eu une…

Ces mots me mettent hors de moi. Qu'est-ce que j'en ai à foutre, de l'avis de Jake ? Je n'ai pas l'impression qu'on lui ait demandé beaucoup de « sacrifices », à lui ! Je m'efforce néanmoins de garder mon calme. À défaut de changer quoi que ce soit, ma soirée à Everland m'a permis de prendre du recul. Ma mère n'est pour rien dans ce qui nous arrive. Je ne vais pas prétendre que ça ne m'atteint pas, mais ça ne sert à rien de me défouler sur elle.

– Maman, je suis fatigué. Je vais me coucher.

Au lieu d'entrer dans ma chambre, je m'arrête devant celle de Keira. La lumière est encore allumée. Comme elle ne répond pas quand je frappe, je pousse la porte. Blottie sous sa couette violette, sa rage enfin retombée, elle sanglote dans son oreiller.

J'éprouve alors un élan de compassion inattendu pour ma sœur. Elle a beau être bruyante, insupportable, autoritaire, tête en l'air et égocentrique, elle n'a jamais été du genre à verser des larmes de crocodile. Pour pleurer comme ça, elle doit être bouleversée.

– Coucou…

Je m'assieds au bord du matelas et promène mon regard sur les photos de ses copines et les posters de groupes pop ou de comédies musicales collés derrière sa porte. Sa chambre est si petite qu'il me suffit d'étendre les jambes pour toucher le mur opposé.

– C'est la merde, hein ?

La couette remue, puis Keira se redresse brusquement et se jette à mon cou. Je ne me souviens pas de la dernière fois où on s'est fait un câlin. Je referme mes bras autour d'elle. Elle est si mince que mes coudes se rejoignent presque dans son dos.

Puis j'attrape Barry, le lapin en peluche qu'elle a depuis l'âge de deux ans, et je le colle contre sa joue.

– Tiens, raconte tout à Barry. Il a de bonnes oreilles.

– Lâche-moi, Brody, proteste-t-elle en riant.

Elle serre néanmoins la peluche contre son cœur. Car, sous son maquillage, ses bijoux clinquants et les chaussures à talons qu'elle emprunte à ses copines, elle reste une petite fille. On a tous les deux tendance à l'oublier.

Adossée au mur, elle ramène ses genoux contre sa poitrine. Son mascara délavé lui fait des yeux de panda, qu'elle essuie sur la manche de son pyjama.

– C'est trop injuste. OK, on doit faire des économies, mais j'adore mes cours de comédie musicale. Même si tout le monde trouve ça débile. Et je suis douée.

– Super douée, même. (Je lui pince doucement les orteils à travers ses chaussettes rayées roses et vertes.) Je comprends, je t'assure.

C'est sincère. Nos parents voient ma passion pour la batterie un peu de la même façon : comme un passe-temps sympathique, mais en aucun cas une priorité, contrairement aux activités de Jake qui doivent l'aider à entrer à Cambridge. À « développer son potentiel ». Si j'avais eu des cours particuliers ou une batterie, peut-être que moi aussi, j'aurais pu aller loin. Sauf qu'ils n'ont pas les moyens de m'offrir ça. Et je ne peux pas leur en vouloir, même si ça me frustre.

– Ne t'en fais pas, Keira, c'est juste le temps que maman obtienne des gardes en plus. Je parie que tu pourras recommencer après les vacances d'été.

Elle fait la grimace.

– On devait reprendre *Grease*. Je voulais jouer Frenchy.

– Il y aura d'autres spectacles.

– Oui, mais pas celui-là.

Je soupire. Ma sœur retrouvera ses cours un jour ou l'autre, alors que moi, je ne récupérerai jamais mon chat. Je suis le seul qui perde définitivement quelque chose dans l'histoire. Enfin, avec Clochette.

Mais aussi agaçante que soit Keira, on est dans le même bateau. Elle se doute bien qu'elle n'a quasiment aucune chance de faire carrière à Broadway, tout comme j'ai renoncé il y a des années à mon rêve de devenir batteur professionnel. Tout le monde ne peut pas être exceptionnel, et il y a déjà un génie dans la famille. Jake voudrait faire de la politique. Dans vingt ans, il vivra sans doute à Londres ou dans un superbe manoir, ici, à Édimbourg. Keira et moi devrons nous contenter d'appartements semblables à celui-ci et de jobs nous permettant tout juste de joindre les deux bouts, comme nos parents avant nous. Et encore, ça pourrait être pire.

Je me laisse aller en arrière, les yeux levés vers les posters découpés dans des magazines.

– Ce que je veux dire, c'est que tu ne dois pas baisser les bras. Pourquoi tu ne monterais pas un club de comédie musicale au collège ?

Elle hausse les sourcils.

– Quoi, comme dans *Glee* ?

On rigole tous les deux. Notre établissement n'est pas trop le genre d'endroit où les élèves dansent et chantent dans les couloirs. Si quelqu'un entonnait un solo dans la cafétéria, on lui jetterait probablement des tomates.

– Non, je pensais plutôt à un spectacle de fin d'année, un truc comme ça. Tu devrais en parler à Mrs Patel. Elle adore qu'on lui propose des idées.

Keira renifle et s'essuie sur le pauvre Barry, qui se retrouve avec une traînée noire sur le museau.

– Hum, faut voir. Tu voudrais participer ?

– Bien sûr. Tiens, tu veux m'auditionner tout de suite ?

Je lui interprète *Defying Gravity* de *Wicked* (une autre comédie musicale qu'elle écoute si souvent que toute la résidence doit la connaître par cœur). Je fais exprès de chanter faux, même si, pour être honnête, je n'ai pas besoin de me forcer. Keira tient environ deux phrases avant de plaquer une main sur ma bouche et de rabattre les oreilles de Barry.

– OK, on oublie ! Tu n'auras qu'à jouer de la batterie, si tu veux. (Elle pose son menton sur ses genoux.) Désolée pour Clo. Ça va faire bizarre de ne plus l'avoir à la maison.

Ma gorge se serre. J'étais tellement en colère quand ma mère m'a annoncé qu'elle voulait le donner que je n'ai pas vraiment réfléchi à ma vie sans lui. Clo est dans la famille depuis onze ans. Je l'ai toujours connu se faufilant entre mes jambes, se couchant sur mes genoux quand je fais mes devoirs ou me réveillant le matin par ses miaulements affamés et ses coups de tête.

Keira me tend sa peluche.

– Tu veux que je te prête Barry ?

Si Jake m'avait proposé ça, je l'aurais envoyé bouler. Mais venant de Keira, c'est différent. Je lui rends son lapin en souriant.

– Je suis un peu trop vieux pour ça, je crois. Mais merci. Essaie de dormir, maintenant.

Je lui ébouriffe les cheveux. Elle les lisse en ronchonnant, alors qu'ils étaient déjà en bataille.

Je vais me brosser les dents, puis je regagne directement ma chambre sans répondre au « bonne nuit » de mon père. Jake est assis sur mon lit, en train de câliner Clo pour la première fois depuis dix ans. La boule grossit un peu plus dans ma gorge. La perspective de dire adieu à cette saleté de museau renfrogné, de devoir l'abandonner dans un refuge où personne ne pensera à lui caresser les moustaches avec une brosse à dents, ou ne saura que le fromage est sa gourmandise préférée… Je n'en reviens pas que ça me chamboule à ce point, mais c'est comme ça.

Jake se lève, les mains dans les poches de son pantalon d'uniforme.

– J'ai parlé à Amir, m'annonce-t-il en se penchant en arrière, en équilibre sur ses talons. Si tu es d'accord, il pourrait accueillir Clo après le Nouvel An. Sa mère rêve d'avoir un chat depuis longtemps et ils ont un super jardin. Comme ça, tu pourras lui rendre visite.

Son ton est posé, comme s'il avait répété son discours. Ça m'énerve encore plus. Je les imagine très bien, maman et lui, complotant dans mon dos afin de gérer ma mauvaise humeur, comme si j'étais un sale gosse capricieux.

– OK. Qu'ils le prennent. Mais tu rêves si tu crois que je vais me taper une heure de bus pour aller voir un chat.

– On n'aura qu'à faire le trajet ensemble. J'y vais tout le temps.

– Ouais, super. (Je m'assieds et prends Clo dans mes bras. Il se débat un peu, sans sauter à terre, pour une fois.) Je ne voudrais surtout pas te coller la honte devant ton pote.

– Qu'est-ce que tu racontes ? Je n'ai pas honte de toi.

Tu parles. Il n'invite jamais aucun de ses copains à la maison, et il est tout gêné quand on les croise lors d'un spectacle, un concert ou une remise de prix.

– Franchement, Brody, tu es tellement… J'essaie juste de…

Il s'interrompt, marmonne quelque chose dans sa barbe, lève les mains au ciel et repart vers l'ordinateur. Il ne comprend pas. Il n'a jamais compris. Sa vie suit un chemin tout tracé, à l'opposé du mien et de celui de Keira. Plus les années passent, plus ces chemins s'écartent.

Bientôt, on se perdra complètement de vue.

Chapitre 17

Peu avant Noël, la vie réelle vient se mettre en travers de nos nuits à Everland. Nico doit passer les vacances en Espagne avec sa mère, Zahra est invitée chez ses cousines de Londres, et Miyumi a un concert de prévu à Saint-Pétersbourg. Ils vont donc rater un ou deux jeudis. Pour compenser, nous décidons d'organiser une fête là-bas juste avant leur départ – ou plutôt, Nico le décide. Zahra et moi acceptons, et Kasia promet à contrecœur d'y faire une apparition.

En franchissant la porte ce jeudi-là, on croirait être revenus en été : le ciel est bleu, l'air si doux que je dois retirer le masque de renard polaire que j'ai fabriqué durant le week-end. Pourtant, dès que nous traversons le pont qui nous mène à une grande place ornée d'une fontaine en forme de poisson, il se met à neiger.

C'est la première fois que ça arrive à Everland, en tout cas depuis que j'y viens. Les flocons blancs, parfaits et aussi gros que des pièces de cinquante pence, tourbillonnent jusqu'au sol. Nico s'avance dans la lumière d'un lampadaire, les paumes tournées vers le ciel. Il est déguisé en Roi mage, mais je lui trouve plutôt des airs de jeune Dumbledore : longue cape bordeaux brodée d'étoiles, de croissants de lune et de soleils, grosse barbe broussailleuse sur laquelle il est obligé de tirer pour parler. J'ai l'impression de vivre une scène extraite d'un film, entre *Harry Potter*, *Narnia* et *Un conte de Noël*.

– De la neige ! s'extasie-t-il. De la vraie neige !

En quelques secondes, la place se recouvre d'un épais manteau blanc. Je n'avais pas vu ça depuis mes vacances chez mes grands-parents quand j'étais tout petit. En ville, la neige se transforme instantanément en bouillie grisâtre.

Aucun de nous n'est habillé très chaudement – Dani est carrément en short et en tee-shirt. Mais, bizarrement, cette neige ne brûle pas la peau et ne fait pas frissonner. Elle provoque tout au plus un léger picotement, un peu comme des fourmis. Lorsque Miyumi apparaît au coin de la rue, son visage s'illumine.

– *Yuki !* s'écrie-t-elle. Bataille de boules de neige !

Elle lâche l'étui de son violon, ce qui arrache un hoquet de panique à Dani et à Zahra ; heureusement, la neige amortit sa chute. Nico attaque et la touche à l'épaule. Aussitôt, Kasia, Miyumi et moi formons une alliance pour riposter à trois contre un.

– Brody ! proteste-t-il. Tu devrais être de mon côté !

Il saute par-dessus la fontaine et me court après, avant de me faire un croche-patte. J'atterris à plat ventre dans cinquante centimètres de poudreuse. Après m'être retourné sur le dos, j'essaie de rassembler des munitions, mais Nico se penche sur moi et me frotte une poignée de neige sur la figure. Je ris aux éclats entre deux jurons glacés, puis je me venge en lui écrasant une boule sur l'oreille droite. Il m'attrape par les poignets et immobilise mes bras au-dessus de ma tête. Son haleine sent la menthe et le tabac. Les gros flocons qui continuent à tomber se déposent sur ses cheveux ; la lumière dorée des lampadaires caresse ses pommettes, sur lesquelles se projette l'ombre de ses cils. Autour de moi, rires et mouvements s'estompent. Si seulement j'avais un appareil photo pour immortaliser cet instant…

Une nouvelle boule de neige l'atteint à la mâchoire. Dani nous observe depuis la fontaine, tout sourire. Je me sens un peu coupable, mais il n'a pas l'air fâché. Il s'enfuit en courant pour échapper à un Nico bien décidé à prendre sa revanche.

Lorsque nous commençons à fatiguer, nous découvrons un feu de camp dans une clairière juste derrière la place. Nous nous asseyons autour pour déguster les *kolaczki* de Kasia, des espèces de sablés fourrés à la confiture, et le *pan dulce* de Dani. Si la neige a disparu au sol, les flocons tombent toujours, scintillant dans la lumière des flammes avant de s'évanouir.

Allongé sur le dos, j'écoute Miyumi et Zahra discuter des formes qu'elles distinguent dans les nuages. Nico et Kasia, eux, comparent les traditions de Noël espagnoles et polonaises. Dani reste étonnamment silencieux, les bras croisés sous la tête et les yeux fermés. Je pourrais le croire endormi si je ne savais pas qu'à Everland, personne ne dort jamais.

Soudain, il se redresse.

– Bon… j'ai deux choses à vous dire.

Kasia et Miyumi se tournent vers lui. Nico se lève, intrigué. Au bout d'un moment, Dani nous décoche un immense sourire.

– J'ai déposé une demande de bourse sportive à l'université… et elle a été acceptée. Je vais m'installer à Buenos Aires en mars !

Tout le monde pousse des vivats et l'applaudit. Kasia le serre dans ses bras, Miyumi lui tape dans la main. Il rayonne, exactement comme Jake quand il nous a annoncé qu'il allait passer l'oral de Cambridge : empli d'un mélange de fierté et de retenue, ravi que sa vie prenne le tour qu'il espérait.

Alors qu'il s'apprête à nous donner plus de détails, Kasia l'interrompt :

– Attends… Est-ce qu'il y a une porte à Buenos Aires ? Sûrement, non ? Tu as demandé aux gens d'ici ?

Le regard de Dani se pose sur Nico.

– Eh bien, justement, c'est la deuxième nouvelle. J'ai décidé que je ne reviendrai plus. C'est ma dernière soirée à Everland.

Un silence abasourdi suit cette déclaration. Zahra se décompose tandis que Miyumi pousse un petit « oh » de surprise. Nico, les yeux rivés sur la manche de sa cape, suit d'un doigt les contours d'un croissant de lune.

– Plus jamais ? insiste Kasia. Mais pourquoi ?

Dani se passe une main dans les cheveux. Son regard embrumé se porte vers le nord, les montagnes et la mer qui s'étend au-delà.

– Je suis très heureux d'avoir découvert cet endroit, nous avoue-t-il d'une voix douce. Il m'a littéralement sauvé la vie. Mais il est aussi *devenu* ma vie. (Il s'interrompt pour observer Nico.) Maintenant, je vais devoir m'en construire une autre. Une vraie, dehors. Il est temps.

Nouveau silence. Assis là, sous les flocons qui tombent d'un ciel parfaitement bleu, je n'ai pas l'impression que le monde qui nous entoure soit irréel. C'est l'extérieur qui me paraît étrange et improbable.

Nico joint les mains devant sa poitrine, abaisse sa barbe et brandit un verre imaginaire, avec un sourire crispé.

– Portons un toast. À Dani.

– À Dani, répétons-nous en chœur.

Si on m'avait dit il y a quelques mois que cela se produirait, j'aurais éprouvé un certain soulagement. Sans Dani, je vais pouvoir passer plus de temps avec Nico. Mais, entre-temps, j'ai appris à le connaître. Il est gentil, intelligent, intéressant, et il fait clairement du bien à notre ami commun. Je n'ai pas envie qu'il parte. Je n'ai pas envie qu'on soit privés de lui.

– Tu ne reviendras vraiment plus, alors ? je lui demande en aparté.

– C’est mieux comme ça, Brody. Toute la semaine, je ne pense qu’à Nico. Ce n’est pas sain. (Il ne cesse de contempler la vue, le feu de camp, les montagnes.) Il est temps que je m’en aille. Je le sens. Ce lieu est magnifique, mais il n’est pas réel.

– Bien sûr que si ! Nous, on est réels, donc il l’est aussi. C’est logique.

Il ouvre la bouche, puis sourit tristement sans rien dire. Presque comme s’il était désolé pour moi. Mais pourquoi le serait-il ? Il n’y a rien de mieux qu’Everland.

– S’il te plaît, prends soin de Nico, murmure-t-il en posant une main sur mon épaule. Je m’inquiète pour lui. Il va beaucoup me manquer.

– Compte sur moi, je réponds, même si je n’aurais jamais pensé que quelqu’un doive veiller sur Nico.

Au même instant, le tiraillement habituel m’indique qu’il est l’heure de rentrer. Dani doit le sentir aussi, parce qu’il se lève et commence à dire au revoir à Miyumi et aux autres. Kasia déclare qu’elle a des livres à lui donner et file à la bibliothèque. Nico, toujours assis près du feu, regarde les flammes en chantonnant dans sa fausse barbe. Je vais m’asseoir près de lui.

– Ça va ? je lui demande.

– Oui. J’étais au courant depuis quelques semaines. Et je m’en doutais, même avant. Il était distant et restait de moins en moins longtemps.

– Je suis désolé. Ça doit être dur.

Bien sûr, ils pourraient toujours se voir dans le monde extérieur, mais ils vivent à des milliers de kilomètres l'un de l'autre. Ils ne se croiseront jamais toutes les semaines comme ils le faisaient ici.

– Pas tant que ça, m'assure-t-il en se grattant la barbe. Je suis content pour lui. Et super jaloux pour Buenos Aires. Cette ville a l'air géniale.

– Toi, tu iras à Londres, Paris ou Barcelone. Il y a pire !

– Sauf si mon père m'en empêche. (Il jette une poignée d'herbe dans le feu.) La semaine dernière, il m'a annoncé que Jenny et lui ne me soutiendraient pas financièrement si je faisais les Beaux-Arts. Ils veulent que j'étudie un truc sérieux, genre le droit. Non mais franchement, tu me vois en fac de droit ? Je ne tiendrais pas cinq minutes.

– Tu pourrais devenir juge. Le costume est sympa. Je t'imagine assez bien en robe noire et perruque blanche. Tu aurais la classe !

J'ai réussi à le dérider, mais son rire sonne un peu creux.

– Tu m'étonnes. La méga classe, oui. (Les mains dans les poches, il hausse les épaules.) Ça ne fait rien. J'en parlerai à ma mère quand je la retrouverai samedi. Elle a été artiste, elle aussi ; elle faisait de la poterie. Elle comprendra.

Le tiraillement est de plus en plus fort. Kasia revient, les bras chargés de livres de médecine. Zahra se retient de pleurer et Miyumi semble désespérée. Nico se lève et tire ses longues manches sur ses mains, le regard dans le vague.

– Bon, je crois que le moment est venu. Brody, on se retrouve dehors ?

Aujourd'hui, pour la première fois, la soirée m'a paru bien trop courte. Je serre Dani dans mes bras, je lui souhaite bonne chance, puis je m'éloigne avec les autres pour que Nico et lui puissent se faire leurs adieux. Quand notre ami franchit la porte, quelques secondes après nous, il est pâle et ses yeux sont rouges. J'ignore combien de temps il est resté avec Dani. Peut-être des heures, voire des jours, s'ils ont réussi à ignorer l'appel de la maison.

Mais, de toute évidence, ça n'était pas assez.

Chapitre 18

Avant, pour le Nouvel An, mes parents nous traînaient toujours à des repas de famille. Mais depuis l'accident de mon père, on réveillonne plutôt avec des Pringles et du champagne devant la télé. Cette année ne déroge pas à la règle, à ce détail près que les Pringles sont remplacés par des chips premier prix et le champagne par du mousseux. Keira a eu l'autorisation de rester chez Amanda jusqu'à 0 h 15 – un couvre-feu qu'elle va probablement dépasser de deux bonnes heures. Jake est allé à une fête chez Amir. Il n'y a donc que mes parents, Clo, roulé en boule sur le canapé, et moi.

À seize ans, voilà comment je passe mon réveillon.

Youhou.

Avant, ça ne m'aurait pas dérangé, mais cette année, j'aurais aimé avoir quelque chose à faire. Je n'ai été invité nulle part. Si Megan était là, on se serait probablement incrustés à une soirée avec son frère, mais ils sont tous les deux à Manchester chez leur mère, où ils doivent faire la conversation à des oncles et à des cousins éloignés. Elle m'a déjà envoyé quatre selfies, tous plus déprimants les uns que les autres.

C'est Everland qui me manque le plus. Je ne suis quasiment pas sorti de chez moi depuis Noël. Il n'y a qu'un endroit où je voudrais aller, et je ne peux pas. Si le 31 était tombé un jeudi, j'aurais pu faire durer l'ultime seconde me séparant de la nouvelle année pendant des heures, voire des jours. J'aurais pu embrasser Nico à minuit.

Enfin, peut-être pas. Certainement pas, même. Dani vient juste de partir et Nico est en Espagne. Il ne m'a pas appelé une seule fois, juste envoyé un ou deux messages. Il compte passer son anniversaire et l'Épiphanie là-bas (apparemment, c'est une fête importante chez eux). Il ne sera pas de retour avant le 7. La perspective d'une autre semaine sans lui m'est insupportable, et l'absence de nouvelles ne fait qu'aggraver les choses.

À 23 h 15, mon père ronfle sur le canapé. Clo est parti se coucher au pied de mon lit. Tout à coup, au beau milieu d'une chanson folklorique, ma mère éteint la télé et se lève. Je m'apprête à lui souhaiter une bonne nuit quand je la vois attraper son manteau.

– Viens, me chuchote-t-elle pour ne pas réveiller mon père. On va voir le feu d'artifice.

Je jette un coup d'œil par la fenêtre. Le temps est sec et dégagé, le ciel d'un noir inhabituel au-dessus des immeubles. J'ai la flemme de bouger, d'autant que sortir avec sa mère le soir du Nouvel An, c'est encore pire que rester à la maison avec elle. Mais il y a tant d'espoir dans ses yeux que je ne peux pas le lui refuser.

Même si je ne lui ai toujours pas pardonné pour le chat.

Dehors, de la musique sort d'un appartement du cinquième étage. Le pub au coin de la rue est bondé ; les clients débordent sur le trottoir. Trois types approchent en titubant et braillent *I'm Gonna Be 500 Miles* des Proclaimers d'une voix pâteuse. L'un d'eux nous fait signe de nous joindre à lui, avant de se détourner et de vomir sur un perron.

– « Je serai l'homme qui vomit ses frites sur le pas de ta porte », chante ma mère sur l'air de la chanson.

Elle me pousse du coude pour que j'enchaîne, mais je me contente d'un demi-sourire. Déçue, elle m'entoure d'un bras et me serre contre elle.

– C'est sympa d'être rien que tous les deux, pour une fois. Ça faisait longtemps, non ? J'ai été un peu absente ces derniers temps, entre le boulot, ton père et tout le reste. Je suis désolée.

– Pas de problème. Je peux me débrouiller.

– Je sais. Et je sais aussi que tu m'en veux toujours pour Clochette. Moi aussi, ça me fend le cœur, mon chéri. Ce gros matou va me manquer.

– Je m'en doute. (Je donne un coup de pied dans un caillou.) Mais ça n'excuse rien.

– Je n'ai pas dit ça, Brody.

On continue à marcher sans un mot, croisant une bande de filles qui frissonnent dans leurs robes minuscules et un couple qui se dispute en hurlant devant la boutique d'un tatoueur. Notre silence n'est pas pesant, mais pas tout à fait serein non plus.

Ma mère a raison : ça faisait une éternité qu'on n'avait pas passé un moment en tête-à-tête. Quand j'étais petit, on faisait plein de choses ensemble : de la pâtisserie, des jeux de société, des déguisements. Pendant ma phase Peter Pan, elle m'aidait à rejouer l'histoire. Je me réservais les rôles de Peter, de Clochette, des petits Darling et de tous les Enfants Perdus, lui laissant Crochet, Mouche et le crocodile. Elle riait si fort que j'avais l'impression d'être le petit garçon le plus drôle de la terre. Ma mère a un rire très contagieux, un peu cassé, qui met tout de suite de bonne humeur. Je ne me souviens pas de la dernière fois que je l'ai entendu.

Une partie de ma colère retombe subitement. Rien de ce qui arrive n'est sa faute.

– Tu pensais aller où ? je l'interroge.

– Comme tu veux, me répond-elle d'un ton joyeux. North Bridge, peut-être, s'il n'y a pas trop de monde ? Ou Calton Hill ?

Mon estomac fait un petit bond. On est mardi ; il n'y a aucune chance que la porte soit là, pas plus que Nico et les autres. Pourtant, c'est bizarre d'imaginer que ces deux univers – ma vie réelle et Everland, mes deux personnalités – puissent se rencontrer. Il y a certains aspects de moi qui n'existent que là-bas. Je suis tellement habitué à les dissimuler à la maison que je ne m'en rends même plus compte.

– Va pour Calton Hill, je marmonne.

En arrivant sur London Road, on est rattrapés par une horde d'étudiantes soûles qui chantent du Taylor Swift à tue-tête et nous embarquent à leur suite sur le chemin de la colline. Des barrières métalliques empêchent l'accès au monument, sur lequel tournoient des lumières colorées – vert, rose, bleu. Ça ressemble un peu à ce qui se passe chaque jeudi à 23 h 21, sans les vitraux et la porte à tête de licorne. L'espace d'un instant, j'oublie où je suis. J'ai l'impression que je vais entrer dans Everland d'une seconde à l'autre. Je ne m'étais pas senti aussi bien depuis notre soirée sous la neige.

Puis un touriste coiffé d'une casquette « I love Scotland » me rentre dedans, et le charme est rompu. Ma mère m'observe d'un drôle d'air. Elle n'a aucun moyen de deviner à quoi je pensais, mais j'ai l'impression d'être pris en faute.

– Quoi ? je lance, plus sèchement que je ne l'aurais voulu.

– Rien. Je me disais juste qu'on ne sait jamais ce qui se passe dans ta tête. J'aimerais que tu me parles davantage, même si ce n'est pas évident de trouver le temps entre Jake et Keira. Ton père et moi sommes là pour toi, Brody. On ne veut que ton…

Je la coupe, car le décompte d'avant minuit vient de commencer. Je n'ai pas envie de me confier à elle. Pas ici. Pas maintenant. Je finirais sûrement par lui avouer une partie de la vérité, au moins sur Nico. Et j'ai beau être certain que ça ne la dérangerait pas, je ne suis pas prêt. Rien que d'y penser, j'ai mal au ventre.

Au bout d'un moment, elle soupire et se met à compter elle aussi.

Lorsqu'on arrive à « zéro », une explosion de feux d'artifice bleus et blancs illumine le ciel. Ma mère m'attire à elle pour m'embrasser sur la joue.

– Bonne année, mon chéri. Elle sera meilleure que la précédente. Je te le promets.

Ça reste à voir, surtout si elle débute par le départ de Clo. Je me force néanmoins à sourire.

– Bonne année, maman.

Quelqu'un entonne *Auld Lang Syne* et, conformément à la tradition locale, tout le monde se prend par la main, les bras croisés, pour chanter en chœur. Nous sommes entourés par des touristes suédois, trois visiteurs de Newcastle et un couple d'Écossais aux voix de stentor. Personne, pas même moi, ne connaît les paroles, mais on fait tous « la la la » pendant quelques couplets.

À la fin de la chanson, mon téléphone vibre. Le nom de Nico s'affiche. Je m'empresse de lire son message.

Bonne année, Brody ☺

Je commence à lui répondre, mais trois points apparaissent, m'indiquant qu'il est encore en train d'écrire. J'attends donc la suite – une description alcoolisée de la fête à laquelle il participe ou une longue tirade sur son impatience de retrouver Édimbourg et Everland.

Au lieu de ça, il m'envoie juste trois lettres :

Biz

J'ai soudain très chaud. C'est idiot, parce qu'il a sûrement envoyé la même chose à tous ses contacts sans réfléchir, mais je ne peux pas m'empêcher de sourire. Depuis que je le connais, Nico n'a jamais conclu ses messages par des bisous.

Alors, à défaut de l'embrasser pour de vrai, je m'en contenterai.

Chapitre 19

Quand Kasia parlait de la bibliothèque, j'imaginais un peu celle de mon lycée : des étagères de manuels scolaires et de vieux livres cornés, quelques tables rondes au milieu, et une poignée d'ordinateurs pour plusieurs centaines d'élèves. Mais le bâtiment auquel elle me conduit le jeudi suivant est un palais. Littéralement. On le croirait sorti de *Dracula* : tout en pierre sombre et ardoise enveloppées de lierre, il est perché sur un énorme rocher escarpé, d'où ses tourelles pointues transpercent les nuages.

– Impressionnant, hein ? commente Kasia. C'est la copie conforme du château qui illustrait un de mes livres de contes polonais quand j'étais petite. La première fois, j'ai cru avoir été transportée à l'intérieur.

Nous gravissons une volée de marches étroites taillées à même la paroi rocheuse, en direction de l'imposante double porte en bois. Je ne sais pas très bien ce que je fais là : je m'apprêtais à retrouver Esther et le groupe quand Kasia m'a proposé de l'accompagner. Zahra et Nico ne sont toujours pas rentrés de vacances, et je n'ai pas vu Miyumi. On a traversé la vallée en discutant de tout et de rien – Noël, les traditions écossaises, l'ouvrage sur le

Big Bang qu'elle est en train de lire. Mais sans les autres pour meubler, nos échanges commencent à se tarir.

– Je voulais t'amener ici depuis super longtemps, m'avoue Kasia. Je suis tombée sur un truc qui devrait te plaire.

On vient de grimper au moins cinq cents mètres de dénivelé, mais aucun de nous n'est essoufflé. Derrière la lourde porte, nous nous retrouvons soudain entourés de livres. Des milliers, peut-être même des millions de livres. La bibliothèque en est presque intégralement *fabriquée* : en plus des étagères qui recouvrent les murs de la grande salle, des piles d'encyclopédies servent d'escabeaux, les tables sont constituées de romans, et les couloirs tapissés de catalogues et de magazines. Même le sol est protégé par de vieux journaux, dont certains datent de près d'un siècle. Kasia m'entraîne sous une arche de bandes dessinées jusque dans une pièce tellement pleine à craquer qu'on ne distingue plus les murs.

– Sacrée collection, hein ? s'amuse-t-elle avec un sourire beaucoup plus sincère que d'habitude. Ici, on trouve des ouvrages de tous les pays, dans toutes les langues et de tous les genres. C'est probablement la plus belle bibliothèque de la planète.

Je m'arrête devant une montagne de livres reliés. Recettes de cuisine, pièces de théâtre, imagiers et anthologies de contes de fées entassés sur près de trois mètres de haut. Certains sont si usés que leur couverture est sur le point de se détacher. Je m'empare du plus proche, que j'identifie comme un manuel de jardinage en russe.

– Tu en as lu combien ? j'interroge Kasia.

– Pas assez. Je pourrais passer tous mes jeudis soir ici jusqu'à mes quatre-vingt-dix ans sans en venir à bout. (Elle promène ses doigts sur une tranche ornée de caractères arabes.) Mais c'est déjà ça. Je suis en apprentissage pour devenir électricienne, et le week-end, j'aide mes parents dans leur boutique. Je n'ai pratiquement pas le temps de lire dans le monde réel.

Elle me fait traverser une autre pièce, monter un escalier, puis longer des piles branlantes de revues médicales et de romans à l'eau de rose. Jake adorerait cet endroit. Il dévore trois ou quatre livres par semaine, en général de gros pavés sur la politique ou les relations internationales. Je ne peux pas en dire autant : depuis *Peter Pan*, j'ai lu quelques romans pour le lycée, un ou deux ouvrages de science-fiction que ma grand-mère m'a offerts pour Noël et la série *Harry Potter* cinq fois. Mon frère m'a tellement rabâché d'« élargir mon horizon » que ça m'a dégoûté de la lecture.

Après quelques détours supplémentaires dans ce labyrinthe, Kasia entre dans ce qui devait autrefois être une salle de bain. La baignoire et le lavabo débordent d'illustrés, et des tas de journaux encombrent les étagères. Elle fouille dans la baignoire pour en sortir un petit livre bleu.

– Tiens, dit-elle en me le tendant. Ça m'a tout de suite fait penser à toi.

J'essuie la couche de poussière de la couverture. Des branches de vigne dorées s'enroulent entre des petites fées et des hirondelles, sous un dessin représentant un garçon, un crocodile et deux sirènes. Le titre s'étale au milieu en lettres scintillantes : *Peter et Wendy*, de J. M. Barrie. Je lève les yeux vers Kasia.

– Comment tu as su ?

– Ton chat s'appelle Clochette. Ça m'a mis la puce à l'oreille. (Elle me sourit.) C'est une édition originale. Signée et tout. À se demander si l'auteur lui-même ne l'aurait pas apportée ici…

Après avoir essuyé mes mains sur mon jean, j'ouvre délicatement le livre à la première page : « Tous les enfants grandissent. Tous, sauf un… » Aussitôt, les souvenirs m'assaillent. Les Enfants Perdus, les pirates, le crocodile qui fait tic-tac, Wendy qui recoud l'ombre de Peter Pan, Clochette qui se sacrifie pour lui avant d'être ramenée à la vie par les enfants qui croient aux fées… Durant quelques secondes, j'ai à nouveau cinq ans. Je me revois courant après Clo et demandant à ma mère de me passer le DVD pour la millième fois.

– Quand j'étais petit, j'adorais cette histoire. Je la connaissais quasiment par cœur.

– Garde-le. On n'a qu'à dire que c'est un cadeau de Noël en retard. (Elle s'assied au bord de la baignoire et s'empare d'un grand atlas en piteux état.)

Il y a des millions de livres ici. Alors un de plus ou un de moins…

– Tu es sérieuse ?

J'ignore combien coûte une édition originale, mais sûrement très cher. Sans doute plus que ce que ma mère gagne en un mois. Je bredouille un merci ; Kasia hoche la tête, mais son sourire a disparu. Elle feuillette distraitement l'atlas aux coins cornés. Alors que je commence à croire qu'elle m'a oublié, elle reprend la parole.

– Nico ou Zahra t'ont parlé de Magda ?

– Ta copine ?

– Ouais. Enfin, mon ex. (Elle tourne une page et contemple une carte du Moyen-Orient.) J'ai découvert Everland il y a deux ans. Elle et moi, on traversait une mauvaise passe. Magda souffrait de gros problèmes d'anxiété, mon père me poussait à quitter l'école pour chercher du travail, et ma mère avait du mal à digérer mon coming-out. Je ne sais pas comment ni pourquoi j'ai atterri sur Calton Hill ce soir-là. C'était presque comme si la porte m'avait attirée… comme si elle m'appelait. La semaine suivante, je suis revenue avec Magda. Les premiers mois, tout a été parfait. Tu sais comment ça se passe : cet endroit te donne l'impression que ta vie réelle se déroule derrière un miroir, que rien ne peut plus t'atteindre. On venait tous les jeudis, et on restait aussi longtemps que possible. Et puis… les frontières entre les deux mondes ont commencé à se brouiller.

Elle tourne une nouvelle page, dévoilant une carte de la Chine. Sa main paraît plus vieille que ses dix-huit ans. Elle est pâle et noueuse, avec de grosses veines bleutées.

– Comment ça ? je l'interroge.

– Magda n'arrivait plus à se concentrer sur rien. Elle était ailleurs. On discutait, et, tout à coup, elle s'interrompait au milieu d'une phrase, le regard dans le vide. Elle n'avait jamais été une élève brillante mais, au bout d'un moment, elle est carrément devenue incapable d'écrire une phrase correcte. Je devais faire ses devoirs à sa place. Ses parents pensaient qu'elle se droguait. Ils l'ont emmenée chez le médecin pour lui faire passer des analyses, mais, bien sûr, ils n'ont rien trouvé. Magda ne redevenait elle-même que lorsqu'on approchait de Calton Hill. Everland était son unique raison d'être. J'aurais dû me douter qu'elle finirait par vouloir y rester.

Je m'adosse contre le mur.

– C'est ce qui s'est passé ?

– Oui. Environ quatre mois après notre première visite. On était assises dans les collines, et j'ai commencé à sentir qu'il était temps de rentrer. Quand je me suis levée, elle ne m'a pas suivie. J'ai insisté, évidemment. J'ai même essayé de l'emmener de force. Mais la porte n'allait pas tarder à se refermer ; il fallait que j'y aille si je ne voulais pas rester coincée moi aussi. Alors je l'ai laissée.

Kasia se tait un instant. C'est visiblement douloureux pour elle de me raconter tout ça. De le revivre.

– Les gens ont dû se demander où elle était passée.

– Une semaine sans nouvelles… Ses parents étaient morts d'inquiétude, surtout après son comportement bizarre des derniers mois. Ils avaient peur qu'elle se soit suicidée ou qu'elle ait fait une overdose. J'ai été obligée de leur mentir, à eux et à la police. Personne ne voulait me croire quand je disais que je ne savais rien. Sa mère n'arrêtait pas de me téléphoner en pleurant pour me supplier d'avouer la vérité. Mais si je l'avais fait, ils m'auraient prise pour une folle. Ou ils auraient pensé que j'essayais de dissimuler un truc plus grave. Le jeudi suivant, j'étais prête. Avec Nico, on a demandé à plusieurs personnes de nous aider à porter Magda jusqu'à la porte verte. On a dû s'y mettre à quatre. Elle criait et se débattait, mais on a quand même réussi à la faire sortir. Elle était comme possédée. Elle a failli me faire tomber des marches du monument en essayant d'y retourner. Même une fois la porte disparue, elle a continué à taper sur les colonnes, dans l'espoir de trouver un passage. Je lui ai pris son téléphone, je l'ai rallumé et j'ai appelé mon numéro avec, pour faire croire qu'elle m'avait contactée. Je savais que la police me demanderait comment je l'avais retrouvée. Puis j'ai prévenu ses parents. Le temps qu'ils nous rejoignent à Calton Hill, Magda avait cessé de lutter. Elle semblait terrifiée et répétait en boucle qu'elle ne savait pas où elle était, qu'elle voulait juste rentrer chez elle. Son père a couru vers nous en criant son nom. Elle l'a regardé comme si elle ne l'avait jamais vu.

– Elle ne le reconnaissait pas ?

– Non, et sa mère non plus. Elle avait tout oublié de sa vie.

Kasia lève la tête vers le plafond, les larmes aux yeux. Je ne sais pas quoi lui dire. Ça me rappelle la première crise de panique de mon père, la confusion et la peur qui m'ont envahi ce jour-là. Je sais ce que ça fait de regarder quelqu'un perdre pied.

– La pauvre… C'est terrible.

Kasia renifle.

– Oui, c'était l'horreur. Ses parents l'ont conduite à l'hôpital. Ils ont refusé que je les accompagne, et ils m'ont appelée un peu plus tard pour que je leur dise ce qu'elle avait pris. Même quand les résultats des analyses sont revenus négatifs, ils ont continué à m'en vouloir. Pour finir, ils l'ont fait interner dans une clinique psychiatrique. Ils ne m'ont jamais laissée la revoir. Ses amis me donnent de ses nouvelles ; apparemment, elle va mieux. Elle a retrouvé la plupart de ses souvenirs, même s'il y a encore des trous.

Kasia continue à feuilleter son atlas, sans vraiment prêter attention aux cartes de l'Asie et du Pacifique sud qui défilent sous ses yeux.

– Je crois… je crois que tout ça est arrivé parce que je l'avais amenée ici. Moi, j'avais ressenti une attraction, un appel. Pareil pour Zahra, Nico et tous ceux à qui j'ai posé la question. Mais pas Magda.

Ces mots me font l'effet d'une douche froide.

– Et donc ? Tu penses qu'Everland l'a punie, ou un truc comme ça ? Parce qu'elle n'aurait jamais dû venir ?

Elle réfléchit un moment.

– Pas *punie*, non. Mais elle n'a pas su gérer Everland. La plupart des gens ici savent quand il est temps pour eux de prendre le large. Comme Dani. Si je n'avais pas forcé Magda à ressortir, elle serait restée pour toujours. Avant toi et les autres garçons que Nico a amenés, elle était la seule personne de ma connaissance à ne pas avoir découvert Everland par elle-même. Ça ne peut pas être une coïncidence.

Les battements de mon cœur résonnent dans mes oreilles. Face au regard impassible de Kasia, toute la compassion que j'éprouvais pour elle se mue en rage. J'ai le droit d'être ici. Je le sais. J'y ai trouvé des musiciens avec qui jouer et je m'y sens davantage moi-même que n'importe où ailleurs. Elle ne peut pas me dire que je n'y ai pas ma place.

– Tu veux juste te débarrasser de moi. Depuis le premier soir, c'est ce que tu cherches.

Elle secoue la tête.

– Au contraire ! Si je te raconte tout ça, Brody, c'est parce que je t'aime bien. Je n'ai pas envie qu'il t'arrive la même chose.

Mes mains se crispent sur *Peter et Wendy*. Ce cadeau ressemble désormais à un pot-de-vin, ou à un souvenir rapporté de vacances bien trop courtes. Comme si un livre pouvait remplacer tout ce que cet endroit m'offre ! Je le jette sur une pile près du lavabo. Il glisse et tombe par terre, les pages froissées.

– Tu te trompes, Kasia. Je suis ici chez moi. Autant que toi.

Je sors de la pièce à grands pas. Elle me suit dans le couloir et, quand je me retourne, je vois qu'elle a récupéré le livre, dont elle lisse les pages.

– Je ne t'ai pas demandé de partir. Je veux juste que tu connaisses les risques. Après, c'est à toi de voir, conclut-elle en me le rendant. Promets-moi simplement de nous prévenir si tu te sens bizarre, si tu as l'impression que ta vie réelle commence à… s'estomper.

Une inquiétude sincère brille dans ses yeux gris-bleu. Elle fait ce qu'elle estime être juste. Ma colère retombe un peu, sans pour autant disparaître. J'en ai plus qu'assez que les autres prennent des décisions à ma place.

– OK, si tu veux. Mais ça n'arrivera pas.

– Je l'espère, murmure-t-elle.

Je finis par reprendre le livre, à contrecœur. Je le feuillette tout en descendant la colline pour retrouver le groupe. Ma discussion avec Kasia lui a fait perdre de son attrait. Les histoires sur le Pays Imaginaire ne me suffisent plus, maintenant que j'ai Everland.

Chapitre 20

Après le Nouvel An, j'emprunte une caisse de transport aux Fraser, nos voisins du deuxième étage, afin d'emmener Clo chez Amir. Sans surprise, il déteste ça. Notre appartement a beau être exigu, c'est toujours mieux qu'être trimballé en bus dans une boîte à chaussures percée de trous. Il miaule pendant toute la remontée de Leith Walk. Pour le faire taire, je sors de mon sac un paquet de friandises pour chat et j'en glisse quelques-unes par les aérations.

– La mère d'Amir a déjà acheté un panier et un arbre pour qu'il fasse ses griffes, m'informe Jake. Je suis sûr qu'il va se plaire là-bas.

Comme s'il avait la moindre idée de ce que mon chat aime ou n'aime pas. Il n'a jamais prêté attention à Clo, à part pour le pousser du canapé ou l'insulter quand il le faisait trébucher. Comme je ne réponds pas, il hausse les épaules et reprend l'écoute de son podcast.

Après être descendus à Morningside, on longe une rangée de maisons chics devant lesquelles gisent des sapins de Noël desséchés. Les jardins sont immenses, avec des bassins, des massifs de fleurs, des trampolines et des cabanes, tous recouverts d'une fine couche de givre. Soudain, j'ai un peu honte de mes vieilles baskets et de mon jean troué. Jake, lui, arpente la rue comme s'il était chez lui. Pas étonnant, vu le temps qu'il passe chez Amir. Il est même allé skier en Suisse avec sa famille l'année dernière. Oui, en *Suisse*. Moi, je pourrai m'estimer heureux si je vais un jour jusqu'aux pistes artificielles au sud de la ville.

La mère d'Amir nous attend devant la maison, les bras croisés pour se protéger du froid. Elle a des cheveux noirs et lisses coupés au carré, un visage en forme de cœur et des yeux clairs dont les coins se plissent quand elle sourit.

– Bonjour, madame Shah. Bonne année, dit Jake.

Son intonation change chaque fois qu'il parle à ses copains ou à leurs parents. Comme celle de notre grand-mère lorsqu'elle répond au téléphone.

– Bonne année, Jake. Et toi, je suppose que tu es Brody ? Enchantée. (Elle se penche vers la petite porte de la caisse de transport.) Coucou, Clochette ! On va te sortir de là, d'accord ?

Ce n'est qu'en la voyant tendre la main pour le prendre que je me rends compte que je ne suis pas du tout, du tout prêt. Elle pose la caisse sur le sol et soulève le loquet. Clo en jaillit, dérape sur le sol et se tapit au pied de l'escalier. Il inspecte le parquet verni et le buffet en acajou couvert de photos de famille, de mariage et de vacances. Je la préviens :

– Il va sans doute mettre un moment à s'habituer à vous. Ne le prenez pas mal.

Mrs Shah éclate de rire. Accroupie devant le chat, elle lui présente sa paume ouverte en poussant un petit sifflement. Un grand garçon bien coiffé aux oreilles légèrement décollées sort de la cuisine, un sandwich dans la main.

– Oh, salut, Jake. Bonjour Brody. Je suis Amir. On s'est croisés à la remise des prix il y a trois ans, non ? C'est dingue, vous vous ressemblez de plus en plus, tous les deux.

Son regard va et vient entre mon frère et moi.

– Tu trouves ? s'amuse Jake. Moi, je n'ai pas cette impression.

Amir nous propose de manger quelque chose, mais je l'entends à peine. Je regarde Clo explorer sa nouvelle demeure. Mrs Shah a réussi à l'approcher et lui caresse le dos, un peu plus fort que ce qu'il aime. Je voudrais lui conseiller d'y aller plus doucement, mentionner le fromage, la brosse à dents et toutes ses petites manies, mais j'ai la gorge trop nouée pour parler. Clo disparaît dans la pièce voisine comme un éclair roux.

Je déglutis et me force à sourire.

– Merci encore de l'accueillir. Allez, au revoir.

Je ne saurais pas dire si ça s'adresse à Clo, à Jake, ou à Amir et sa mère.

Mrs Shah se redresse en époussetant les poils collés à sa manche.

– Tu ne veux pas lui faire tes adieux tranquillement ? Rien ne presse. Reste donc déjeuner avec nous.

– Non, merci, ça ira.

– Comme tu préfères. (Perplexe, elle se tourne vers Jake, puis à nouveau vers moi.) En tout cas, n'hésite pas à passer le voir aussi souvent que tu veux.

Amir mord dans son sandwich.

– Jake te donnera de ses nouvelles, et on pourra t'envoyer des photos par mail.

Ils sont gentils. Clo sera heureux ici. Il aura plus d'espace, et Leanne et Michelle n'essaieront plus de le kidnapper juste parce qu'elles s'ennuient. Je devrais être soulagé. C'est ridicule de me mettre dans un tel état – ce n'est pas non plus mon bébé que je fais adopter. Mais je me sens super mal. Et ils auront beau me le proposer, je sais déjà que je ne remettrai jamais les pieds ici. Qui va rendre visite à son ancien chat chez des inconnus ? C'est trop bizarre.

Après les avoir encore remerciés et salués, je sors en courant de la maison. Jake me suit dans l'allée en refermant la porte derrière lui. Il m'appelle plusieurs fois avant que je daigne me retourner.

– Pourquoi tu t'enfuis ? me demande-t-il. Tu as à peine dit au revoir à Clo.

– Quel intérêt ? Il ne comprendrait pas. Ce n'est qu'un chat.

En réalité, Clo est bien plus que ça. C'est la dernière chose qui me rattache à l'enfant que j'ai été, celui qui adorait tellement Peter Pan et les fées qu'il a nommé son chat Clochette. Un symbole de ce que j'étais avant que la honte et la gêne viennent tout compliquer. Depuis que je fréquente Everland, j'ai l'impression que les choses redeviennent plus simples, mais je n'étais pas encore prêt à me séparer de mon compagnon.

Tout ça passerait complètement au-dessus de la tête de Jake. Il me dirait de me comporter en homme, d'arrêter de faire des drames pour rien, quelque chose dans ce goût-là. Il me dévisage un moment, les lèvres pincées, puis hausse les épaules.

– OK. Comme tu veux. Moi, je vais rester un peu pour réviser avec Amir.

– D'accord. À plus.

Alors que je m'éloigne, il me rappelle une dernière fois, les yeux soudain brillants.

– J'ai essayé d'empêcher les parents de faire ça, tu sais. Mais ils n'avaient vraiment plus le choix.

Sa voix est légèrement fêlée. Que ce soit sincère ou affecté, peu importe : ma colère redouble.

– Pourquoi ce n'est jamais toi qui dois te sacrifier ? Je ne t'ai pas entendu proposer d'arrêter le rugby, ou le violon, ou…

– Ça ne changerait rien. Les frais sont pris en charge par mon école, dans le cadre de ma bourse.

– Et l'école t'a remboursé ton billet de train pour Cambridge, peut-être ? Et l'hôtel, combien ça a coûté ? Assez pour payer un trimestre de cours de théâtre à Keira, je parie. Assez pour acheter quelques boîtes de pâtée pour chat.

Jake en reste bouche bée. Je lui tourne le dos, les poings si serrés que mes ongles entaillent mes paumes. Au bout d'un moment, j'entends un bruit de pas derrière moi.

– Qu'est-ce que tu voudrais que je fasse, Brody ? Que je refuse les chances qui s'offrent à moi sous prétexte que Keira et toi n'avez pas les mêmes ? (Il m'attrape par le bras et m'oblige à le regarder.) Je suis désolé que tu n'aies pas été pris dans mon école, OK ? Je suis désolé que tu ne sois pas assez doué pour ça.

Aussitôt, il se mord la lèvre.

– Ce n'est pas ce que je voulais dire.

Je le repousse et j'enfonce mes mains dans mes poches.

– Si. Et c'est vrai. Je ne suis pas aussi intelligent que toi. Mais ça ne veut pas dire que…

Je m'interromps car je ne sais pas comment terminer ma phrase. *Ça ne veut pas dire que je mérite moins que toi ? Ça ne veut pas dire que je* vaux *moins que toi ?* Je préfère finalement me taire. Parce que là, tout de suite, je n'en suis pas persuadé.

Chapitre 21

Lorsque le jeudi suivant arrive enfin, les cours ont déjà repris. Les profs n'arrêtent pas de nous bassiner avec les examens blancs qui approchent et leur « importance capitale » – comme si le monde allait cesser de tourner si on foire les maths. Je suis tellement pressé de retourner à Everland que je ne les écoute que d'une oreille. Quand je gravis enfin Calton Hill, Zahra et Kasia attendent au pied des marches, déguisées en Princesse Mononoké et en une étrange créature qui m'évoque un bœuf. Aucun signe de Nico.

– Il devrait déjà être là, je m'étonne. Il est rentré lundi. On a échangé quelques messages.

Kasia hausse ses gros sourcils de feutre.

– Il ferait bien de se dépêcher, alors.

Au moment où la porte apparaît entre les colonnes, la mince silhouette de notre ami arrive en courant. Zahra lui crie de se presser. On se met à trois pour tenir la porte, qui commence déjà à se refermer. Elle claque juste derrière lui, le faisant trébucher sur mon pied. Il se raccroche à moi pour ne pas perdre l'équilibre.

– Désolé, désolé ! s'excuse-t-il. J'étais un peu... distrait.

Il bafouille et marche d'un pas hésitant. Lorsqu'il me serre dans ses bras, je suis assailli par une odeur douce-reuse. Zahra le contemple, médusée, tandis que Kasia se renfrogne un peu plus. Et soudain, mon soulagement cède la place à une prise de conscience.

– Tu es soûl !

Je n'avais pas l'intention de le dire sur un ton si scandalisé. Ce qui me surprend, ce n'est pas qu'il ait bu – après tout, il vient de fêter ses dix-huit ans –, mais qu'il l'ait fait juste avant d'aller à Everland. C'est la première fois que ça arrive.

– Oui, j'ai bu un verre. Enfin, plusieurs, répond-il, les mains sur les hanches et le regard vitreux. Et alors ? Bonjour l'accueil ! Je vous ai manqué ?

– On n'est pas censés venir ici quand on a bu, lui rappelle Kasia.

– Oh là là, toi et tes règles imaginaires ! Qu'est-ce que tu en sais ?

Il lui tourne le dos et s'éloigne sur le chemin.

– Et tu as cours demain, ajoute Zahra, sur ses talons. Tu es au courant ? Le lycée, les exams, ça te dit encore quelque chose, Nico ?

– Je sécherai. J'ai encore un an pour me rattraper.

Kasia se raidit. Je la revois au milieu de la bibliothèque, ingurgitant tout ce qu'elle aurait aimé pouvoir étudier dans le monde réel. Je ne suis pas étonné lorsqu'elle nous plante là sans rien dire. Nico ronchonne qu'elle fait des histoires pour rien, et je dois me mordre la langue pour ne pas le rabrouer. Même si je ne suis pas toujours sur la même longueur d'onde que Kasia, je comprends son point de vue. Nico peut se permettre d'être aussi désinvolte parce qu'il a de bonnes notes, des solutions de repli et des parents qui lui paieront des cours particuliers s'il en a besoin. Ce n'est pas donné à tout le monde.

– On va aller te chercher de l'eau, soupire Zahra. Ça te fera peut-être du bien.

Je découvre que l'alcool rend Nico encore plus bavard que d'habitude. Le temps de descendre la colline, on connaît tous les détails sur ses amis madrilènes, ses cours d'arts et je ne sais combien d'autres sujets. Zahra et moi le surveillons d'un œil inquiet. Il m'est déjà arrivé une ou deux fois d'être soûl, et j'ai souvent vu d'autres personnes l'être – les repas de famille chez mes grands-parents, par exemple, sont toujours très arrosés. Mais à Everland, c'est différent. Tout est déjà si imprévisible ici qu'il n'est pas nécessaire d'en rajouter.

Après avoir traversé le pont, on atteint une petite place entourée de maisons ocre, au sol pavé de dalles fleuries. Une porte jaune vif se dresse au milieu. Zahra entre dans l'un des bâtiments et en ressort avec un verre d'eau. Nico lui assure qu'il n'en veut pas, mais il finit par en boire quelques gorgées.

– Profite de ta soirée, j'ordonne à Zahra, qui passe déjà suffisamment de temps à s'occuper des autres à l'extérieur. Je me charge de lui.

– Tu es sûr ? me demande-t-elle, visiblement soulagée. Merci, Brody. N'hésite pas à venir me chercher si tu ne t'en sors pas.

Everland est en effervescence aujourd'hui. Nico me fait emprunter des rues animées que je n'avais encore jamais vues, traverser le troupeau d'animaux métalliques autour desquels se presse une foule compacte, et danser dans des fêtes où la musique est si forte que le sol et le ciel semblent vibrer en rythme. Quand je commence à en avoir assez de l'agitation, les gens disparaissent, et on se retrouve dans une longue prairie de fleurs mauves, puis dans un bois de bouleaux. Là, nichée dans une clairière, il y a une fête foraine à l'ancienne : toboggan, tour infernale, miroirs déformants et même un immense carrousel avec des monstres marins à la place des chevaux.

– Waouh ! Ça me rappelle la fête où je suis allé une fois quand j'étais petit, s'extasie Nico. J'avais mangé trop de pop-corn et de *garrapiñadas*, et j'ai vomi dans la voiture en rentrant.

Dès qu'il s'avance, l'endroit s'illumine. Des ampoules dorées clignotent sur la tour, le carrousel se met à tourner, les monstres montent et descendent comme s'ils étaient ballotés par des vagues. Sans musique ni enfants courant dans tous les sens en s'empiffrant de barbe à papa, l'ambiance est étrange. Nico prend son élan et s'accroche à la barre de métal qui sort du dos d'un poulpe géant. Pendant qu'il s'installe sur les tentacules, je contemple les différentes versions de moi-même que me renvoient les miroirs – petites, difformes, trapues ou tout en longueur. Nico continue ses tours de manège, porté par les mouvements de la créature.

– Alors, ça s'est bien passé chez ta mère ? je lui demande.

– Bof. Je lui ai parlé de mon père et de Jenny qui ne veulent pas me payer les Beaux-Arts. Eh bien, figure-toi qu'elle est d'accord avec eux ! Elle voudrait que je fasse quelque chose de plus utile, que la création de costumes reste un « loisir ». (Il appuie son front contre la barre métallique.) Je m'en fous. J'irai quand même. Il faudra juste que je cumule trois jobs pour m'en sortir – à condition que je sois pris.

Il paraît dégoûté. C'est la première fois qu'il doit s'inquiéter pour l'argent. Mon agacement redouble, mais je le ravale. On ne s'est pas vus depuis des semaines et je n'ai pas envie qu'on se dispute.

Je m'approche du chamboule-tout et j'empoigne un projectile.

– Tu trouveras bien une solution. Tu es loin d'être le seul dans ce cas.

– Ouais, tu as raison. Il faut que j'arrête de faire mon *quejica*.

Il s'embrouille dans ses langues à cause de l'alcool. C'est mignon.

– Désolé, Brody, s'excuse-t-il en se laissant glisser le long d'un tentacule. Ça me fait toujours bizarre de retourner là-bas. Mon beau-père est sympa, et j'adore mes demi-sœurs, mais ils ont leurs habitudes, leurs routines, leurs petites blagues que je ne comprends pas… Dans chaque famille, il y a comme un rythme, tu vois ? Avec eux, j'ai toujours l'impression d'être à contretemps.

Il vise la cible du milieu, mais son tir est trop court.

Je sais ce qu'il ressent. Dans ma famille, tout le monde doit s'adapter au rythme de Jake, même si personne n'arrive à le suivre. Je n'avais jamais réfléchi à ce que Nico a vécu. Il a dû quitter sa maison, son pays, pour aller vivre avec son père et une femme qu'il n'apprécie pas.

– Ça ne doit pas être facile, je murmure.

Ses traits se crispent brièvement, puis il secoue la tête en riant.

– Voilà que je recommence à me plaindre ! *Pobrecito de mí*, hein ?

Il lance une deuxième balle, trop loin cette fois. Il jure en espagnol, s'esclaffe et me propose d'essayer. À ma troisième tentative, je parviens à faire tomber la cible de son support. Nico pousse des cris de joie. Je me sens bien. J'ai l'impression d'être dans une comédie romantique – à ce détail près que mon rencard est soûl. L'espace d'un instant, je m'autorise même à croire que nous sortons ensemble.

– Et le gros lot va au jeune homme au sweat-shirt gris ! proclame Nico en désignant une rangée de cadeaux imaginaires. Alors, qu'est-ce qui vous ferait plaisir ? Peluche ? Poisson rouge ?

Je choisis le poisson. Même s'il ne remplacera pas Clo, c'est mieux que rien. Mais lorsque j'ouvre la bouche, ce ne sont pas les mots prévus qui en sortent.

– Tu te sens comment, depuis le départ de Dani ?

Nico me dévisage, les yeux aussi brillants que des scarabées dans le noir.

– Il me manque. Je comprends pourquoi il a décidé de ne plus venir, mais je ne peux pas m'empêcher de penser… que je ne lui suffisais pas. Que je n'étais pas assez bien pour lui.

– Tu sais que ce n'est pas la question.

Il n'a pas l'air de m'avoir entendu. Planté devant les miroirs, il avance et recule pour faire grandir ou rétrécir son reflet.

– Oui, je sais. Il était prêt, c'est tout. Il paraît qu'on sent quand le moment est venu de partir. En tout cas, c'est ce que disent la plupart des gens. (Nico fait un pas en avant, et ses yeux deviennent énormes dans le miroir.) Il m'a écrit un long mail dans lequel il promet de me rendre visite un jour, quand il en aura les moyens. Mais je ne me fais pas d'illusions ; ça n'arrivera jamais. Il finira par rencontrer quelqu'un d'autre et par m'oublier.

J'ai beau lui répéter que c'est impossible, Nico secoue la tête.

– Si, je t'assure. Quand on cesse de venir ici, les souvenirs s'estompent. (Il remonte sur le carrousel et se perche cette fois sur une baleine bleue.) Mark, le copain de mon cours de dessin dont je t'ai parlé, m'a accompagné trois fois l'année dernière. Aujourd'hui, il s'en souvient à peine. Une fois, j'ai mentionné Everland devant lui et il m'a regardé comme si je parlais de me téléporter en Turquie pour le week-end.

Je m'accoude à la barrière qui entoure le carrousel, haussant la voix lorsque le manège tourne et éloigne Nico de moi.

– Mais Dani est venu pendant des années. Il ne va pas tout oublier comme ça. Et puis… il peut encore revenir.

– Non. Il est parti, Brody. C'est fini.

À court d'arguments, je me tais. Au-dessus de nos têtes, le ciel change de couleur. Je n'avais encore jamais assisté à ce phénomène. Le bleu nuit habituel vire à l'indigo, puis au violet, puis au rose foncé, et enfin au rouge sang. Ça ne dure qu'une fraction de seconde, mais ça me coupe le souffle. Un peu comme lorsqu'on voit un éclair de rage passer sur le visage d'un homme paisible. Avant que j'aie le temps de le signaler à Nico, le ciel redevient bleu.

– Qu'est-ce qu'il y a ? me demande-t-il. Tu es tout pâle.

– Je… non, rien. Tout va bien.

Il saute à terre en titubant, puis passe un bras autour de mes épaules.

– On dirait que tu vas vomir. Pourtant, c'est moi qui suis bourré !

Même si j'ai cessé de trembler, il me faut un moment pour retrouver mes esprits. L'ambiance est particulière, ce soir. J'ai l'impression d'avoir surpris quelque chose que je n'aurais pas dû voir. Un loup en train de sortir les crocs.

Chapitre 22

Rusty Records est une minuscule boîte à sardines pleine à craquer de vinyles et de CD ; le genre de boutique dont on se demande comment elle fait pour survivre. Quand je suis venu déposer mon maigre CV avant Noël, j'ai même repéré une pile de cassettes poussiéreuses dans un coin. Je ne m'attendais pas à avoir de leurs nouvelles. Pourtant, mi-janvier, un certain Mark MacNeill me téléphone pour me proposer un entretien.

– Samedi matin, 9 heures ? Ou disons plutôt 10 heures ; j'ai un concert la veille.

J'arrive avec cinq minutes d'avance, et je dois encore patienter un quart d'heure avant que Mark se pointe. Loin du rockeur sur le retour que j'avais imaginé, avec tee-shirt des Ramones et gueule de bois, il arrive en costume, une sacoche de cuir noir à la main. Avant d'ouvrir la porte du magasin, il m'inspecte de la tête aux pieds.

– Tu as plus de seize ans ?

J'acquiesce.

– Tu t'y connais en musique ?

– Euh, ouais. Ça va.

Il hésite, la main sur la poignée.

– Titre du premier album de Pink Floyd ?

Facile : c'est l'un des préférés d'Arnau. On en a joué plusieurs morceaux à Everland.

– *The Piper at the Gates of Dawn.*

Mark sourit et entre. Apparemment, mon entretien d'embauche est terminé.

Il me montre comment fonctionne la caisse, qui doit être aussi vieille que lui, puis il me fait visiter. Il n'y a pas grand-chose à voir : des toilettes, une réserve où règne un bazar sans nom, et la boutique en elle-même. Même s'il prétend que tout est classé par catégorie, j'ai l'impression que c'est sujet à interprétation. Par exemple, je tique lorsque je vois un disque des Foo Fighters dans la section jazz, et je ne suis pas convaincu qu'on puisse qualifier Lady Gaga de punk.

J'adore cet endroit. On se croirait dans un décor de cinéma. Le mur du fond est recouvert de vieilles affiches de concert – Led Zeppelin, The Cure, Shonen Knife –, et la moindre surface libre, de stickers et de talons de billets. Une énorme platine vintage trône dans un coin, et la pièce est éclairée par un lustre composé de fragments de vinyles. Il y a tellement de poussière que je vais sans doute éternuer non-stop… mais être payé pour passer du temps ici, ce serait le pied.

Alors que Mark m'explique qu'il attend une livraison dans l'après-midi, la clochette de la porte tinte. Une fille en tee-shirt *Rusty Records* vert fait son entrée dans un fauteuil roulant. Elle a à peu près mon âge, la peau mate, des lunettes et des cheveux bouclés.

– Je te présente ma fille, Jett. Sa sœur nous donnait un coup de main avant, mais elle a préféré aller bosser chez Zara. Les employés ont droit à des réductions, paraît-il. Alors, prêt à commencer ? Tous les samedis et dimanches, de 9-10 heures jusqu'à 17-18 heures, avec une demi-heure de pause-déjeuner. Salaire minimum.

Le processus de recrutement n'aura pas duré plus de trois minutes. Dire que j'ai gâché une partie de mon précieux temps d'ordinateur à me renseigner sur les questions types d'entretien d'embauche ! Mark m'invite à me servir un thé ou un café, attrape sa sacoche et s'en va, me laissant seul avec Jett.

– Je vais te chercher un tee-shirt, m'annonce-t-elle en mâchant son chewing-gum.

Elle disparaît dans la réserve, dont elle ressort avec un modèle identique au sien, mais en bordeaux.

– Désolée, s'excuse-t-elle, ils datent d'au moins quinze ans et on n'a plus que du XXL. Je demanderai à mon père de t'en commander un autre.

Puis elle part ranger un disque de Blondie dans la section « Pop 70's ». J'en profite pour enfiler mon nouvel uniforme. Il m'arrive quasiment aux genoux, et je dois rouler les manches quatre fois pour qu'elles s'arrêtent aux coudes, mais je l'aime bien.

– Au fait, je m'appelle Brody. Et toi, c'est vraiment Jett ?

Elle me regarde en faisant une bulle de chewing-gum.

– Ouaip. Mes parents font une fixette sur les noms de famille de chanteuses. Mes sœurs s'appellent Franklin et Lennox. Ils auraient pu choisir Joan, Aretha et Annie, mais non, il a fallu qu'ils fassent dans l'original.

Elle a dit ça d'un air blasé. Moi, je donnerais n'importe quoi pour avoir le nom d'une rock star ! Et un père qui tient une boutique de disques au lieu de passer sa vie à faire la vaisselle et à mater la télé. Bien sûr, je m'en veux aussitôt d'avoir pensé ça.

– Je te laisse mettre le premier album de la journée, dit Jett en désignant la platine derrière le comptoir. Je te préviens, c'est un test dont dépendra à tout jamais l'opinion que j'aurai de toi.

J'éclate d'un rire forcé. Je fouille dans les bacs, en quête de quelque chose de cool mais pas trop prétentieux, de culte mais pas cliché, quelque chose qui nous donnera la pêche sans être trop agressif. Au bout de deux minutes, j'opte pour le premier opus de Ben Folds Five. C'est Heather qui m'a fait découvrir ce groupe quand elle me donnait des cours. J'adorais *Song for the Dumped*, à cause des gros mots.

Jett lève un pouce.

– Très bon choix ! Le test, c'était pour rire, mais tu l'aurais réussi haut la main. (Je fais de mon mieux pour dissimuler mon soulagement.) Viens, je vais te montrer comment ça marche. Ça peut paraître simple, comme ça, mais la platine fait souvent des siennes.

Elle manœuvre son fauteuil avec adresse entre les rayonnages. Elle doit s'y reprendre à deux fois pour faire fonctionner l'appareil. Bientôt, *Jackson Cannery* s'élève dans les haut-parleurs.

– Et toi, tu écoutes quoi, d'habitude ? je la demande.

– Plein de trucs. Dylan, les Doors, Nina Simone… Mais aussi Ariana Grande, Halsey ou Harry Styles. (Elle hésite.) J'espère que tu n'es pas aussi snob que mon père, pour qui rien de bien n'est sorti depuis 1994 ?

– Hum, non, vu que je suis moi-même sorti après ! Et j'adore Halsey. Et Harry Styles. Enfin, surtout parce que je le trouve canon.

Je n'en reviens pas d'avoir dit ça. Il y a quelques mois, je n'aurais jamais osé lâcher un truc pareil devant une quasi inconnue.

– Désolé, ça fait super gay…

Ça non plus, je ne l'aurais jamais dit !

Jett me dévisage, amusée.

– Ne t'excuse pas. Pour info, je suis pansexuelle, alors sens-toi à l'aise. Question suivante : tu joues d'un instrument ?

– Oui, de la batterie. Et un peu de guitare.

– Un batteur ! Génial. Moi aussi, je fais de la guitare, du violon et du piano.

On discute de musique, d'émissions de télé, des festivals auxquels elle prévoit d'assister pendant l'été. Elle me fait penser à Megan, parce qu'elle est ouverte, bavarde et pose beaucoup de questions.

Quand elle mentionne le nom de son école privée, je m'exclame :

– Comme mon frère ! Jake Prince, tu connais ?

Elle en reste bouche bée.

– Sérieux ? Oui, je vois très bien qui c'est, il est dans la classe au-dessus. J'aurais dû faire le rapprochement. C'est ton portrait craché. (Je m'attends à ce qu'elle me demande pourquoi je ne fréquente pas le même lycée qu'eux, mais elle se contente de grimacer tristement.) Ça craint, pour Amir et lui, hein ?

– Comment ça ?

Elle se penche au-dessus d'un bac et se met à aligner les disques.

– Oh, rien. J'ai juste entendu dire qu'ils s'étaient disputés.

Voilà qui explique pourquoi mon frère passe autant de temps à la maison ces temps-ci. C'est dingue que Jett le connaisse. Je n'aurais jamais imaginé que le propriétaire de cette boutique aurait les moyens, et encore moins l'envie, d'envoyer ses enfants dans une école privée. Il doit avoir un autre boulot, ce n'est pas possible autrement.

Notre premier client, un habitué, arrive vers 10 h 30. Il parle avec Jett du nouvel album de Brian Eno et des concerts qu'il doit voir aux Celtic Connections. D'autres suivent dans la matinée : un couple coréen, une femme en quête d'un cadeau d'anniversaire pour son mari, et trois clones à cheveux longs en tee-shirt Nirvana.

Bien que personne ne me l'ait demandé, je m'attaque au tri des disques. Je les remets dans leur section avant de les classer par ordre alphabétique. Dans le premier bac, je tombe sur le vinyle de *Supermodel of the World* de RuPaul. J'envoie une photo à Megan en lui proposant de passer si elle est dans le coin. Je ne l'ai pas beaucoup vue depuis son retour de Manchester. J'étais trop pris par la batterie, la fabrication de masques et l'envoi de messages à Nico.

En fouillant dans le bac suivant, je trouve un album de Manel, un autre groupe qu'Arnau aime beaucoup. Et soudain, je prends conscience d'une chose : depuis que j'ai mis le pied dans la boutique, je n'ai quasiment pas pensé à Everland. À Nico, oui, une fois ou deux, mais pas à l'endroit où je passe tous mes jeudis soir.

Ça ne devrait pas me troubler autant, car je ne suis là que depuis quelques heures. Et pourtant, je me sens coupable, comme si je lui faisais des infidélités. C'est idiot. Dès jeudi prochain, je serai à nouveau là-bas, à ma place. Et grâce au week-end passé à Rusty Records, j'aurai plein de nouveaux titres à suggérer au groupe.

En attendant, je ne fais que tuer le temps.

Chapitre 23

Quelque chose cloche à Everland.

Je m'en rends compte le mois suivant. Au début, cela se limite à de petits détails – le ciel qui change de couleur, les étoiles qui disparaissent comme si on les avait repeintes à l'encre noire. Mais, peu à peu, ça prend de l'ampleur.

Un soir, alors que je descends la colline, l'eau de la rivière devient rouge foncé, comme du vin – ou du sang. Le temps que je m'approche, c'est fini. Une autre fois, les daims à taches blanches qui paissent dans les prairies se ruent vers la vallée dans un tonnerre de sabots. Une semaine plus tard, il se met soudain à faire très chaud, comme si on avait été transportés en plein cœur de l'été méditerranéen.

– Ce n'est pas normal, décrète Kasia. Il n'y a jamais eu d'écart de température aussi brutal depuis que je viens ici.

Nous sommes étendus tous les cinq sur une plage de sable au bord de la rivière. Nos accessoires et costumes sont éparpillés au pied des palmiers derrière nous. Le ciel sans soleil est d'un bleu parfait ; pas un nuage en vue. Nous trempons régulièrement nos orteils dans l'eau pour nous rafraîchir.

– On n'en sait rien, objecte Zahra. On n'est là que le jeudi soir. Si ça se trouve, le reste de la semaine, c'est ambiance tropicale.

Kasia se passe une main sur le front.

– Tu sais aussi bien que moi qu'il y a autre chose. Les daims… la couleur de la rivière… Il se passe un truc. Ce n'est pas normal, répète-t-elle.

Nico roule sur le côté.

– Kasia, pour la millième fois, il n'y a pas de « normal » ici. Il n'y a pas de règles. (Il se rallonge, les bras tendus au-dessus de la tête.) Dans quelques heures, tu retrouveras Edimbourg et son temps pourri, typique d'un hiver. Alors détends-toi.

Mais Kasia en est incapable. Elle se lève en époussetant son jean.

– Je vais à la bibliothèque. Peut-être que je trouverai plus d'infos là-bas.

Zahra propose de l'accompagner. Nico, lui, marmonne dans sa barbe qu'elle est complètement parano. Même si ce n'est pas de gaieté de cœur, je dois avouer que je suis de l'avis de Kasia. Les plaques tectoniques semblent avoir bougé sous nos pieds, transformant la géographie d'Everland. Un changement se prépare.

***

Le lendemain matin, je me réveille de mauvaise humeur. C'est souvent le cas après mes soirées à Everland, comme si je souffrais d'une espèce de gueule de bois. Pour ne rien arranger, la journée commence mal : il ne reste que des cornflakes pour le petit-déjeuner, et je déteste ça. On dirait du papier détrempé. Puis Jake me prend la tête parce que je lui aurais soi-disant piqué des chaussettes. Et en arrivant au lycée, je me rappelle que les examens blancs débutent aujourd'hui.

On commence par l'espagnol. Comme le lecteur CD ne fonctionne pas (pas étonnant, vu qu'il est plus vieux que nous), Mr Velázquez part en chercher un autre en nous ordonnant de rester assis et de lire l'énoncé. Bien entendu, dès qu'il est sorti, la moitié de la classe dégaine son téléphone tandis que l'autre se met à papoter.

Anton Akande, mon voisin, en profite pour réviser encore un peu. Je décide de l'imiter. Tout en relisant une liste de vocabulaire sur l'environnement, je regrette de ne pas m'être entraîné davantage avec Nico. Les seuls mots que j'ai appris à son contact, ce sont des gros mots et « *aguafiestas* », dont il traite Kasia lorsqu'elle lui casse les pieds.

Soudain, le mot « princesse » attire mon attention dans le brouhaha. Je lève la tête par réflexe. Leanne, assise deux rangées devant moi, me décoche un sourire mauvais.

– Alors, princesse, il paraît que ton père a perdu ses allocs ? lance-t-elle assez fort pour que tout le monde l'entende. Ça veut dire qu'il va *enfin* devoir chercher du boulot ?

Trente visages se tournent vers moi. Mon corps se recouvre d'une sueur froide tandis que mes joues deviennent brûlantes. Je me tasse sur ma chaise.

– Occupe-toi de tes oignons, Leanne, je réplique, les yeux rivés sur ma liste.

Elle éclate de rire et fait basculer sa chaise en arrière, en se retenant aux pieds de sa table.

– Il ne peut pas, en fait. Parce qu'il est trop taré. Il n'est pas sorti de chez vous depuis cinq ans.

Jamie Wight pouffe à côté d'elle ; Rongrong Li le fusille du regard. Anton marmonne que ça ne se fait pas de traiter les gens de « taré ». Je contemple toujours les mots de vocabulaire, dont toutes les lettres se mélangent. Mon pouls s'accélère. Mais quand j'ouvre la bouche pour remettre Leanne à sa place, rien n'en sort.

– J'ai aussi entendu dire que ta mère s'était débarrassée de ton chat ? Pauvre petite Clochette !

Je rougis encore plus. Quelques élèves ricanent. Du coin de l'œil, je vois Leanne faire la moue.

– Oh, tu ne vas quand même pas pleurer, Peter Pan !

C'est le moment que choisit Mr Velázquez pour revenir avec le lecteur CD. Aussitôt, la chaise de Leanne se repose sur le lino avec un bruit mat. Cinq secondes plus tard, elle discute avec Jamie du mec qu'elle se serait soi-disant tapé pendant le week-end.

L'exercice de compréhension orale débute. Les battements de mon cœur résonnent si fort dans mes oreilles que je ne comprends pas grand-chose aux histoires de panneaux solaires, d'énergie éolienne et de je ne sais quoi encore. Les paroles de Leanne et les miennes tournent en boucle dans ma tête. « Occupe-toi de tes oignons. »

Voilà tout ce que j'ai dit. Je n'ai même pas nié. Je n'ai rien fait…

À l'heure du déjeuner, le réseau d'espions de Megan l'a déjà informée de ce qui s'est passé. Elle m'attend devant la cafétéria, les bras croisés.

– Pourquoi tu ne m'as pas prévenue pour ton père ?

Pas : « Mon pauvre, ça ne doit pas être facile chez toi en ce moment. » Ni même : « Quelle pétasse, cette Leanne, elle n'aurait pas dû dire ça devant tout le monde. » Comme d'habitude, il faut qu'elle ramène tout à elle. Je serre les dents pour ne pas m'énerver.

– Je n'avais pas envie d'en parler.

Je la contourne afin de me poster dans la file. Au menu ce midi, il y a de la brandade de morue et du flan grumeleux. Décidément, ce n'est pas mon jour.

Megan pose une pomme sur son plateau.

– Ça fait combien de temps ?

Je ne réponds pas. Je ne la regarde même pas.

– Tu ne me racontes plus rien, soupire-t-elle.

Et ça t'étonne ? je me retiens de répliquer. *Vu ta réaction, la seule chose qui compte, c'est ce que* tu *ressens.* L'employée de service me tend une assiette de poisson en me dévisageant avec curiosité. Je dois vraiment avoir une sale tête. Après une seconde d'hésitation, je la lui rends.

– Non merci. Je n'ai pas faim.

Je passe finalement ma pause-déjeuner à me défouler sur la batterie dans la salle de musique, mais ça ne suffit pas à chasser les réflexions de Leanne et Megan de mon esprit. Elles me poursuivent et me harcèlent comme un essaim d'abeilles bourdonnantes jusqu'à la fin de la journée. Quand je rentre enfin à Mackay House, je suis d'humeur encore plus massacrante que le matin, à cause de la faim et de la fatigue.

Il n'y a que mes parents à la maison. Ma mère est à l'ordinateur, et mon père repasse en regardant un documentaire sur les astronautes. Le fer glisse dans un nuage de vapeur sur l'une des chemises d'uniforme de Jake.

– Salut, Brody, me lance-t-il. Comment s'est passée ton épreuve ?

Je n'ai pas l'énergie de lui avouer la vérité.

– Bien. De toute façon, c'est juste un examen blanc.

Je vais me chercher un truc à manger dans la cuisine, où je ne trouve que des boîtes de conserve et un sachet de pain de mie. Je mets une tranche à griller avant de me préparer un thé. À défaut de lait, je double la dose de sucre pour le rendre à peu près buvable. Puis je m'installe sur le canapé, les pieds sur la table basse.

À la télé, un groupe de jeunes en combinaison bleue visite l'intérieur d'une fusée.

– Ils sont au camp de vacances de la NASA, m'informe mon père. Certains de ces gamins deviendront peut-être les premiers habitants de Mars… Tu te rends compte ?

Je mords dans mon toast.

– Hum.

Une des Américaines explique comment ils prévoient de surmonter l'absence d'eau sur la planète rouge. Ma mère tape lentement sur le clavier de l'ordinateur ; quelqu'un passe l'aspirateur dans l'appartement du dessus. À part ça, on entend les mouches voler. Je sens le regard de mes parents sur moi et je devine ceux qu'ils échangent derrière mon dos.

– Donc l'espagnol, ça a été ? relance ma mère avec un entrain forcé. Après, c'est quoi, les maths ? Pas facile, ça.

À l'écran, une femme flotte dans une navette. L'apesanteur fait onduler ses longs cheveux noirs comme des algues autour de sa tête.

Je prends une nouvelle bouchée de toast. Il est déjà froid.

– Ça va aller.

– Tu es sûr ? Je ne t'ai pas beaucoup vu réviser, Brody.

Mon père et elle ont préparé leur coup : ils ont dû discuter de la meilleure façon d'aborder le sujet sans me braquer. Comme si j'étais un problème à régler.

Le nœud dur et rageur qui me comprime la poitrine depuis le réveil enfle comme un ballon.

– Ça va aller, je répète. Encore une fois, ce sont juste des examens blancs.

– On ne te demande pas ça pour t'embêter, Brody, m'assure mon père en prenant un sweat dans la pile de vêtements. On veut juste savoir comment tu t'en sors. On te voit tellement peu, ces jours-ci, que tu pourrais aussi bien vivre… sur une autre planète !

Ça sonne comme une plaisanterie, mais ça n'en est pas une. Et soudain, le ballon éclate.

– C'est bien, ton émission ? Tu ne trouves pas ça bizarre de réfléchir à l'immensité de l'univers alors que le tien se résume à trois pièces ? Des gens envisagent d'aller vivre sur Mars, et toi, tu ne peux même pas traverser la rue pour t'en acheter un !

Je regrette aussitôt ces paroles.

– Brody ! s'offusque ma mère.

Mon père, lui, ne dit rien. Il me regarde fixement, avec une expression qui passe peu à peu de la stupéfaction à la douleur. Je ne lui avais encore jamais parlé comme ça. Parce que c'est idiot, cruel, et aussi vain qu'ordonner de marcher à quelqu'un qui a les deux jambes cassées. Il est malade. Ce n'est pas sa faute.

Je sais tout ça, et pourtant, je lui en veux quand même.

La porte s'ouvre à la volée. On se retourne tous les trois, mon père brandissant son fer comme s'il comptait frapper l'intrus avec. Jake se tient sur le seuil, sa cravate d'uniforme dénouée et un sourire niais aux lèvres.

– Je suis pris ! annonce-t-il d'une voix tremblante. Je suis pris à Cambridge !

Et, instantanément, la tension s'évapore. Mon père s'élance vers lui, manquant de le brûler avec son fer, pendant que ma mère trébuche sur son sac à main dans sa précipitation à vouloir aller l'embrasser. Les mots que je viens de prononcer sont balayés par une avalanche de félicitations. Mon père mitraille Jake de questions, ma mère dégaine son téléphone afin de prévenir tout le monde à cent kilomètres à la ronde, et mon frère paraît à deux doigts d'exploser de bonheur. Il me serre même dans ses bras.

Je le complimente en lui tapotant le dos :

– Bien joué. Tu le mérites.

Il me sourit, les yeux brillants.

– Merci, Brody.

Je devrais être content pour lui. Je *suis* content pour lui. Et soulagé, aussi, qu'il ait détourné l'attention des parents de ma petite tirade. Mais, au fond de moi, je ne peux pas m'empêcher de songer que c'est toujours pareil : à chaque fois qu'ils commencent à m'entrevoir, quelque chose de plus beau et de plus brillant attire aussitôt leur regard. Si ça se trouve, je pourrais disparaître sans qu'ils s'en aperçoivent.

Chapitre 24

Mon père croit aux prémonitions. Il n'en a jamais eu lui-même – sinon il aurait pu éviter ce qui lui est arrivé il y a six ans. Mais il est convaincu de leur réalité depuis qu'il a vu un documentaire sur des passagers du *Titanic* ayant refusé d'embarquer à cause d'un cauchemar et des employés du World Trade Center qui, saisis d'une intuition, sont restés chez eux le 11 Septembre. J'ai toujours trouvé ridicule cette idée que le corps ou les rêves pouvaient prédire l'avenir. Pourtant, quand j'entre à Everland le premier jeudi de mars, un mauvais pressentiment s'empare de moi.

Il va se passer quelque chose ce soir.

En apparence, tout est redevenu normal depuis quelque temps. La température est redescendue à un niveau habituel, et il y a des semaines que je n'ai rien remarqué de bizarre dans le ciel. Après avoir joué un set avec le groupe, je retrouve Nico et les autres au bord de la rivière. Kasia est en train de leur lire les « meilleurs passages » d'un bouquin d'histoire médiévale, mais seule Miyumi écoute poliment. Nico dessine Zahra. Bref, une soirée ordinaire à Everland. Pourtant, je ne tiens pas en place.

– Qu'est-ce qui t'arrive ? me demande Nico en se grattant l'oreille.

Il est déguisé en licorne artistique, avec une cape incroyable dont le tissu reproduit un tableau de la Renaissance et une coiffe dorée constituée de dizaines d'emballages de pièces en chocolat. Maintenant que je travaille chez Rusty Records, je n'ai plus le temps de me fabriquer de nouveaux costumes. Je porte donc un simple jean et un sweat Adidas emprunté à Jake, ainsi que mon vieux masque d'Anubis.

– Je ne sais pas, je me sens bizarre. (Je lève les yeux vers le ciel, bleu indigo avec des traînées de nuages mauves juste derrière les montagnes.) L'ambiance n'est pas comme d'habitude. Vous ne trouvez pas ?

Ils se regardent tous en secouant la tête. Kasia me jette un coup d'œil inquiet qui m'agace. Elle cherche probablement un signe de je ne sais quoi – comme si j'allais refuser de péter les plombs, et quitter Everland moi aussi !

– Bah, je me fais sûrement des idées. Oubliez ça.

C'est alors que quelqu'un se met à hurler au loin.

Sans réfléchir, je pars en courant.

Les autres me suivent à travers la forêt d'animaux métalliques, les immenses prairies et les jardins. Les paysages défilent, jusqu'à ce que nous nous retrouvions sur la place aux maisons ocre et aux dalles fleuries que nous avons déjà vue en janvier, le soir où Nico était soûl. La porte jaune vif qui se dressait au milieu a disparu.

À la place, il y a un homme que je ne connais pas, grand et pâle, vêtu d'un short de surf et d'un tee-shirt Nike. Il fait les cent pas en répétant avec un fort accent australien :

– Ce n'est pas possible ; ça ne peut pas arriver !

Zahra porte une main à ses lèvres. Miyumi murmure quelque chose en japonais. Je fixe l'homme durant quelques secondes avant que tout s'éclaire.

La porte jaune était la sienne. Et elle n'est plus là.

Il est coincé.

Pendant qu'il s'arrache les cheveux en parlant tout seul, d'autres gens vérifient les moindres recoins de la place, comme si quelqu'un pouvait avoir caché la porte pour rire.

– Essaies-en une autre, Louis ! suggère une femme.

Il hoche la tête et s'éloigne, imité par des dizaines de curieux. Il traverse un marché, des jardins bien entretenus, et arrive dans un champ de fleurs, où une porte blanche est à moitié enfoncée dans l'herbe.

Nico s'arrête quelques pas devant moi.

– C'est la porte de Dani, dit-il. Enfin, c'était.

L'Australien se précipite vers elle et tire de toutes ses forces sur la poignée. Le battant s'entrouvre ; quelques personnes retiennent un hoquet de surprise. Durant une seconde, je me dis qu'il a réussi à ouvrir un passage vers l'Argentine. À côté de moi, Nico se raidit. Sans doute parce qu'il pourrait l'emprunter lui aussi, pour retrouver Dani.

Malheureusement, la porte s'est à peine ouverte d'un centimètre qu'elle se referme en claquant. Louis pousse un cri étranglé. Deux hommes viennent lui prêter main-forte. Ils s'arc-boutent, sans résultat : le battant résiste et se referme à chaque fois.

– Ça ne marchera pas, déclare Kasia, blanche comme un linge. On ne peut ressortir que par là où on est entré. Il n'a pas le droit d'utiliser cette porte.

Au-dessus de nos têtes, le ciel a changé. Des nuages écarlates s'amoncèlent au-dessus des montagnes et teintent la mer d'une lueur sanglante. Des éclairs crépitent à l'horizon, puis il se met à pleuvoir. C'est la première fois que je vois de la pluie à Everland.

Louis se prend la tête entre les mains.

– Qu'est-ce que je vais faire ? Qu'est-ce que je vais faire ?

Plusieurs personnes tentent de le réconforter. D'autres s'en vont en courant, soit pour regagner leurs portes et leurs vies, soit pour s'éloigner de tout ça comme s'il ne s'était rien passé. Je n'ai pas l'impression d'être là depuis très longtemps, et pourtant, je sens déjà l'appel de notre porte.

Les autres aussi, visiblement. Après avoir dit au revoir à Miyumi, nous gravissons la colline. Personne ne parle. Je n'arrête pas de penser à ce type arpentant la place en quête d'une issue qui n'existe plus. Il a sûrement une famille qui l'attend chez lui… des amis… un travail. S'il ne peut pas rentrer, va-t-il tout simplement disparaître du monde réel ?

De l'autre côté des pins, la porte verte est là. Zahra pousse un soupir de soulagement.

– Ce n'est pas censé arriver, affirme Kasia en l'ouvrant d'une main tremblante. Ça n'a aucun sens.

– Ça doit être une erreur, bredouille Zahra. Elle va revenir. C'est obligé.

Nico les suit dans la nuit froide.

– Je parie qu'elle sera de retour la semaine prochaine. On se sentira idiots d'avoir paniqué pour rien. Quelle bande de chochottes !

Il se force à rire, mais personne ne se joint à lui.

Je savais bien qu'un changement se préparait. Je l'avais senti. Je l'avais lu dans les couleurs du ciel et la course des daims. Et je suis prêt à parier que ce n'est que le début.

Chapitre 25

Pendant mon rendez-vous d'orientation du lendemain, Mrs Wójcik étale sur son bureau cinq feuilles de papier parsemées de cercles et de croix rouges. Ce sont les résultats de mes examens blancs, aussi décevants qu'une mauvaise main de poker.

– Qu'est-ce qui s'est passé, Brody ? me demande-t-elle en désignant les notes inscrites dans les coins supérieurs. En musique, c'est parfait – je ne suis pas étonnée. L'anglais, ça va encore… Mais les maths et l'histoire ? Et l'espagnol ? D'habitude, tu te débrouilles plutôt bien en langues.

– Je ne sais pas, madame.

Je gigote sur ma chaise en plastique et baisse la tête en réprimant un bâillement. Je n'ai quasiment pas dormi de la nuit. Je n'arrêtais pas de revoir Louis en train de tambouriner sur une porte qui ne voulait pas s'ouvrir. Coincé à tout jamais à Everland.

– J'ai l'impression que cinq matières, ça fait beaucoup pour toi. (La conseillère s'appuie contre son dossier et lisse son gilet beige.) Tu as une explication à me donner ?

Impossible de lui dire que je n'ai plus le temps de me concentrer sur mes cours parce que je suis trop occupé à préparer mes incursions dans un monde secret situé sous Calton Hill. Et je n'ai pas non plus envie de lui parler de ce qui se passe chez moi.

– Non, madame. Tout va bien.

Elle se lance dans une véritable autopsie de mes devoirs, comme si les disséquer pouvait lui faire comprendre les raisons de mon échec. Pendant ce temps, je contemple les cartes postales de Prague et de l'île de Zante collées sur son placard. Ma vue se brouille et mon esprit repart bientôt vers les événements de la veille.

Cela soulève de nouvelles questions sur Everland. Pourquoi la porte a-t-elle disparu ? Va-t-elle revenir ? J'ai trop de nœuds dans la tête. Il faut que j'en parle avec Nico. Il m'aidera sans doute à y voir plus clair.

– Brody ?

Je lève le nez. Mrs Wócjik me dévisage, attendant visiblement une réponse. Ses sourcils trop épilés remontent presque jusqu'à la racine de ses cheveux.

– Euh, pardon, madame ?

Ses lèvres se tordent, à mi-chemin entre un sourire et une grimace.

– Je te proposais d'arrêter une ou deux options. Pour te concentrer sur tes points forts.

Je louche sur les feuilles, comme si je pouvais transformer les E et les F en B par la force de ma volonté.

– Je bosserai davantage avant les vrais examens. Il y a encore du temps.

– Pas tant que ça, rétorque-t-elle en croisant les doigts. Si on laissait les maths et l'histoire de côté pour le moment ? Tu pourras toujours les repasser l'année prochaine, si tu veux. Qu'en dis-tu ?

Je ne suis pas stupide. Je sais ce qu'elle est en train de faire. Pour éviter que je fasse baisser la moyenne générale, on me vire des matières où je risque d'échouer. Il y a en effet peu de chances que je réussisse les maths ou l'histoire, mais ils ne veulent même pas me laisser essayer. Au fond, c'est encore pire : ça veut dire que je ne mérite pas d'être encouragé. Que les statistiques du lycée sont plus importantes que mes perspectives de carrière.

Mais je n'ai pas le courage de me battre.

– OK, d'accord.

– Parfait.

Mrs Wójcik replace les feuilles sur une pile. Elle me fait soudain penser à la tireuse de tarot d'Everland, rassemblant ses cartes après avoir prédit l'avenir à quelqu'un.

– Maintenant, il n'y a plus qu'à te remettre à niveau en anglais et en espagnol. Je sais que tu peux y arriver, si tu t'en donnes la peine.

Quand je ressors du bureau, Megan m'attend dans le couloir. Je lui raconte ce qui vient de se passer, et elle fait claquer sa langue, les bras croisés sur la poitrine.

– Ça craint. Ça me rappelle la fois où Mr Phillips m'avait sélectionnée pour le tournoi de maths à Perth, jusqu'à ce qu'ils décident d'envoyer Jamie Keir à ma place parce qu'il avait eu *deux points* de plus que moi au contrôle suivant.

Cette fois, c'en est trop.

– Non, ça n'a rien à voir ! Bon sang, tu peux arrêter de tout ramener à toi pendant cinq minutes ?

Long silence vexé. Je contourne Megan pour me diriger vers la salle de musique. Au bout d'un moment, les talons de ses chaussures résonnent derrière moi.

– J'essaie juste de t'aider, Brody ! s'écrie-t-elle tellement fort que plusieurs élèves s'arrachent à la contemplation de leurs téléphones. Qu'est-ce qui te prend ?

Elle m'attrape par la manche, mais je me dégage brusquement.

– Rien. Tout va super bien. Fous-moi la paix, tu veux ?

Je n'avais pas l'intention de me montrer aussi agressif. Megan recule d'un pas et, l'espace d'une horrible seconde, elle semble prête à fondre en larmes.

– Désolé, je murmure. Je suis fatigué.

– Ça va, répond-elle en regardant ses pieds et en tripotant ses cheveux. Tu veux qu'on aille déjeuner dehors ? Je voudrais te parler d'un truc.

– J'ai réservé la salle de musique. (Je n'ai pas non plus de quoi me payer à manger, mais ça, elle n'a pas besoin de le savoir.) Il faut que je répète. Ça fait une éternité que je n'ai pas joué.

Je n'ai pas de temps à perdre avec ses histoires de mecs ou je ne sais quelles bêtises. Non pas que ça ne m'intéresse pas, mais aujourd'hui, je ne suis pas d'humeur. Megan semble blessée. Comme je me sens coupable, je lui promets de passer du temps avec elle lundi. Je n'ai pas la force de m'imposer ça maintenant.

***

La semaine suivante, la porte jaune n'a pas réapparu. Il en manque même une autre. Entourées d'une foule silencieuse, deux femmes se tiennent dans un jardin où, d'après ce que nous chuchote un homme, se dressait autrefois une porte bleue menant à Bucarest. La première sanglote et gémit en roumain, inconsolable. L'autre reste étonnamment calme. Quelques bonnes âmes tentent de leur parler mais, cette fois, personne ne se précipite pour les aider. En l'espace de quelques jours, tout le monde semble s'être résigné au fait que lorsqu'une porte disparaît, il n'y a plus d'échappatoire.

Tout le monde, sauf Nico.

– C'est peut-être temporaire, persiste-t-il. Comme une espèce de bug.

Personne ne lui répond. La plus calme des deux femmes passe un bras autour des épaules de son amie et l'entraîne. Ses sanglots nous parviennent encore longtemps après qu'elles ont quitté le jardin. Kasia soupire et remonte ses manches.

– Je vais à la bibliothèque. Il doit bien y avoir une explication à tout ça. Cet endroit existe depuis des siècles ; quelqu'un a forcément laissé des notes.

Notre bande se sépare : Zahra s'en va vers la rivière, et Nico vers la fête la plus bruyante et déjantée possible. J'hésite à l'accompagner, puis je décide finalement d'aller jouer de la musique. Comme tout le monde en ce moment, Esther et le reste du groupe sont un peu abattus.

– Tu es au courant pour la deuxième porte ? me demande notre chanteuse lorsque je monte sur scène. Arnau n'est pas sûr de revenir la semaine prochaine, ajoute-t-elle en désignant notre bassiste du menton.

– C'est trop risqué, se justifie celui-ci en passant la bandoulière de son instrument par-dessus sa tête. Ma mère serait bouleversée si je ne rentrais pas.

J'essaie de rester positif.

– On ne sait pas encore ce qui se passe. Ça va peut-être s'arrêter là.

Il hausse les épaules. Derrière lui, Sandhya se mordille la lèvre. Je me tourne vers Esther.

– Et toi ? Tu vas repartir ?

Elle secoue la tête avec une vigueur qui fait tinter ses boucles d'oreilles.

– Ici, c'est chez moi, maintenant. Je me souviens à peine de ma vie d'avant. Il m'en reste juste des chansons, des histoires, des bribes de livres que j'ai lus ou de films que j'ai vus quand j'étais petite. Les gens et les lieux sont devenus flous. J'entends encore leurs voix, parfois, ou je revois leurs visages… mais dès que j'essaie de m'y accrocher, ils s'effacent. Plus rien ne m'attend là-bas.

***

Ce soir-là, je me sens attiré par des parties d'Everland que je n'avais pas encore explorées. Un lac en forme de cœur, une prairie interminable où des chevaux sauvages broutent l'herbe haute, un amas de ruines qui jaillissent du sol telles des dents pourries. J'entends de la musique à l'intérieur – un instrument à cordes qui joue un air lent et triste. Je franchis une arche et débouche dans un très vieil amphithéâtre, réplique miniature du Colisée romain. Miyumi se tient au milieu avec son violon.

Dire qu'elle est incroyable serait un euphémisme. Elle semble habitée par les notes. Les yeux fermés, la bouche agitée de frémissements, tout son corps oscille sous l'effet de forces invisibles. Quand le rythme s'accélère, ses doigts courent si vite sur la touche que je ne distingue qu'un éclair de peau pâle ; quand il ralentit, sa poitrine se gonfle à chaque coup d'archet. On doit l'entendre aux quatre coins d'Everland. *J'aimerais* que tout le monde l'entende.

À la fin du morceau, j'ai l'impression d'émerger d'une transe. La main droite de Miyumi retombe lentement et elle rouvre les yeux. Elle n'a pas l'air surprise de me voir. Je tape dans mes mains, même si c'est loin du tonnerre d'applaudissements qu'elle mérite. Elle salue.

– La *Sarabande* d'Haendel, dit-elle, légèrement essoufflée. Une de mes œuvres préférées.

Je la rejoins au centre de l'amphithéâtre.

– Je croyais que tu ne jouais jamais ici ?

Elle s'agenouille près des marches de pierre et ouvre son étui.

– Normalement, non. Mais les choses ont changé.

– Je suis ravi d'avoir pu t'entendre. C'était magnifique.

– Merci, murmure-t-elle avec un sourire et un hochement de tête.

Après avoir déposé délicatement le violon dans son écrin, elle caresse le bois verni et range l'archet au-dessus.

– J'ai beaucoup de chance, reprend-elle. Quand j'étais jeune, je ne voulais qu'une chose : faire de la musique. J'ai joué à l'Opéra de Sydney, à La Scala, au Bolchoï... Tous mes rêves de musicienne se sont réalisés.

J'attends le « mais », qui ne vient pas.

– J'en déduis que tu ne reviendras pas la semaine prochaine ?

Elle me regarde, surprise. Peut-être a-t-elle mal compris ? Elle parle couramment anglais, mais mon accent écossais lui pose parfois problème.

– Bien sûr que si, réplique-t-elle finalement.

Nous partons retrouver Nico et les autres. En chemin, je m'interroge sur Miyumi, Esther, Sandhya et Arnau. Sur leur vie à l'extérieur, sur ce qu'ils ont à perdre. Ou, dans le cas d'Esther, sur ce qui l'a, au contraire, poussée à rester.

Nous atteignons la place par laquelle nous sommes arrivés. Nico, Kasia et Zahra sont assis au bord de la fontaine et contemplent l'endroit où se situait autrefois la porte jaune. Autour de nous, les gens commencent déjà à se dire au revoir. Deux hommes chuchotent près d'une porte orange clair, main dans la main. Un couple danse silencieusement au clair de lune.

Lorsqu'elle nous voit arriver, Kasia se lève et époussette son jean.

– On ferait mieux d'y aller, lance-t-elle en me regardant comme si j'étais une bombe à retardement. Tu es prêt ?

Même si je n'ai pas encore senti le tiraillement, j'acquiesce et je la suis sur la colline. Nico et Zahra sont juste derrière nous.

Ce soir, nous sortons sans un mot. Une fois dehors, nous nous asseyons sur la plus haute marche du Monument national. Il pleut, mais aucun de nous n'est pressé de rentrer chez lui.

– Je ne crois pas pouvoir y retourner, avoue Zahra d'une voix tremblante. Pas si les portes continuent à disparaître. C'est trop risqué. Et si quelque chose arrivait à ma mère alors que je suis là-bas ? Si je restais coincée à Everland pour toujours ? Je ne peux pas faire ça à ma famille.

La voyant au bord des larmes, Kasia la serre dans ses bras. Moi aussi, je me sens mal. Zahra a raison : le risque est énorme. Même y aller ce soir était dangereux. Notre porte aurait pu disparaître derrière nous, nous privant de notre unique chance de sortie.

Pourtant, je n'ai pas envisagé une seconde de ne pas venir. Probablement parce que je pensais que la disparition de la porte jaune était un incident isolé. Et maintenant que je sais que ce n'est pas le cas ? Je n'imagine pas pour autant rester chez moi jeudi prochain. C'est le seul moment de la semaine où je peux enfin respirer, où je n'ai plus à m'inquiéter de l'argent, du lycée, de Leanne et de Michelle. Où je peux simplement *être*, sans avoir à surveiller tout ce que je dis et comment je le dis.

C'est le seul endroit où je suis bien dans ma peau.

Je ne peux pas renoncer à ça. Bien qu'effrayante, la possibilité de me retrouver séparé de ma famille ne suffit pas à me tenir éloigné d'Everland. J'en ai trop besoin. Alors je vais accepter ce risque et continuer à y aller aussi longtemps que possible.

Nico et moi échangeons un regard. Il est pâle, choqué et inhabituellement silencieux, mais pas effrayé.

Je sais déjà que lui aussi reviendra la semaine prochaine.

PRINTEMPS

Chapitre 26

Lorsque j'arrive à Calton Hill le jeudi suivant, Zahra n'est pas là. Kasia, par contre, nous y rejoint cette semaine-là, et les suivantes, malgré l'angoisse qui la ronge depuis l'histoire de son ex. Peut-être parce qu'elle en a besoin, ou parce que les portes disparues représentent une énigme à résoudre. Nico et moi la voyons à peine : elle passe tout son temps à la bibliothèque, dont elle émerge à chaque fois hébétée et frustrée. Un jour, enfin, elle nous retrouve dans le parc du château avec un gros parchemin crème.

– Je crois que j'ai compris !

Nico lève la tête.

– Pour les portes ?

On est assis au bord d'un étang sur lequel nagent de drôles d'oiseaux bleu et blanc. Il est censé me faire réviser mon vocabulaire d'espagnol pour l'examen du mois prochain, mais il est d'une humeur étrange, silencieux et distant. Moi non plus, je n'ai pas la tête à travailler. Quand je suis ici, j'ai du mal à me concentrer sur ce qui se passe à l'extérieur. À notre arrivée tout à l'heure, des amis péruviens nous ont informés que deux nouvelles portes avaient disparu depuis notre dernière visite – l'une donnait sur Shenyang, l'autre sur Uppsala. La semaine d'avant, c'est le passage vers un village du Costa Rica qui s'est refermé. À chaque fois, ça s'est passé juste après le départ des visiteurs, ce qui signifie que personne n'est resté coincé. Mais à moins de trouver une autre entrée, ces gens ne pourront jamais remettre les pieds à Everland.

Je ne sais pas ce qui est le pire : rester ici pour toujours ou ne plus jamais pouvoir venir.

Kasia se laisse tomber sur l'herbe et leste les coins de son parchemin avec des livres. C'est une carte d'Everland : les trois rivières, la cascade, les montagnes… Nico hausse les sourcils, étonné.

– C'est toi qui l'as dessinée ?

– Non, je l'ai trouvée à la bibli. Elle date de 1818, précise-t-elle en désignant la date inscrite en bas à gauche. Mais ce qui m'intéresse, c'est ça.

Des petits rectangles sont visibles un peu partout sur la feuille. Les portes. Il y en a des dizaines, chacune flanquée d'un numéro et d'un nom de lieu. Nous nous agenouillons autour de la carte, en quête de la porte verte que nous empruntons tous les jeudis. Nico est le premier à la trouver.

– Édimbourg, lit-il, le doigt posé sur l'un des rectangles de la colline. Et là, ça dit quoi… 1649 ?

– Ça doit être l'année où elle est apparue pour la première fois, explique Kasia en se redressant et en écartant ses cheveux. Je les ai toutes passées en revue ;

il y en a trois cent quatre-vingt-une. La plus vieille, c'est celle-ci. (Elle nous indique un point dans le coin inférieur droit : « Royaume de Tlemcen, circa 1500 ».) Ça correspond à l'Algérie actuelle. Je suis allée voir à l'emplacement indiqué, mais il n'y a plus de porte. Pareil pour la deuxième plus ancienne.

Elle fait glisser son doigt de rectangle en rectangle, énumérant des noms de pays dont je n'ai jamais entendu parler. Enfin, elle arrive aux disparitions les plus récentes : « Roumanie, 1609 » ; « Chine, 1610 » ; « Suède, 1610 ». Mon cœur se serre. Nico, accroupi, se frotte les yeux.

– Donc les passages se ferment, conclut-il. Et dans leur ordre d'apparition… ?

Même si on refusait de l'admettre, le voir comme ça noir sur blanc rend la chose bien réelle. J'ai toujours du mal à appliquer une quelconque forme de logique, ou de temporalité, à Everland.

– Je ne comprends pas, reprend Nico. Pourquoi ça se produit maintenant ? Vous croyez qu'il y a un problème ?

Kasia hausse les épaules.

– Peut-être. Ou alors, ça arrive tout le temps. Ce monde est si vaste… On n'a remarqué la première disparition que parce que quelqu'un s'est retrouvé coincé. Ça dure peut-être depuis des années.

Je n'en suis pas aussi sûr. Toutes ces semaines où le ciel était zébré d'éclairs, les étoiles voilées, la rivière rouge… Ça m'étonnerait que ce soit un phénomène habituel.

– J'ai fait une liste, continue Kasia. Les portes semblent effectivement disparaître dans l'ordre où elles sont apparues. Si j'ai vu juste, le tour de la nôtre viendra après celle-ci.

Elle pointe un rectangle légendé « Montréal, 1648 ».

– Mais on n'a aucun moyen de savoir quand ça se produira, souligne Nico. On ne connaît pas la fréquence des disparitions, et il peut très bien y avoir plus de portes que celles représentées là-dessus.

– En effet. Ça pourrait durer des mois, des années, ou on pourrait en perdre dix d'un coup. En tout cas, notre porte est en sursis. Je ne sais pas quoi faire.

Nous restons assis un moment en silence. L'absence de Z se fait toujours sentir, bien que son départ me paraisse remonter à des mois. Notre groupe est incomplet sans elle. Soudain, dans ce silence, le son du violon de Miyumi s'élève au loin. Depuis quelques semaines, elle passe tout son temps à jouer.

– Je vais faire un tour, annonce Nico.

– Tu veux que je t'accompagne ?

Il s'éloigne déjà sans me répondre. Kasia, perplexe, m'encourage à le suivre.

Je traverse la lande au pas de course jusqu'à une rangée de maisons étonnamment tranquilles que je n'avais encore jamais vues. Nico tourne à droite dans une longue allée. Le calme et le silence ambiants contrastent avec les fêtes et festivals auxquels il m'a habitué. Rue après rue, je zigzague entre les ombres, les flaques et les rectangles de lumière projetés par les fenêtres. À l'intérieur des maisons, des gens rient, discutent, jouent aux cartes. Certains nous regardent passer, mais personne ne nous invite à entrer.

Que se passe-t-il, ici ?

Derrière ces façades, le cœur d'Everland continue à battre. J'entends quelqu'un chanter ; ce pourrait être Esther, mais je n'en suis pas sûr. Réfrénant mon envie de rejoindre le groupe, je reste avec Nico. Enfin, les rues s'élargissent et nous arrivons dans une espèce de terrain vague. C'est un lieu immense et désert, où seuls quelques troncs d'arbres morts interrompent la ligne d'horizon.

– On est où ? je demande, même s'il y a peu de chances qu'il ait la réponse.

Il contemple le paysage d'un œil morne. Après quelques pas sur le sol poussiéreux, il s'arrête.

– J'ai reçu un mail hier. Les Beaux-Arts m'ont refusé.

– Lesquels ?

– Barcelone. La semaine dernière, c'était Berlin. Et je n'ai même pas été convoqué à l'oral par Londres et Paris. (Il se tourne vers moi, le visage défait.) Je n'ai été pris nulle part, Brody. *Nulle part.*

Je le dévisage, à court de mots. Je n'aurais jamais cru ça possible. Il fabrique des costumes incroyables. Il y consacre tant d'efforts et de temps, il y met tellement d'amour, tellement de lui… Comment peut-on dire non à ça ?

Il donne un coup de pied dans un caillou.

– Mon père et Jenny sont ravis. Ils font semblant d'être désolés, mais je vois bien qu'ils se retiennent de hurler : « On te l'avait bien dit ! » Mon père a quasiment fait péter le champagne quand j'ai reçu la dernière lettre de refus.

– Tu pourras retenter ta chance l'année prochaine…

Mais Nico est déjà reparti. Je lui cours après.

– Hé, attends ! Ce n'est pas non plus la…

– Arrête d'essayer de me réconforter, Brody. Ça ne sert à rien. C'était tout ce qui comptait pour moi. Tout ce que je suis.

Il déglutit, comme s'il réprimait un sanglot, mais ce n'est pas de la tristesse que je lis sur ses traits. C'est de la colère. Je peux comprendre… Dani est parti, sa mère est loin, son père ne veut pas de lui, ou, du moins, c'est ce qu'il croit. Everland ne nous sera peut-être bientôt plus accessible, et voilà qu'on le prive aussi de son rêve. Mais il lui reste encore beaucoup de choses – du talent, des amis, et moi. Lorsque je tente de le lui expliquer, il m'interrompt.

– Je voudrais être seul, d'accord ? On se voit plus tard.

Et il s'en va sans me dire au revoir. Je le suis des yeux jusqu'à ce qu'il dépasse les arbres morts et se fonde dans l'horizon.

Chapitre 27

Le samedi, je suis réveillé par un drôle de bruit. Au début, je crois que notre vieux PC est en train de rendre l'âme, mais quand je me lève pour voir, je me rends compte que c'est Jake. Je ne l'ai quasiment pas vu de la semaine. Ma mère a dû résilier notre abonnement Internet vendredi dernier, si bien qu'il a passé tout son temps à l'école, à la bibliothèque ou chez des amis. J'ai l'impression qu'il ne s'est pas couché de la nuit. Il est assis par terre, encore en uniforme, et il respire vite et fort, comme mon père quand il fait une crise.

– Je ne vais pas y arriver, gémit-il d'une voix paniquée. Je ne peux pas. Je ne peux pas. Je vais me planter.

– De quoi tu parles ? Bien sûr que non, tu ne vas pas te planter.

Il essaie de me répondre, mais il n'arrive plus à parler. Je cours chercher un verre d'eau dans la cuisine et je le force à boire. Le dernier malaise de mon père remonte à un moment, alors j'ai un peu oublié comment réagir, mais ça me revient peu à peu. Après avoir mouillé un gant de toilette dans la salle de bain, je lui en tamponne doucement le front.

– Respire. Compte jusqu'à dix.

Je ne l'avais jamais vu dans un tel état. Pour être tout à fait honnête, je trouve même ça un peu ridicule. Il ne va pas se planter. *Moi*, je me suis planté, et en beauté, au point qu'on me force à abandonner des options. Ça ne devrait pas être à moi de soutenir mon frère ni de lui répéter qu'il est brillant. Il a une chambre remplie de trophées et de diplômes pour le prouver.

Mais c'est peut-être comme l'agoraphobie de mon père. Rationnellement, il sait qu'il n'y a presque aucun risque qu'il lui arrive quelque chose. Et pourtant, il est terrifié à l'idée de sortir de l'appartement. Ce n'est pas parce que le génie de Jake saute aux yeux de tout le monde que lui-même en a conscience.

Alors je ne lui réponds pas qu'il se fait des idées et qu'il n'y a pas de quoi s'inquiéter. Sa souffrance est aussi réelle que celle de quelqu'un qui vient de se casser le bras ou de s'ouvrir la jambe. Je continue donc à lui dire de respirer, de compter, jusqu'à ce qu'il s'apaise, se passe le gant de toilette sur le visage et termine son verre d'eau.

– Merci, dit-il d'une voix tremblante. J'ai juste eu… Je ne sais pas trop. C'est le stress.

Il y a des notes et des livres étalés partout sur le sol, la table et le bureau. Reprenant mes distances, je vais m'adosser contre le canapé.

– Je crois que tu as trop tiré sur la corde. Tu devrais peut-être faire une pause.

– Je n'ai pas le temps. (Il se lève et essuie ses mains moites sur son jean.) Je dois finir ma dissert de latin, et je n'ai pas encore commencé celle d'anglais, et j'ai mes heures de bénévolat cet après-midi, et…

J'agite les mains pour le faire taire.

– Oh, hé, Jake ! Tu peux bien t'accorder dix minutes. (Je jette un coup d'œil à l'horloge de l'ordinateur : 10 heures moins dix. Je suis en retard.) Il faut que j'aille bosser. Si tu veux, tu peux m'accompagner jusqu'à la boutique, histoire de prendre l'air.

Bien qu'il semble horrifié à l'idée d'abandonner ses révisions, il enfile sa veste pendant que je finis de me préparer. L'ascenseur est encore en panne ; on descend donc à pied. Il doit y avoir un match à Easter Road, car Great Junction Street est bondée de supporters. Ce n'est pas vraiment l'atmosphère zen dont Jake aurait besoin, mais l'important, c'est que j'aie réussi à lui faire lâcher ses livres.

Je réfléchis à un sujet de conversation autre que les cours – en vain. Il faut dire que mon frère parle rarement d'autre chose.

– Du coup… c'est sur quoi, ta dissert de latin ?

– Euh, sur la construction des personnages d'Euryale et de Nisus dans l'*Énéide* de Virgile.

Il aurait aussi bien pu le dire *en* latin, je n'aurais pas moins compris.

– OK. Ça a l'air… sympa.

– Non, réplique-t-il avec un rire forcé.

Un silence gêné s'installe entre nous jusqu'au bout de la rue.

– Et toi, ça te plaît, de bosser dans ce magasin ? reprend-il finalement.

– Ouais, c'est top. Il n'y a pas beaucoup de clients, donc en gros, je passe mes journées à écouter de la musique.

– Pas mal.

S'il existait une matière intitulée « Art de la conversation », mon frère aurait un F. Ça n'a pas toujours été comme ça. Plus jeunes, on discutait tout le temps. On débattait, on se disputait, on se charriait… Il me faisait pleurer au moins une fois par semaine, mais, au moins, on parlait. Il était plus cool, à l'époque.

Je me demande ce qu'il penserait d'Everland. Je l'imagine mal là-bas. Jake est tellement sérieux, tellement ancré dans le monde et ses réalités. Tellement ambitieux, aussi. Il rêve de devenir Premier ministre de l'Écosse. Oui, sans rire. Son cerveau refuserait probablement d'admettre ce qu'il verrait. Il chercherait à tout prix une explication rationnelle, comme moi le premier soir.

Le temps d'arriver à la boutique, il est enfin remis de ses émotions. Il a plutôt l'air honteux, maintenant, et en colère contre lui-même. Mon père aussi réagit souvent de cette façon, alors qu'il n'y a aucune raison. Ils ne le font pas exprès.

– Tu te sens capable de rentrer seul ?

– Oui, pas de souci. Et merci. Je me sens beaucoup mieux.

Avant de repartir, il s'arrête et contemple la porte de Rusty Records.

– Tu dois trouver ça injuste, que je ne travaille pas moi aussi, dit-il. Mais c'est seulement jusqu'aux exams. Tu connais maman… Elle me tuerait si je lui désobéissais. Je te promets de chercher un job dès cet été.

– Ça ne m'est même pas venu à l'esprit.

C'est la vérité. Si mon frère passait tout son temps à traîner avec ses potes ou à regarder la télé, j'aurais sans doute râlé, mais il ne fait qu'étudier. Trop, d'ailleurs, si j'en crois l'incident d'aujourd'hui. Lui demander d'assurer un boulot en plus, ce serait criminel.

– Arrête de stresser, je conclus en lui donnant un petit coup de poing sur le bras. Tu vas y arriver. Comme toujours.

***

Je suis heureux de retrouver Rusty Records, ce matin. La seule chose à laquelle j'ai pensé depuis jeudi, c'est Nico, et tout ce qui se trame à Everland. Ça me fait du bien de pouvoir m'occuper, même si ça se limite à classer par ordre alphabétique les boîtes de disques poussiéreux que Mark a posées sur le comptoir en arrivant.

Vers midi, alors que je suis assis par terre avec une pile de quarante-cinq tours des années 1990, une voix s'élève dans mon dos :

– Excusez-moi, vous auriez *Sorry Seems to Be the Hardest Word* ?

Je me retourne. Nico est debout derrière moi, vêtu d'un pull gris délavé et d'un jean. Il a le teint pâle et les yeux cernés.

– Hum, sûrement. (Je me lève en m'époussetant les mains.) Vous vouliez vous excuser pour quelque chose en particulier ?

Il hausse les épaules et enfonce ses poings dans ses poches.

– Oui, pour m'être comporté comme un connard. Et un égoïste. Je n'aurais pas dû te planter comme ça.

Je réprime un sourire.

– Quand même, c'est un peu cliché, comme chanson. Moi, j'aurais choisi… *I'm So Sorry* d'Imagine Dragons.

– Ou *El Perdón*, intervient Jett. Nicky Jam et Enrique Iglesias. Un vrai tube.

Elle nous observe depuis le comptoir, un grand sourire aux lèvres. Il n'y a pas d'autres clients. Gavin, le fan de Brian Eno, est passé vers 10 heures, mais depuis, personne.

– Tu peux prendre ta pause-déjeuner, me propose-t-elle. Ce n'est pas comme s'il risquait d'y avoir foule cet après-midi. Pas avec ce beau temps.

Dès qu'il y a un rayon de soleil, tout Édimbourg part en balade. Nico et moi longeons Leith Links et nous asseyons sous des arbres au bord du chemin, non loin d'un groupe de filles qui jouent au foot et d'un vieil homme qui bronze torse nu. Je sors un sandwich au jambon à moitié écrasé, Nico un paquet de cigarettes. Après la première taffe, il se laisse tomber sur le dos, une main sur les yeux.

– Soirée arrosée ? je devine.

Mon père avait cette tête-là le matin quand il sortait encore au pub avec ses copains ; comme si le monde était un peu trop éblouissant, trop agressif.

– On peut dire ça, me répond-il avec un sourire désabusé. J'ai vomi sur les géraniums de Jenny. Elle va péter un câble quand elle s'en rendra compte.

Il joue avec son briquet. Contrairement à d'habitude, il n'a pas les mains tachées de peinture. Pas même une petite trace autour des ongles.

– Je suis vraiment désolé pour jeudi, Brody. J'étais sous le choc. Les Beaux-Arts... c'était le rêve de ma vie. Je n'avais jamais imaginé ne pas être pris. Même si c'est très prétentieux de ma part.

– Ils sont complètement idiots. Je ne vois pas d'autre explication. Tes costumes sont sublimes !

– Pas assez, apparemment.

– Alors c'est que les places sont chères. Ils doivent recevoir des milliers de candidatures. Ça ne veut pas dire que la tienne ne méritait pas d'être retenue.

Il ne répond pas. De toute évidence, il s'est fait son opinion et n'en démordra pas.

– Si ça peut te consoler, je reprends, j'ai foiré la moitié de mes exams. Je n'avais pas vraiment l'intention d'aller à la fac, de toute façon. Au moins, maintenant, je sais que ce n'est même plus la peine d'essayer.

– Bien sûr que si. Tu peux encore te rattraper. Allez, interro surprise. (Il se redresse et tambourine sur son genou.) Hum… date de la chute de l'empire byzantin ?

J'éclate de rire.

– Comment veux-tu que je le sache ? Le programme d'histoire porte sur les guerres d'indépendance de l'Écosse et sur l'Allemagne nazie.

Nico ne connaît pas grand-chose à ces deux sujets, et il est encore plus nul que moi en maths. Mais il me fait répéter les dialogues de mon livre d'espagnol jusqu'à ce que ma prononciation soit quasi parfaite. Je lui découvre aussi une passion pour *Othello* et *Hamlet*. Derrière notre conversation en apparence tranquille, je devine pourtant une certaine tension. Quelque chose d'autre tracasse Nico.

– À part ça, lance-t-il finalement en faisant courir ses doigts sur l'herbe, j'ai réfléchi à ce que Kasia a dit. Sur l'ordre de disparition des portes et le fait que ce sera bientôt au tour de la nôtre.

– Oui… et ?

Il allume son briquet, puis passe son index sur la flamme, très vite, pour ne pas se brûler.

– Je crois… j'envisage de faire comme Esther. Je vais peut-être rester à Everland.

Le monde se fige autour de moi.

– Qu'est-ce que tu racontes ? Et ta famille ?

– Bah, ils s'en apercevront à peine. Ma mère est trop occupée par sa nouvelle vie. Elle n'a pas le temps de penser à moi. Quant à mon père, je ne serai jamais assez bien pour lui.

La colère, palpable, suinte de chacun de ses mots. Pour être honnête, j'ai du mal à croire que ses parents soient tels qu'il les décrit. Bien que je ressente parfois la même chose vis-à-vis des miens.

– Écoute, je sais que ta vie n'est pas rose en ce moment. (Je me rapproche de lui et pose une main sur son épaule.) Mais ça finira par passer. Ça ne sera pas toujours comme ça.

– Comment peux-tu en être sûr ? Et si je ne retrouvais jamais ce que j'ai là-bas ? Si j'étais condamné à ne me sentir à ma place nulle part ?

Quand je repense à Nico sortant de cet immeuble au mois de septembre dernier pour envoyer bouler Leanne et Michelle… Je n'aurais jamais cru qu'il éprouvait le même genre de doutes que les miens, lui qui est capable de marcher fièrement dans la rue déguisé en fée, en phénix ou drapé dans une cape dorée. J'étais persuadé que les ricanements, les regards en coin et les insultes glissaient sur lui. J'étais persuadé qu'il possédait une assurance à toute épreuve.

Mais peut-être ses costumes ne sont-ils qu'une autre manière de se cacher.

Soudain, il se met à rire.

– Bon sang, je suis pathétique. Il y a des gens qui se réfugient à Everland pour échapper à de la violence, des abus, des persécutions – transphobie, racisme ou discriminations en tout genre. Des malades condamnés qui essaient de grappiller un peu de temps. (Il arrache des petites peaux autour de son pouce.) Moi, je n'ai rien vécu d'aussi terrible. Loin de là. OK, on m'a embêté à l'école. OK, mes parents ont divorcé. OK, je n'ai pas été pris aux Beaux-Arts. Tu parles de drames ! J'ai l'impression d'être un imposteur.

– Pas du tout. Ça n'enlève rien à la réalité de tes problèmes. Et puis la vie ne marche pas comme ça. Tu ne peux pas comparer la tienne à celle des autres.

– Non, mais je pourrais me montrer un peu plus reconnaissant. J'ai eu beaucoup de chance, sur bien des plans. Dans la plupart des domaines, en fait. Malheureusement, ça ne change rien à l'image que j'ai de moi.

À nouveau, il passe son index sur la flamme. Cette fois, il s'attarde un peu trop et se brûle. Il secoue la main en grimaçant. Je ramasse son briquet pour lui, retenant ses doigts entre les miens un instant. Ses yeux sont rouges et humides mais son regard très doux. Si je l'embrassais maintenant, il se laisserait probablement faire. Je me retiens néanmoins, car ce ne serait pas correct de profiter de son trouble si peu de temps après le départ de Dani.

Au bout d'une seconde, il détourne la tête et le charme est rompu.

– Désolé, Brody. Ça ne me ressemble pas, de broyer du noir comme ça. C'est juste que, parfois, j'ai du mal à relativiser. Et ça sera encore pire si je ne peux plus aller à Everland.

Il presse ses paumes sur ses yeux, puis retrouve le sourire.

– Bref, conclut-il. On va faire en sorte que tu déchires tout à tes examens. Hum… comment calcule-t-on le volume d'une pyramide ? Je te préviens, je ne connais pas la réponse, donc le point est gagné d'avance…

Pendant qu'il continue à discuter de tout et de rien, son annonce plane sur nous tel un nuage d'orage. Il ne pouvait pas être sérieux. Il ne renoncerait jamais au monde réel pour Everland.

Si ?

Chapitre 28

Toute la semaine, Nico semble distant. Mes messages et appels restent sans réponse. Quand il finit par m'écrire qu'on se verra le jeudi, j'ai un mauvais pressentiment. J'ai l'impression qu'il risque de disparaître à tout instant. Je suis donc soulagé lorsque je le trouve assis sur les marches du monument de Calton Hill avec Kasia.

– Salut, Brody. Désolé de t'avoir laissé sans nouvelles. J'avais besoin de réfléchir.

Tout ce qui compte, c'est qu'il aille bien. Il a encore la gueule de bois, les yeux cernés et les cheveux en bataille, mais il est de meilleure humeur que la semaine dernière. Il a l'air plus… serein.

Everland aussi est bien calme, ce soir. De magnifiques aurores boréales illuminent le ciel bas, faisant onduler leurs rubans roses et verts au-dessus de nos têtes avant de se fondre en un profond bleu violacé derrière les montagnes. Kasia part à la bibliothèque et Nico au marché (il a besoin de tissu, car il veut se fabriquer un nouveau costume pour la fête de Beltaine – le premier depuis qu'il a reçu toutes ses lettres de refus). Je vais donc retrouver Esther et le groupe. Arnau est déjà sur la scène, en train d'accorder sa basse. Je lui fais signe, surpris mais heureux de le revoir après ces quelques semaines d'absence.

– Je croyais que tu ne reviendrais plus !

– Je sais, j'ai essayé, mais… ce n'est pas facile de renoncer à cet endroit.

Je contemple ma batterie, dont les courbes luisent doucement sous la lumière des réverbères.

– Je vois ce que tu veux dire.

À la fin de notre set, je vais me promener au bord du lac et je tombe sur Nico, qui fait des ricochets avec Miyumi et Kasia. Ils ne disent pas un mot ; on n'entend que le bruit des galets rebondissant sur l'eau et des notes de musique au loin.

Kasia se tourne vers moi, les mains sur les hanches.

– Ah, te voilà. Nico t'a fait part de son projet ?

– Oui. Il n'a toujours pas changé d'avis ?

– Je suis plus décidé que jamais, répond l'intéressé.

Kasia ramasse une pierre.

– Tu as conscience qu'on ne parle pas d'aller vivre en France ou un truc comme ça ? Tu ne pourras pas prendre l'avion pour rentrer quand tu en auras marre. Tu seras coincé ici *à tout jamais*.

– Oui, je suis au courant. Et tu devrais faire comme moi. Pense à tous les livres que tu pourrais lire !

– Attends, supporter ta sale tronche pour l'éternité ? Non merci. (Son expression s'attendrit.) Je t'adore, Nico, mais c'est une très mauvaise idée.

– Je suis sûr de moi. C'est le mieux à faire.

Il lance un nouveau caillou, qui rebondit cinq fois avant de s'enfoncer dans l'eau. Kasia le dévisage, les lèvres pincées, ravalant tous les arguments qu'il refuserait d'écouter. Puis Miyumi s'avance.

– Moi non plus, je ne rentrerai pas.

Un silence abasourdi suit cette annonce.

– Qu'est-ce que tu racontes ? s'écrie Kasia.

– Ma décision est prise. Je vais rester ici.

De tous les gens que j'ai rencontrés à Everland, Miyumi est la dernière que j'aurais imaginée dire ça. Elle mène une vie de rêve. À seulement dix-sept ans, elle a déjà une carrière, un avenir tout tracé, une chance de faire ce pour quoi elle est douée. Mais, soudain, je m'aperçois que je ne sais pas grand-chose d'elle. Je ne l'ai jamais interrogée sur sa famille, ses amis ou ce qu'elle ressent.

– La pression est trop forte, nous avoue-t-elle. Entre les répétitions, les concerts, les concours… Ça ne s'arrête jamais. À force, ça a tué la musique. Quand j'étais petite, j'adorais jouer du violon. Mais plus le temps a passé, plus c'est devenu une corvée. Je pense constamment à tout ce que j'ai à faire, à tout ce que je perdrai si j'échoue. Il n'y a qu'ici que je peux souffler un peu.

– Et tes parents ? insiste Kasia. Tes amis, le lycée…

Miyumi ne répond pas ; sa lèvre inférieure tremble, et ses yeux sont baignés de larmes. Nico fusille Kasia du regard avant de prendre la Japonaise dans ses bras.

– Tu as raison, ma belle. On va se construire une vie incroyable, ici. Promis. Et toi, Brody ? Tu ne veux pas te joindre à nous ?

J'ai la bouche sèche. Quand il m'a annoncé son projet samedi dernier, j'ai mis ça sur le compte de la déprime. Je ne l'ai pas pris au sérieux et je n'ai jamais envisagé de l'imiter. D'ailleurs, il me suffit d'y réfléchir une seconde pour conclure que la réponse est non. Je ne pourrais jamais faire ça à ma famille. Et pourtant, quand je regarde Nico, je suis pris d'une folle envie de dire oui. Parce que je n'ai pas envie de renoncer à cet endroit, et encore moins à lui.

Kasia répond à ma place, les poings serrés et une veine palpitant sur son front.

– Arrête ! Everland n'est pas censé remplacer le monde réel.

– *C'est* le monde réel, rétorque Nico en jetant sa dernière pierre, qui dessine trois grands arcs avant de plonger sous l'eau. Ça l'a toujours été.

***

– Tu aurais pu m'attendre, crétin.

On est vendredi. Je suis assis à la cafétéria devant une pomme de terre au four que je me rappelle à peine avoir achetée. Je ne me souviens plus vraiment non plus de mon trajet jusqu'au lycée, ni des cours de la matinée. La question de Nico m'obsède.

– Tu n'as pas reçu mon message ? insiste Megan, plantée devant moi. Je t'avais donné rendez-vous devant les distributeurs !

Elle s'assied et laisse tomber son plateau sur la table, faisant sursauter un groupe installé un peu plus loin. J'aperçois Keira au fond de la salle, en train de discuter avec Amanda devant un hamburger. Je me frotte les yeux, dans l'espoir de me réveiller.

– Désolé. J'étais… J'avais trop faim, je ne pouvais plus attendre.

– Qu'est-ce qui t'arrive ? enchaîne-t-elle sans toucher au yaourt et à la salade flétrie qui se trouvent devant elle. Tu ne réponds plus à mes messages, tu ne dis quasiment plus un mot en dehors des cours, tu es super bizarre depuis des mois. Il se passe quoi ?

Des bribes de la discussion de la veille tournent dans ma tête – Miyumi annonçant qu'elle compte rester, comme Nico. Je ne suis peut-être pas obligé de leur faire mes adieux. Everland pourrait aussi devenir ma réalité.

– Rien.

– Je vois bien que si, Brody. Je suis ta meilleure amie, n'oublie pas. Pourquoi tu ne veux pas m'en parler ?

Je plante ma fourchette dans ma pomme de terre, mais j'ai perdu l'appétit. Megan n'a pas l'air inquiète, plutôt agacée que je lui cache des choses.

– Parce que ça ne te regarde pas, voilà.

La mâchoire lui en tombe.

– Tu sais quoi ? Tu es insupportable depuis que tu as rencontré ce Nico. Il serait temps que tu redescendes sur terre.

– Qu'est-ce qui te dérange, au juste ? Que j'ose enfin m'exprimer ? Que j'aie cessé d'écouter tes interminables monologues sur ton sujet favori : toi-même ? Nico n'y est pour rien.

– Bien sûr que si ! Tu ne me parles plus, tu ne m'écoutes plus…

Une fille brandit son téléphone pour nous filmer mais se dépêche de le ranger lorsque Megan lui fait un doigt d'honneur.

– Ça a forcément un rapport avec Nico, Brody.

C'est le moment que choisissent Leanne et Michelle pour débarquer avec des plateaux chargés de pizza et de frites. Leanne se penche vers Megan, très intéressée.

– Oh oh, c'est qui, ce Nico ? roucoule-t-elle. Attends une minute… Ne me dis pas que c'est sa marraine la fée ?

Michelle et elle éclatent de rire et racontent toute l'histoire à des garçons assis deux tables plus loin. Bien entendu, leur version n'a pas grand-chose à voir avec ce qui s'est réellement passé. Nico devient une espèce de caricature braillant depuis sa fenêtre, et moi, un gros bébé pleurnichard accroché à son chat. Quant au passage où il leur a tenu tête et ordonné de dégager, elles l'omettent carrément.

En temps normal, Megan les aurait déjà traitées de pétasses – ou pire – avant de m'entraîner à l'écart. Aujourd'hui, elle se contente d'observer la scène, comme la moitié de la cafétéria. Des dizaines de réponses défilent dans ma tête. Mais lorsque j'ouvre la bouche, rien ne sort.

– Sérieux, Brody, tu me fais pitié, conclut Leanne avant de se tourner vers Keira. Et ta sœur ne vaut pas mieux, toujours à se la péter comme une grande actrice de Broadway. Famille de dégénérés.

Après toutes les insultes, les moqueries et les humiliations, c'est la goutte de trop. Celle qui me fait exploser. Leanne ne s'en rend même pas compte : elle est déjà passée à autre chose, à savoir la coupe de cheveux « affreuse » d'Anton Akande. Je me lève brusquement, pose une main sous son plateau et le lui balance à la figure. Sa part de pizza atterrit sur son pull, glisse lentement jusqu'à ses chaussures et termine sa course par terre. Leanne tente de reculer, mais elle est bloquée par une table. Hors de moi, je m'approche, mon visage à quelques centimètres du sien.

– Je t'interdis de parler comme ça de ma sœur, tu m'entends ? Ferme. Ta. Gueule.

Jusqu'à présent, chaque fois que j'ai voulu lui répondre, elle m'a ri au nez. On n'arrête pas de me le dire : ce qu'elle cherche, c'est à provoquer une réaction. Mais là, son sourire se fige. Elle a l'air… effrayée. Tout le monde nous regarde. Michelle est trop choquée pour prendre la défense de son amie. Et, pour la première fois, je me rends compte que je suis maintenant presque aussi grand que Leanne.

– Brody Prince !

Je laisse retomber mes bras le long de mon corps. Mrs Davies arrive à grands pas.

– Que se passe-t-il, ici ?! tonne-t-elle.

– Il m'a agressée, madame ! gémit Leanne, recroquevillée sur elle-même. Il m'a attrapée par le bras, il a fait tomber mon plateau, et…

– *Quoi ?* C'est vrai, Brody ?

Anton tente de prendre ma défense. Dans son coin, Keira a viré au rouge vif, partagée entre la honte et l'envie de pleurer. Ses amies se précipitent pour corroborer la version d'Anton, mais Mrs Davies ne veut rien entendre. Elle connaît pourtant Leanne ; elle l'a déjà vue s'en prendre à moi et à tous ceux sur qui elle pense avoir le dessus. Mais quand elle pointe le doigt vers le couloir, c'est à moi qu'elle s'adresse.

– Dans le bureau de la directrice. Tout de suite.

Leanne n'arrête pas de se masser l'épaule, comme si je l'avais plaquée au sol façon rugbyman. Quand je vois son petit sourire satisfait, une nouvelle bouffée de colère m'embrase. Je donne un grand coup de pied dans la table, faisant sursauter Michelle.

– Fait chier ! Ras le bol de ces conneries !

– Qu'est-ce que tu viens de dire ?

Mrs Davies m'emboîte le pas en criant que je vais être collé, voire renvoyé, et que je dois le respect à mes professeurs. Je m'en fiche complètement. Ses mots ne m'atteignent pas plus que les regards des élèves alignés le long des murs. Rien ne peut m'atteindre. Je ne suis déjà plus là.

Chapitre 29

Je suis renvoyé pour une semaine. Lorsqu'elle l'apprend, ma mère pète les plombs. Et c'est un euphémisme. Elle est tellement hors d'elle qu'elle fait quasiment disjoncter tout l'immeuble, voire le quartier.

– Non mais qu'est-ce qui t'a pris ? Depuis quand tu balances de la pizza à la tête des gens ?

– Ce n'est pas sa faute, maman, intervient Keira.

Maintenant qu'elle s'est remise de l'humiliation infligée par Leanne, ma sœur me défend bec et ongles. Assise à califourchon sur sa chaise, elle tape des deux poings sur le dossier.

– Tu sais très bien comment est Leanne. C'est une vraie…

Ma mère la coupe.

– Tes examens débutent *le mois prochain*, Brody. Tu y as pensé, avant de piquer ta crise ?

Je jette mon sac sur le canapé.

– Quelle importance ? Je sais déjà que je vais tout foirer.

Je ne suis vraiment pas d'humeur à supporter ses reproches. Après cette journée de *merde* – parce qu'il n'y a pas d'autre mot –, je n'ai pas besoin qu'on me remonte les bretelles. Mrs Davies et la directrice s'en sont déjà chargées. Si je m'étais contenté de renverser le plateau de Leanne, j'aurais pu m'en tirer avec quelques heures de colle, car elle n'est pas très appréciée par les enseignants. C'est le fait d'avoir juré devant une prof qui me vaut d'être renvoyé, et c'est sans doute mérité. Mais je mentirais si je disais que je regrette. Je n'ai aucune intention de m'excuser, surtout pas auprès de Leanne.

Ma mère ramasse mon sac et me le fourre dans les bras.

– Si tu ne veux pas « tout foirer », comme tu dis, tu n'as qu'à travailler ! Il n'est pas question que tu nous refasses le même coup qu'aux examens blancs. Mets-y un peu du tien.

– Je ne t'ai pas vu réviser depuis longtemps, renchérit mon père en passant la tête par la porte de la cuisine. Tu n'as aucune excuse, fiston. Ce n'est que de la paresse.

– Exactement, acquiesce ma mère. Tu en es où ? Tu as commencé, au moins ?

À ma grande surprise, Jake vient à mon secours.

– Lâche-le un peu, maman, soupire-t-il depuis le siège de l'ordinateur. Il n'est suspendu qu'une semaine. Ce n'est pas la fin du monde.

Venant de lui, ça me fait bien rire ; il préférerait sûrement mourir que manquer une semaine de cours avant des examens. Mais je me tourne vers ma mère avec un regard qui signifie : « Tu vois ? » Elle dévisage longuement mon frère, les mains sur les hanches, avant de revenir à moi.

– Eh bien, tu vas profiter de cette semaine pour t'y mettre, Brody. Pas de sorties, pas de visites à Megan, rien. Bon sang, je n'avais vraiment pas besoin de ça en ce moment…

Elle se passe une main dans les cheveux tandis que ses épaules s'affaissent tels des ballons dégonflés.

***

Les deux premiers jours, je fais réellement un effort. Sans Internet ni forfait data sur mon téléphone, il faut bien que je m'occupe, de toute façon. Je prends soin de laisser traîner mes cours de musique et mes livres d'anglais dans l'appartement pour montrer à ma mère que je m'applique. Je demande même à Jake de corriger mes exercices d'espagnol. Il a arrêté depuis plusieurs années, ce qui ne l'empêche pas d'être encore mille fois meilleur que moi – pour changer.

Le surlendemain, ma mère est rassurée et a quasiment oublié que j'étais puni. À 22 h 45, je m'éclipse donc tranquillement pour rejoindre Everland.

Un labyrinthe est apparu non loin de la bibliothèque. Il est gigantesque, avec des haies vert sombre d'un mètre de large par six mètres de haut. Kasia, grande amatrice d'énigmes, est ravie. Miyumi et elle s'y élancent au pas de course et se crient des instructions afin d'en localiser le centre. Pendant ce temps, je déambule avec Nico tout en lui racontant l'incident de la cafétéria.

– Et c'est *toi* qu'ils ont renvoyé ? s'offusque-t-il. Sérieux ? Quelle bande d'abrutis.

– C'est clair. Du coup, mes chances de réussir mes examens sont passées de zéro à… moins que zéro.

Il passe son bras autour de mes épaules.

– OK, en maths, j'avoue que tu es un cas désespéré. Mais il te reste encore la musique ! Et je vais continuer à t'aider pour l'espagnol.

– *Gracias.* (Je me presse contre lui, une main dans son dos.) *Cómo se dice* : « Je suis foutu » ?

– « *Estoy jodido.* » Ou « *estoy en el horno* » – littéralement, « je suis dans le four ». C'était une expression de Dani. (Il s'écarte en souriant.) *Pero no lo estás.* Sers-toi de la bibliothèque, s'il le faut. Profite du temps supplémentaire que tu as ici.

Miyumi caracole en tête, Kasia sur ses talons. Nous atteignons un carrefour, où trois chemins différents s'offrent à nous. Les voix des filles bourdonnent derrière les haies. Même si elles ne peuvent pas être loin, elles nous semblent à des kilomètres.

– Alors, reprend Nico en balançant ses bras d'avant en arrière. Tu as réfléchi à ma proposition de la semaine dernière ?

Mon estomac fait un petit bond. Je n'ai *pas arrêté* d'y penser. À certains moments, comme après la scène du lycée et le sermon de ma mère, Everland m'apparaît comme le choix le plus évident. Mais à d'autres, la perspective de laisser ma famille sans nouvelles me rend malade. Puis je me rappelle combien je suis heureux ici, plus que depuis des années dans le monde réel. Je ne me vois pas y renoncer.

Nico m'observe en se mordillant la lèvre, visiblement nerveux. Je comprends tout à coup qu'il ne me pose pas la question par simple curiosité. Il veut que je reste. Il veut que je m'installe ici avec lui. Un feu d'artifice explose dans ma poitrine.

– Je n'ai pas encore décidé.

– Pas de problème, Brody. Rien ne presse.

C'est faux. Pour la première fois depuis que je viens ici, il y a urgence. Les portes se ferment une à une. Le temps, ou son équivalent ici, nous est compté.

***

Pour finir, ce n'est pas le fait que ma meilleure amie me déteste, ni celui d'avoir été renvoyé, ni la perspective de me planter à mes examens qui me permet de prendre ma décision. Ni même ma conversation avec Nico, bien qu'elle y ait contribué. C'est une phrase de mon père, quelques mots insignifiants pour un autre que moi.

On est vendredi, dernier jour de ma semaine de suspension. Je suis penché sur un devoir d'anglais pendant que papa répare le grille-pain en regardant *Planète Bleue II* pour la quinzième fois. Je suis censé analyser un poème. Pour l'instant, je n'ai fait que taper le titre et consulter frénétiquement mes différents profils sur les réseaux sociaux. J'ai envoyé quelques messages à Megan, tous restés sans réponse. Ça ne me plaît pas. Même si je pensais ce que je lui ai dit, je déteste qu'on soit fâchés.

Le documentaire se termine, et la musique du générique s'élève. Mon père pose le grille-pain sur la table afin de se dégourdir les jambes.

– Tu t'en sors ? me demande-t-il.

– Oui, ça va.

C'est un mensonge, car je n'ai toujours pas répondu à la moindre question. Tout à coup, il vient se planter dans mon dos, les yeux plissés devant le document Word quasi vierge.

– Je n'ai pas l'impression que ça aille si bien que ça, commente-t-il. Tu veux de l'aide ?

Je lui tends la feuille sur laquelle est imprimé le poème, *Gap Year*, de Jackie Kay. Elle y parle de son fils parti faire le tour de l'Amérique du Sud. Il a grandi mais, aux yeux de sa mère, il vient à peine de quitter le « panier de Moïse » dans lequel il dormait bébé. Mon père le lit en silence.

– Très chouette, déclare-t-il d'une voix changée, presque mélancolique. Quelle est la question ?

Je regarde le sujet rédigé par Mrs Davies.

– Hum… « Montrez comment l'autrice joue avec la langue afin de souligner le passage rapide du temps dans la deuxième partie. »

Mon père parcourt une nouvelle fois le texte.

– Alors, là, on a le mot « soudain ». Et là, tout à la fin : « en un clin d'œil ». Que des mots courts, d'une syllabe. Mais tout n'est pas rapide, si ? On sent aussi une forme d'attente. « Avec quatre semaines de retard », « une mère abandonnée », « ta chambre vide »… Les années se sont écoulées à toute vitesse et, maintenant qu'il est à l'autre bout du monde, le temps semble s'être ralenti.

– Tu as raison. La question est mal formulée. Voilà ce que je vais écrire : le temps ne passe ni vite ni lentement, il est subjectif.

– Exactement, me félicite mon père. Bravo.

Ma prof ne va sans doute pas apprécier ; elle a horreur qu'on essaie de se montrer plus malin qu'elle. Mais c'est mieux que rien. Je tape quelques lignes, le regard de mon père toujours posé sur moi. Au bout d'un moment, il se racle la gorge.

– En parlant de timing, tu n'as pas très bien géré le tien… Te faire renvoyer comme ça, à quelques semaines de tes examens…

Je serre les dents. C'est reparti.

– Oui, papa. Je sais.

Le silence retombe. Mon père n'a jamais été doué pour les « grandes conversations ». Je parie que ma mère a insisté pour qu'il me parle. C'est ridicule. Je me serais bien passé d'être renvoyé, tout comme je préférerais réussir mes examens.

– Ton frère pourrait peut-être te donner un coup de main ? Quitte à avoir un intello dans la famille, autant que ça serve.

C'était peut-être une pique contre Jake, mais ce n'est pas ce que j'entends. La voix de mon père dégouline de fierté, comme à chaque fois qu'on lui demande si son fils aîné est toujours aussi doué ou dans quelle fac il compte aller. Le résultat du test de QI de mon frère était un peu l'équivalent d'une lettre d'entrée à Poudlard, et mes parents ont réagi comme ceux d'Hermione Granger : simples Moldus, ils sont émerveillés par les talents cachés de leur progéniture.

– Il est trop occupé. Il a déjà à peine le temps de faire ses devoirs, je ne vais pas lui refiler les miens en plus.

– Dans ce cas, fais de ton mieux, Brody. C'est tout ce qu'on te demande.

Visiblement, il en a terminé. Ma mère, elle, m'aurait encore pris la tête pendant dix bonnes minutes. J'ai gagné au change.

D'un côté, je suis soulagé que mes parents n'exigent pas de moi les mêmes résultats que ceux de mon frère. Je ne décrocherai jamais des A dans toutes les matières ni le titre de meilleur élève du lycée. Je ne serai pas pris à la fac et, à vrai dire, je n'en ai même pas envie. En même temps, ça m'énerve qu'ils n'aient pas davantage d'attentes me concernant. Qui sait, j'aurais peut-être pu aller loin s'ils m'avaient encouragé et accordé un peu plus d'attention.

– Je la comprends, tu sais, ajoute mon père, qui a repris le poème. Jackie Kay. J'ai l'impression que la semaine dernière, vous étiez encore en train de chouiner et de ramper partout.

Il sourit pour lui-même. Je vois presque les souvenirs défiler dans sa tête. Des souvenirs d'une autre époque – presque d'une autre vie.

– Ne t'inquiète pas, je n'ai pas prévu de voyage au Pérou.

– Vu comme tu es parti, ça ne risque pas. (Il roule la feuille et me tape sur la tête avec.) Si tu continues tes bêtises, tu pourras t'estimer heureux de sortir de cette ville.

Et c'est cette remarque idiote qui change tout. Ces deux petites phrases balancées sans réfléchir, comme des pièces dans une fontaine.

Le problème, ce n'est pas le Pérou. Je n'ai jamais imaginé aller aussi loin un jour. Le problème, c'est que mon père a raison. Jake ira à Cambridge, puis à Londres, New York, Hong Kong ou je ne sais où. Alors que moi, je vais rester coincé ici. Megan finira, elle aussi, par intégrer une fac et par m'oublier – si on est encore amis d'ici là. Moi, tout ce que j'ai, c'est Everland et Nico. Sans eux… à quoi bon continuer ?

Mon père se met à rire.

– Je te fais marcher, Brody. Il y a plein d'autres voies possibles. La vie ne s'arrête pas au lycée et aux examens. Tu vas t'en sortir. (Il m'ébouriffe les cheveux.) Et sache que, quoi qu'il arrive, ta mère et moi serons fiers de toi.

Je hoche la tête devant l'écran d'ordinateur. Ma vue se brouille et les mots que j'ai rêvé d'entendre pendant des années parviennent à peine jusqu'à mes oreilles. Ma décision est prise. C'est à Everland que je me sens chez moi.

C'est Everland que je choisis.

Chapitre 30

J'avais oublié en quoi consistait la fête de Beltaine jusqu'à ce que Nico m'en parle. Chaque année, en vertu d'une vieille tradition païenne, on allume des feux sur Calton Hill pour célébrer l'arrivée du mois de mai. Sur Waterloo Place, je croise des gens au corps intégralement peint en rouge ou bleu, des silhouettes fantomatiques en robe blanche, une femme arborant une immense coiffe fleurie presque aussi grande qu'elle. Nico est déguisé en cerf. Il s'est fabriqué des cornes de brindilles entremêlées, et il porte des bandes de fausse fourrure sur les épaules, aux chevilles et aux poignets. Kasia attend avec lui au pied des marches, maquillée de blanc et vêtue d'une tunique à fleurs. À côté d'eux, je découvre une personne de petite taille couverte de guenilles bleues et vertes. Mon sourire s'élargit : c'est Zahra.

– Brody ! s'exclame-t-elle en se dressant sur la pointe des pieds pour me faire la bise. Je suis trop contente de te voir !

– Moi aussi. Tu m'as manqué.

Elle s'est appliqué un fond de teint turquoise et s'est dessiné des spirales indigo sur les joues. Je tire sur un des bouts de tissu vert accrochés à son hijab. On dirait des algues.

– Ça change de tes costumes habituels…

– Je suis une créature aquatique. Nico incarne la terre, et Kasia une Femme Blanche. Tout ça fait partie du mythe. Tu comprendras quand on arrivera au sommet de la colline.

– Ne t'inquiète pas, me rassure Nico avec un grand sourire, j'ai aussi prévu quelque chose pour toi. Ma dernière et, sans vouloir me vanter, ma plus belle création.

Il sort un sac plastique de sous sa cape. À l'intérieur, je découvre un masque à bec d'oiseau et un vêtement au tissu très doux. Lorsque je le déploie dans la lumière, j'en reste bouche bée. C'est une cape en forme de W, comme les ailes d'un oiseau, recouverte de centaines de plumes minuscules qui vont du cuivré au bronze, en un dégradé qui se termine par une frange dorée. De tous les costumes de Nico, c'est le plus abouti, le plus professionnel. Il a dû lui demander des heures de travail, beaucoup plus que sa tenue de cerf.

– Regarde, ça se met comme ça.

Il drape la cape sur mes épaules et noue le lien sous mon menton. Zahra donne un coup de coude à Kasia avant de l'entraîner vers les marches pour nous laisser seuls. Pendant une minute, je reste là, à agiter mes ailes et à admirer les reflets de la lumière sur les plumes.

Je me sens comme Harry Potter quand il enfile sa cape d'invisibilité. Plus rien ne peut m'atteindre.

– C'est magnifique, je souffle. Incroyable.

Nico m'attrape les poignets afin de les glisser dans des boucles de tissu fixées aux coins des manches.

– J'étais sûr que tu ferais une superbe créature de l'air. Et je m'étais promis de te donner des ailes...

Sa voix n'est pas comme d'habitude, elle est presque timide. Après avoir mis le masque et promené ma main sur les plumes, je le remercie une, deux, trois fois, mais ça ne suffit pas.

Et, tout à coup, j'ai une idée. Je sais ce que je pourrais lui offrir en échange : ma décision. Mais avant que j'aie le temps de la lui annoncer, il désigne les marches d'un signe de tête.

– On ferait bien de rattraper Zahra et Kasia, sinon on ne les retrouvera jamais. C'est la folie, là-haut.

Je me laisse aller à lui prendre la main. Peut-être est-ce la cape, ou le fait qu'il fasse nuit et que personne ne puisse me reconnaître sous mon masque. Il tressaille, surpris, puis referme ses doigts sur les miens. Tandis que nous gravissons la colline, il retrouve peu à peu son ton enjoué. Il me décrit la fête à laquelle il est allé la veille, me parle d'un élève de son cours d'art qui a rendu une boîte remplie d'air pour un devoir.

Je l'écoute, les yeux rivés sur nos mains.

Nico n'exagérait pas quand il a employé le mot « folie ». Calton Hill est en feu. D'étranges symboles païens brûlent entre les colonnes du Monument national, un énorme feu de joie crépite et crache de la fumée dans la nuit, des artistes promènent des torches ou jonglent avec des bolas enflammées. Nous fendons la foule jusqu'à repérer Kasia et Zahra, qui regardent un homme encapuchonné courir derrière des créatures semblables à des oiseaux. Toutes jouent du cor ou de la flûte irlandaise. Par-dessus le vacarme, Zahra m'explique qui sont les principaux personnages : il y a la Reine de Mai, vêtue d'une robe blanche et d'une immense coiffe de fleurs, et l'Homme Vert, un grand type aux dreadlocks ornées de guirlandes de feuilles. Une bande de danseurs et de percussionnistes les suivent en un long cortège coloré. Certains ne portent qu'un pagne autour de la taille. Nico prend un air choqué et tente de me cacher les yeux, mais je le repousse en riant.

– Ils doivent se geler les miches ! s'écrie-t-il en sortant une flasque des plis de son déguisement. On est presque au printemps. Pourquoi il fait si froid ? C'est un truc qui ne me manquera pas quand je vivrai à Everland…

Il dévisse le bouchon, boit une gorgée de whisky, puis me tend la flasque. Je ne suis pas fan du goût de tourbe, qui me brûle le fond de la gorge, mais, au moins, ça réchauffe. Kasia me jette un regard désapprobateur. Dans le monde réel aussi, elle semble très à cheval sur les règles, et je n'ai pas dix-huit ans… Elle finit par se résigner et descend une grande lampée de sa propre bouteille de vodka.

– Ne me dis pas que tu es sérieux ? s'inquiète Zahra. Tu comptes vraiment rester à Everland ?

– C'est du délire, renchérit Kasia. Je ne comprends pas que tu fasses ça à tes parents. Et à *nous*.

– Oh, lâchez-moi, soupire Nico.

Il boit une nouvelle gorgée de whisky en se tournant vers la procession. Deux des personnages sont en train de mettre le feu à une grande arche dressée en travers de la route. La Reine de Mai lève les bras, comme pour prier.

– Vous êtes venues pour me dire que je suis cinglé ? continue-t-il. Ce n'était pas prévu au programme.

– Personne n'a dit que tu étais… commence Zahra.

– Bon, stop ! Je voudrais juste admirer le spectacle et présenter mes hommages à la Reine. On en reparlera plus tard.

Nous suivons la procession autour de la colline. Cracheurs de feu, hommes-oiseaux et diables à peau rouge se déchaînent. Avant, j'aurais trouvé ça un peu ridicule, prétentieux et surtout destiné à épater les touristes. Maintenant, je suis plus partagé. Même si je n'ai pas la moindre idée de ce que ça signifie, je vois bien qu'il est question de préserver une forme de magie archaïque et presque disparue. Certains la trouvent dans des festivals du feu ou des rituels, d'autres dans de vieilles chansons ou des légendes. Pour moi, c'est plus littéral. Elle s'incarne à Everland.

Au bout d'une heure environ, je meurs de chaud, j'ai trop bu et j'ai hâte d'échapper aux hordes de festivaliers. Zahra et moi nous installons à l'écart de la procession, sur une butte herbeuse qui surplombe Arthur's Seat. Derrière nous, Kasia est en grande conversation alcoolisée avec une Londonienne, et Nico danse avec deux touristes finnois surexcités. Je prends la parole :

– Ça fait bizarre de venir ici sans franchir la porte verte. Ce n'est plus pareil sans toi, tu sais.

Zahra me sourit tristement.

– Ça a été dur pour moi aussi. Mais je ne regrette pas. Le fait de ne plus aller là-bas toutes les semaines m'a permis de constater que certaines choses devaient changer. J'ai avoué à mon père que je ne m'en sortais pas, entre le lycée et ma mère. Il a demandé à mes sœurs d'être plus présentes et à nos voisins de m'aider. Ma mère et lui m'ont inscrite à un cours d'illustration, histoire que j'aie du temps pour moi. Je me sens mieux.

Ça se voit, même sous le maquillage bleu. Ses yeux sont plus brillants, plus vifs, elle sourit davantage. La différence est flagrante. Je m'en veux un peu de ne pas m'être aperçu qu'elle allait mal. J'aurais dû être plus attentif.

– Je pensais qu'Everland me manquerait, mais finalement, ça va. C'est vous qui me manquez, et Miyumi, et tous les gens que j'ai rencontrés là-bas. L'endroit en lui-même, pas tellement. C'était le bon moment pour moi. Maintenant que je n'y vais plus, tout ça me paraît trop bizarre.

En cet instant, ça l'est également à mes yeux. J'ai passé la soirée à jeter des coups d'œil au monument en m'attendant à voir la porte se matérialiser entre les colonnes. J'ai beau savoir que ça arrive, ça me semble soudain aussi absurde qu'imaginer que le ciel tombe en morceaux.

– Nico m'a dit que tu envisageais de rester avec lui... Je n'en reviens pas qu'il t'ait demandé ça. Il ne devrait pas te fourrer ce genre d'idées dans le crâne.

– Il ne m'oblige à rien. Mais je suis tenté de dire oui. Il n'y a pas grand-chose qui me retienne ici.

– Arrête, tu sais bien que c'est faux. Tu as ta famille, tes amis... ton avenir.

– Quel avenir ? Je ne sais pas du tout ce que je veux faire plus tard. La seule chose que j'aime, c'est jouer de la batterie, et c'est quasiment impossible d'en faire son métier.

– Et si tu te mets à perdre des pans entiers de ta vie, comme Esther ? Si tu oublies ta famille pour de bon ? (Zahra secoue la tête, faisant voler ses rubans de tissu.) Tu n'as aucune envie que ça arrive, Brody, crois-moi. Ma mère ne sera pas toujours là. Tes parents non plus. Un jour, nos souvenirs seront tout ce qui nous restera d'eux.

Nous gardons le silence un moment. À la façon dont ses yeux s'embuent, je devine que Zahra pense à sa mère. Quant à moi, je réfléchis à ce que serait ma vie là-bas. Elle a raison, au fond. Il y a encore beaucoup de choses que j'ignore sur Everland.

D'un autre côté, il y a aussi beaucoup de choses que je sais. Le temps y est suspendu. Il n'y a personne pour vous obliger à grandir ou à bâtir une carrière envers et contre tout. Il y règne une forme d'équilibre absente du monde réel. On ne peut pas y être blessé. Personne ne se moque de vous ni ne vous rabaisse. Cette sensation qui m'accompagne constamment ici, ce désir de changer de peau pour devenir quelqu'un d'autre… Jamais je n'ai ressenti ça à Everland.

Derrière nous, les Finnois ont disparu et Kasia est en train d'embrasser la Londonienne sur un banc. Je préviens Zahra que je reviens dans une minute, lui laissant mon masque d'oiseau, et je cours rejoindre Nico. Une fois devant lui, j'inspire profondément et je lui prends la main.

– Ça y est, j'ai décidé.

Mes mots sont noyés par les cors des hommes-oiseaux. Nico place sa paume autour de son oreille. Je me penche vers lui, mes lèvres tout près des siennes, nos nez à quelques millimètres l'un de l'autre.

– Je vais rester ! À Everland ! Je veux… Je veux vivre là-bas, avec toi.

Nico s'écarte pour me dévisager. Il a de la cendre sur les pommettes et les flammes dansent dans ses yeux. Ses bois sont de travers, son maquillage a coulé, ses joues sont creusées par les nuits blanches, mais il est toujours aussi beau.

Pendant quelques secondes, ses traits s'illuminent. Même après plusieurs mois, j'en ai des papillons dans le ventre. Si je n'étais pas encore sûr de l'aimer, il ne m'en faudrait pas plus. Il se rapproche de moi, soudain sérieux.

– Brody, c'est… une décision capitale.

– Je sais. Mais c'est ce que je veux. On peut partir jeudi prochain. Si tu es prêt, je le suis aussi.

Ses yeux se posent sur le monument. Les symboles celtiques qui ont presque fini de brûler luisent d'un éclat orangé sur le ciel gris ardoise. Malgré le bruit, les couleurs et le feu qui nous entourent, j'ai l'impression que nous sommes seuls au monde. Dans l'œil de la tornade, cernés par le chaos.

Nico pose ses mains sur mes joues.

– Il faut que tu sois sûr de toi. À cent pour cent. Quand la porte aura disparu, on ne pourra plus jamais revenir.

Je contemple ses yeux sombres embrumés par l'alcool, les taches de rousseur sur son nez, le sourire hésitant qui joue sur ses lèvres. Je suis sûr.

Au lieu de le dire, j'incline la tête et je l'embrasse enfin.

Après une seconde d'hésitation, il me rend mon baiser. J'ai imaginé ce moment un millier, un million de fois. C'est comme je l'espérais, et différent aussi, et encore mieux. Son haleine sent la cigarette, le whisky et le chewing-gum, un mélange à la fois écœurant et suave. Sa lèvre inférieure est gercée, mais celle du dessus est douce. Ses doigts me caressent le dos, la nuque, se glissent dans mes cheveux. Je referme mes bras autour de sa taille pour le serrer contre moi, émerveillé que ça se produise enfin. C'est un peu comme Everland : ça ne me paraît pas réel et, quand nous nous séparons, je ne sais pas combien de temps ça a duré. Je voudrais juste que ça ne s'arrête jamais.

Au bout d'un moment, Nico recule la tête, les bras toujours autour de mon cou. Je souris comme un idiot. Lui aussi me sourit, d'un sourire différent, plus tendre que d'habitude.

– Eh bien, commente-t-il. Effectivement, tu m'as l'air plutôt sûr de toi !

Tout mon corps pétille de bonheur.

– Je le suis. À cent pour cent.

Alors que je m'apprête à l'embrasser de nouveau, Kasia nous rejoint, complètement soûle. Nico me lâche pour la rattraper.

– Je... je crois que... il faut que... il faut que je rentre, hoquète-t-elle. J'ai... j'ai vomi. La fille de Londres a pas... trop apprécié.

Je n'en reviens pas de la voir dans cet état, elle toujours si sérieuse et guindée.

Nico semble trouver amusant d'être le plus sobre des deux, pour une fois.

– OK, ma belle. Je te ramène.

Je n'ai pas envie de partir. Je voudrais rester là, à l'embrasser toute la nuit. Après m'avoir murmuré : « Désolé », il dépose un petit baiser sur mes lèvres. Ça ne me suffit pas, mais on n'est pas pressés. À partir de jeudi, on aura tout le temps du monde.

– Jeudi, dit-il, faisant écho à mes pensées.

J'ignore s'il parle d'Everland, de reprendre là où on s'est arrêtés, ou des deux. Mais à chaque seconde qui passe, je suis de plus en plus certain d'avoir pris la bonne décision.

Chapitre 31

Tout me paraît différent depuis que je sais que je vais partir.

Lorsque la session d'examens commence, je suis beaucoup moins stressé que je l'aurais cru. Les épreuves s'enchaînent comme dans un brouillard. La musique se passe bien ; je vois au visage de l'examinateur qu'il est impressionné par mon solo de batterie. En espagnol, je perds trop de temps à consulter le dictionnaire et je ne parviens pas à traiter toutes les questions. Enfin, en anglais, je décroche à la partie « étude critique d'un texte ». Ça ne m'inquiète pas plus que ça. C'est difficile de me préoccuper de mes résultats alors que je vais bientôt disparaître.

Il me reste quand même deux ou trois choses à régler avant, à commencer par la façon dont je vais faire mes adieux à ma famille. Et je dois aussi régler cette histoire avec Megan.

Le mercredi, je l'attends à la sortie de son examen de géographie. Elle a l'air au bout du rouleau – pâle, fatiguée, stressée. Son expression s'assombrit encore plus lorsqu'elle me voit. Elle remonte la bretelle de son sac sur son épaule et me frôle sans un mot. Je lui cours après.

– Je suis désolé, Megan. De t'avoir crié dessus et de t'avoir ignorée. Tu avais raison. J'ai été nul.

Elle ne s'arrête pas, le regard fixé droit devant elle.

– Je ne te le fais pas dire.

– Je sais. Je m'en veux, je te jure. Ce n'était pas contre toi, j'étais juste… distrait.

Elle et moi, on s'est déjà disputés plusieurs fois, mais ça n'avait jamais pris de telles proportions. D'habitude, elle a tellement hâte de me parler d'un truc qu'elle oublie de me faire la tête ; ou alors, c'est moi qui décide de tourner la page. Mais aujourd'hui, impossible de la dérider. Elle finit par se planter devant les distributeurs, les bras croisés.

– Tu ne me prends pas au sérieux, déclare-t-elle, les yeux rivés sur les barres chocolatées et les chips. Tu crois que, parce que je parle tout le temps, je n'ai rien d'intéressant à dire ? Tu crois que, parce que je suis sortie avec plein de mecs, je suis incapable d'éprouver des sentiments ? Tu crois que, parce que mes parents ont plus d'argent que les tiens, ma vie de famille est idyllique ?

– Je n'ai jamais dit ça !

Par contre, je l'ai pensé. Peut-être pas en des termes aussi durs, mais le fond était le même.

Elle ne me regarde toujours pas.

– Tu savais que je vois un psy et un nutritionniste ? Je me suis effondrée en rentrant du lycée il y a deux semaines, quand tu étais suspendu. Je n'avais rien mangé depuis plus de trente-six heures. Harry a dû me conduire à l'hôpital. J'y ai passé la nuit, toute seule – mon père était en déplacement, et la voiture de ma mère en panne, ou, en tout cas, c'est ce qu'elle prétend. C'était la merde, Brody. Et tu n'étais pas là.

Je la dévisage, abasourdi. Tout me revient en un éclair : la façon dont elle picorait la garniture de ses pizzas, émiettait le bord de ses sandwichs, me proposait de finir ses frites, ses chips, ses lasagnes. Je l'entends encore affirmer qu'elle n'avait pas faim, qu'elle avait déjà mangé ou qu'elle sortait plus tard et ne voulait pas se couper l'appétit. C'étaient de grands panneaux « Danger » qui s'allumaient devant moi. Et j'ai quand même réussi à les rater.

– Je ne savais pas…

Je rougis sous l'effet conjugué de la colère et de la honte. De la colère parce qu'elle m'accuse d'avoir été un mauvais ami et de la honte parce qu'il y a une part de vérité là-dedans.

– Tu aurais dû me le dire.

Et moi, j'aurais dû le voir. Car je m'en souviens maintenant avec une nouvelle poussée de culpabilité : elle voulait me parler. Elle a raison, je n'ai pas été là pour elle.

– Je suis désolé, Meg. Vraiment désolé.

– Je ne dis pas que ma vie est plus difficile que la tienne. Parce que ce n'est pas le cas. J'ai beaucoup de chance, j'en ai conscience. Mais ça ne change rien à ce que je ressens.

Il y a un long silence, masqué par les rires et les conversations des élèves qui passent autour de nous, en chemin vers leurs cours ou leurs examens. Je prends une grande inspiration. Je vais bientôt partir ; autant me montrer honnête.

– Bien sûr. Le truc, c'est que ce qui m'arrivait, avec Nico, ma famille, tout ça… J'avais peur que tu ne comprennes pas. C'est pour ça que je t'ai mise à l'écart. Je ne me cherche pas d'excuse, je t'explique juste ce qui s'est passé.

Les traits de Megan se durcissent.

– Peut-être que je n'aurais pas compris, en effet. Je ne suis pas dans ta peau. Mais tu aurais au moins pu me laisser une chance. Je suis censée être ta meilleure amie. Enfin bref. C'est du passé.

– Quoi donc ?

– Toi et moi. Notre amitié.

Nous contemplons nos reflets dans la vitre du distributeur. Alors voilà. C'est terminé. Sept ans de secrets, de blagues qui ne faisaient rire que nous et de marathons télé me filent subitement entre les doigts. Je n'en reviens pas que ça fasse aussi mal. Le temps aurait forcément fini par nous séparer, mais ce n'est pas comme ça que ça devait se passer.

– Tu ne trouves pas ça un peu extrême ? je lâche d'une voix étranglée. C'est… super brutal.

Megan se tourne enfin vers moi, les lèvres entrouvertes. Elle ne fait même pas l'effort d'essuyer le mascara sous ses yeux.

– Qu'est-ce que tu racontes, Brody ? Tu ne m'as quasiment pas adressé la parole de l'année. On ne s'est pas vus en tête-à-tête depuis Noël. Ça remonte à des *mois*.

Elle a raison. Tellement raison. Ça fait une éternité – toute une année scolaire, en fait. Je ne m'en étais pas rendu compte. Avec inquiétude, je me rappelle les mises en garde de Kasia : si ma vie commençait à m'échapper, je devais tirer la sonnette d'alarme. Peut-être que c'est déjà le cas.

– OK, très bien, je réplique. Si c'est ce que tu veux.

J'attends sa réponse, qui ne vient pas. Pour une fois, Megan n'a rien à me dire.

Je sens son regard dans mon dos tandis que je m'éloigne dans le couloir. *Tant pis*, je me répète. *Ça n'a plus d'importance. Je pars pour Everland. J'ai des amis, là-bas. Et bientôt, j'aurai sans doute complètement oublié Megan.*

***

En rentrant chez moi, je tente de graver certains souvenirs dans ma mémoire. L'odeur de pain chaud et de brioche qui s'échappe de la boulangerie au coin de la rue, où on vend aussi des super plats cuisinés. La friperie qui décore ses vitrines d'affiches fantaisistes : « Moufles généreusement données par Ed Sheeran – 3 £ » ; « Béret porté par Gal Gadot dans *Wonder Woman* – 5,50 £ ». Le vieux soldat en fauteuil roulant qui fait la quête pour les vétérans devant le pub, qu'il vente ou qu'il neige.

C'est étrange, d'éprouver de la nostalgie pour un endroit que je n'ai pas encore quitté.

Plus j'approche de Mackay House, pire c'est. Malgré les descentes des Stups, l'ascenseur toujours en panne et Mrs McAskill qui nous prend la tête à cause du bruit, c'est chez moi. Même Leanne et Michelle, qui partagent une cigarette sur les balançoires, ne suffisent pas à me faire oublier ma tristesse.

– Regarde qui voilà, lance Michelle à la seconde où je pousse la grille. La brute qui tabasse les filles.

Leanne tire longuement sur la cigarette.

– Prêt pour le deuxième round, Princesse ? Tu vas faire quoi, cette fois ? Me pousser de la balançoire ?

Michelle entonne *Crater Face*, la petite chanson qu'elle a composée sur mes boutons, et Leanne se joint à elle. Ma peau s'est beaucoup arrangée depuis quelque temps, mais ce n'est pas le sujet. Leurs moqueries ne m'atteignent plus. Je viens de comprendre que leurs critiques n'ont rien à voir avec… *moi*. C'est comme si elles m'avaient pris en photo, complètement retouché, et essayaient de me persuader que c'est à ça que je ressemble. Au fond, ça en dit beaucoup plus long sur elles que sur moi.

Et à partir de demain soir, je n'aurai plus à les supporter.

Les mains dans les poches, j'attends qu'elles terminent le refrain. Pour la première fois, je m'interroge sur le temps qu'elles passent dehors. Leanne, surtout, est presque tout le temps dans la cour. Je l'ai déjà vue assise sous la pluie, ou adossée au porche de son bâtiment, frissonnante, à 23 heures passées. Peut-être qu'elle aussi essaie de fuir certaines choses.

Quand elles se taisent enfin, je me plante devant Leanne. Elle ricane, mais ses mains se crispent sur les chaînes de la balançoire.

– Je suis désolé, je déclare d'une voix claire et forte. Je n'aurais pas dû m'énerver comme ça. Ça ne se reproduira pas.

Silence. Elles ne s'attendaient pas à ça.

– Ouais, tu parles.

Leanne se racle la gorge. J'ai l'impression de voir des petits engrenages tourner derrière ses yeux tandis qu'elle cherche une bonne réplique. Pour finir, elle se contente de me jeter un regard mauvais en disant :

– Dégage, Peter Pan. Retourne au Pays Imaginaire.

J'éclate de rire. Si elle savait ! Les filles froncent les sourcils, perplexes.

– Ça marche, je conclus en souriant. Allez, à plus.

À la maison, mon père est en train de faire la vaisselle pendant que ma mère feuillette un vieux magazine.

Elle se retourne et me sourit. Papa se penche en arrière pour me saluer d'une main savonneuse. Mon cœur se serre. Je ne me fais toujours pas à l'idée que rester à Everland implique de renoncer à tout ça.

Impossible de savoir si je vais vraiment oublier. Mais au cas où, je décide d'emporter des souvenirs.

Une photo de nous cinq, prise par mes grands-parents à Noël, il y a deux ans, est collée sur le frigo avec un magnet. Je l'ai toujours détestée. C'était le début du combat « Brody contre l'acné », et j'aurais encore préféré assister à dix heures de concert de U2 que me faire prendre en photo. Mais c'est la plus récente qu'on ait.

Pendant que ma mère a le dos tourné, je la glisse sous la couverture de mon livre de maths.

Profitant de l'absence de Keira, je me faufile ensuite dans sa chambre pour récupérer un des chewing-gums à la fraise qu'elle adore, ainsi qu'un flacon de vernis à ongles vert. Puis je vais chercher l'un des DVD de mon père sous la télé et un flacon de parfum presque vide de ma mère dans la salle de bain. J'empoche aussi une vieille souris en peluche avec laquelle Clo jouait tout le temps quand il était petit. Même s'il vit maintenant à l'autre bout de la ville, il fait toujours partie de la famille.

Je prends même un objet appartenant à Jake : une page de notes en latin tombée derrière le bureau. « *Fugissem, fugisses, fugisset…* » Je n'en comprends pas un mot. Quand on y pense, ça symbolise parfaitement ma relation avec mon frère.

Une fois dans ma chambre, je fourre mes trouvailles dans un sac, avec un Polaroid de Megan et moi à une fête de son frère et la carte *Drag Race* qu'elle m'a fabriquée pour mon anniversaire. Mais tout ça ne suffit pas à faire disparaître la boule que j'ai au ventre. Il faut que je leur laisse quelque chose en souvenir de moi.

Les cadeaux que j'ai rapportés d'Everland avant Noël sont toujours cachés sous mon lit. J'y attache des étiquettes au nom de chacun des membres de ma famille : le porte-monnaie pour Keira, la sculpture de machine à écrire pour Jake, la montre à gousset pour ma mère et le village en bouteille pour mon père. Quant à Megan, elle aura l'édition originale de *Peter et Wendy* que Kasia m'a donnée. Je cache entre les pages un petit mot, dans lequel je m'excuse encore, en précisant que je ne peux pas lui expliquer pourquoi, mais que je dois partir.

À ma famille, je n'écris pas de lettre. Je ne saurais pas quoi leur dire.

Ensuite, je range tout dans une boîte à chaussures, que je place sous mon lit – un endroit discret, mais où ils la trouveront facilement.

Pendant quelques secondes, des images défilent dans ma tête : mes parents découvrant mon lit vide, Noël et les anniversaires sans moi, les mariages et les enterrements auxquels je n'assisterai pas. Le monde se met à tourner. Alors je ferme les yeux et je me raccroche aux raisons de mon départ. Everland. Et Nico. Nico. Nico.

Chapitre 32

Depuis le mois de septembre, les jeudis m'ont paru interminables. Mais aujourd'hui, le temps file à toute vitesse. Mon dernier petit-déjeuner, avalé en trois bouchées. Mon dernier trajet jusqu'au lycée. Mes derniers cours. Mon dernier repas de cantine – poulet aigre-doux fadasse et gâteau au chocolat. Mon dernier passage dans le couloir, où les secondes se lancent un ballon à moitié dégonflé entre les casiers. Tout ça m'emplit d'une étrange nostalgie.

Une fois rentré chez moi, je regarde un documentaire sur les orques avec mon père, puis j'aide Keira à faire ses devoirs d'anglais. Bientôt, c'est l'heure de passer à table. Je n'ai évidemment pas commandé de menu spécial, mais il se trouve que ma mère a préparé un de mes plats préférés: frites au four, œufs au plat et *baked beans*. Je me régale encore plus que d'habitude.

Je ne prononce quasiment pas un mot, trop occupé à mémoriser les moindres détails. Des détails que je n'avais jamais remarqués, comme la façon dont ma mère incline la tête vers la gauche lorsqu'elle nous écoute; le fait que Jake commence à avoir les mêmes rides d'expression que mon père; la manie de Keira de remuer les sourcils lorsqu'elle raconte une de ses histoires… Autant de choses qui n'apparaissent pas sur une photo.

Trop vite, les assiettes sont vidées, et chacun vaque à ses occupations. Jake retourne à l'ordinateur, mon père à sa télé (il y a une émission sur la révolution russe à 19 heures), et Keira monte chez Amanda. Ma mère disparaît dans sa chambre, dont elle ressort quelques minutes plus tard, vêtue de son uniforme.

– Oh… Tu es de garde ?

– Oui, le petit de Rosie est malade. J'ai accepté de la remplacer. (Elle s'attache les cheveux.) Jusqu'à 2 heures seulement, ça va.

– OK, je réponds d'une voix étranglée. Au revoir, maman.

Elle m'embrasse sur le front et recommande à Jake de ne pas se coucher trop tard. Je la regarde mettre ses chaussures de travail et son manteau. Mon corps est comme engourdi. Je pensais qu'on aurait plus de temps. J'ai *besoin* de plus de temps. Je voudrais lui dire adieu, la serrer dans mes bras une dernière fois. Mais avant que je trouve une excuse pour le faire, elle sort en agitant la main et referme la porte derrière elle.

J'ai une grosse boule dans la gorge. Mon projet commence à devenir très… réel.

Cette soirée est une succession d'occasions ratées. Keira file directement dans sa chambre en rentrant de chez Amanda et mon père s'endort sur le canapé devant le journal du soir. À 23 heures, il n'y a plus que Jake qui soit debout. Il tape à l'ordinateur, sa tête allant et venant entre un livre et l'écran.

Après avoir enfilé mes chaussures et mon manteau, je regarde une dernière fois le salon : le rebord de fenêtre où Clo aimait s'asseoir, la tasse de thé froid que ma mère a laissée sur la table, les chaussures éparpillées dans l'entrée. Une bouffée de tristesse m'envahit ; la maison me manque déjà. Je ne peux pas m'en aller comme ça.

– Bon, ben… salut.

Jake se retourne sur sa chaise. Aussitôt, je comprends que j'ai commis une erreur.

– Où tu vas ? Tu pars ?

Il se lève.

– Non, je… Je vais juste faire un tour.

– Il y a quoi, dans ton sac ?

– Rien… Je le prends toujours. (Ma tristesse cède la place à la panique.) Fiche-moi la paix !

Je me dirige vers la porte, mais il me rejoint d'un bond et m'attrape par le bras, en tentant de m'arracher mon sac.

– Non. Dis-moi ce qui se passe. Je savais bien que tu mijotais un truc. Tu as été de bonne humeur toute la semaine.

– Et ?

– Ça ne te ressemble pas.

Le canapé grince ; mon père est en train de se réveiller. Repoussant Jake contre le mur, j'ouvre la porte à la volée et je sors en courant. Je l'entends jurer derrière moi, puis le bruit de ses pas résonne dans l'escalier. Il me rattrape sans peine grâce à son satané entraînement de rugby. Je parviens néanmoins à gagner la cour de l'immeuble. Leanne est assise sur une balançoire, les yeux baissés sur son téléphone. Le bus attend déjà au coin de la rue. Je m'élance, mais mon frère me retient par une manche.

– Brody, arrête !

Leanne saute à terre dans un tintement de chaînes.

– Hé, qu'est-ce qui se passe ? Tu vas où, Princesse ?

Jake fait volte-face.

– Toi, ferme-la, pour une fois !

Profitant de sa distraction, je me libère et pique un sprint sur le trottoir. Trop tard : le bus redémarre. Je traverse le pont afin de descendre Great Junction Street, mon frère sur les talons. Si je coupe en diagonale, je devrais pouvoir atteindre l'arrêt de Leith Walk à temps. Alors que je pose le pied sur la chaussée, un grand coup de klaxon me fait stopper net.

Je bascule en arrière. Quelqu'un me crie de regarder où je vais. Tout le monde me dévisage, à commencer par mon frère, pâle comme la mort.

– Mais qu'est-ce que tu fous ? hurle-t-il. Tu as failli te faire tuer !

Je me relève, les genoux tremblants.

– Il faut que j'y aille. Il faut que j'y aille.

Ma cheville me lance ; j'ai dû me la tordre en tombant. Malgré l'heure tardive, la circulation est dense. Le 22 tourne tranquillement au coin de la rue, puis s'arrête devant chez Gregg's. Ignorant la douleur, je fonce vers lui en agitant la main comme un fou pour que le chauffeur m'attende. Une fois à bord, j'abats ma monnaie sur le guichet avant de monter à l'étage, où je m'assieds côté trottoir afin de voir ce que fait mon frère. Il n'est plus là.

Je pousse un long soupir fébrile. Ce n'est pas comme ça que je voulais m'en aller. Ce n'est pas comme ça que ma dernière soirée était censée se dérouler.

À cause des bouchons, il est déjà 23 h 16 lorsque nous atteignons Princes Street. J'appuie sur le bouton de demande d'arrêt et me dépêche de descendre l'escalier. Lorsque les portes s'ouvrent, je me décompose. Jake est là, les bras croisés, à m'attendre.

– Tu me suis, maintenant ? Je t'ai dit de me laisser tranquille.

– Non. Pas tant que tu ne m'auras pas expliqué où tu vas.

Je le bouscule et me dirige vers le passage piéton, pendant qu'il continue de me harceler de questions. 23 h 18. Il me reste trois minutes, et ma cheville me fait un mal de chien. Je traverse la route, puis je gravis les marches sans un regard pour mon frère. En arrivant au sommet, je presse le pas. J'aperçois la porte verte au milieu du monument, mais elle est floue. Les vitraux deviennent translucides. Une seconde plus tard, tout a disparu.

Je regarde mon téléphone : 23 h 22. Raté.

– Merde. *Merde !*

Je balance mon sac par terre. Jake le ramasse et me le fourre entre les mains.

– C'est ici que tu viens toutes les semaines ? me demande-t-il en promenant son regard autour de nous.

L'espace d'une seconde, je crois qu'il parle d'Everland, mais il était trop loin pour avoir vu la porte.

– Tu attends quelqu'un ? insiste-t-il.

Je consulte l'horloge de l'hôtel Balmoral : 23 h 23. Kasia aurait déjà dû ressortir. Pourtant, il n'y a personne. Je redescends les marches sans répondre à Jake. Malgré ma cheville foulée, je dépasse l'arrêt de bus et continue à pied le long de Princes Street, où je longe la gare et l'Apple Store illuminé. J'essaie d'appeler Nico, mais ça ne sonne même pas. Jake ne me lâche pas d'une semelle, alternant des phases de silence et des jappements de chiot têtu. Le temps d'arriver devant Jenners, ma patience est à bout. Je lui fais brusquement face.

– OK, d'accord ! Je partais ! Je voulais foutre le camp d'ici, me barrer loin de toi et de toute cette merde !

Je me laisse tomber devant l'entrée du grand magasin pour me masser la cheville. Je me dis que ça ne fait rien, que tout n'est pas perdu. La porte était là, elle n'a pas encore disparu. Je pourrai retenter ma chance la semaine prochaine. Mais je ne me sens pas mieux pour autant. Mon plan est en train de s'effondrer, et je ne sais pas quoi faire.

Au bout d'un moment, Jake donne un coup de pied dans un paquet de cigarettes vide et s'assied à côté de moi. Je suis surpris qu'il soit encore là. Ça doit faire des mois qu'il n'est pas resté aussi longtemps sans étudier.

– Tu comptais aller où, au juste ? me demande-t-il pour la centième fois.

Je n'ai plus l'énergie de lui mentir.

– Un ami à moi… Nico… (Le nom se bloque dans ma gorge.) Il a décidé de quitter Édimbourg. Je pensais l'accompagner.

– Alors tu aurais filé comme ça, sans rien dire ? Et tu serais revenu quand ?

Je ne réponds pas, les yeux rivés sur le halo de lumière des bus qui défilent. Jake me dévisage. Il ne peut pas savoir à quel point ma décision était définitive – et l'est toujours, d'ailleurs –, mais il a sans doute compris que je n'avais aucune intention de revenir.

– OK, murmure-t-il. Tu as conscience de ce que ça ferait à maman et à papa ?

Mon téléphone vibre. Je me jette dessus, espérant voir s'afficher le nom de Nico, même si je sais que c'est impossible. C'est mon père. J'ai déjà reçu trois appels de lui. Je raccroche et range le portable dans ma poche.

– Ils s'en remettront.

– Non, imbécile. Tu crois qu'il se passera quoi, si tu disparais comme ça ? Qu'ils vont reprendre tranquillement le cours de leur vie ?

Cette question a pesé sur ma conscience toute la semaine…

– Tu ne comprends pas. Là-bas, avec lui… C'est le seul endroit où je peux être moi-même.

Pour une fois, Jake ne conteste pas ce que je dis. Il contemple ses mains.

– Et le lycée ? Et tes amis ? C'est n'importe quoi. Tu ne peux pas renoncer à ta vie pour un garçon.

Ce n'est pas ce que je fais. Nico n'est pas la seule raison.

– Tu devrais en parler aux parents, continue mon frère en faisant craquer ses doigts – un nouveau tic. Tu te sentirais peut-être plus proche d'eux si tu ne leur cachais pas qui tu es.

À cette idée, mes intestins se tordent.

– Et ils réagiraient comment, à ton avis ?

– Hum… (Il a un petit rire gêné.) Quand je leur ai dit pour Amir et moi, Papa m'a fait tout un speech sur les manchots gays qu'il a vus dans un documentaire, et maman m'a répété environ mille fois de me protéger.

Je mets quelques secondes à tilter. Il me regarde avec un sourire timide.

– Attends, tu sors avec Amir ?

– Je sortais. (Il tire ses manches sur ses mains.) Il a rompu en février.

Je repense soudain à la remarque de Jett quand on a parlé de mon frère la première fois : « Ça craint, pour Amir et lui. » Je reste muet, trop estomaqué pour dire quoi que ce soit. Puis une vague de colère m'assaille, avec une telle violence que j'en suis étourdi.

– Non mais tu te fous de moi ? je m'écrie, faisant sursauter deux dames qui attendent le bus. Toute ma vie, tu m'as pris la tête à cause de ça !

Jake se décompose.

– Quoi ? Pas du tout, je…

– Si ! « C'est des jouets de fille, Brody. » « C'est pas pour les garçons, Brody. » « Sois un homme, Brody. » « Sois normal, Brody. »

– C'était il y a super longtemps… Je ne pensais pas que tu t'en souvenais. Je suis désolé. Je ne sais pas pourquoi je me comportais de cette façon. Il y avait sûrement une part de jalousie. Tu étais tellement… toi-même, quand tu étais petit. Tu te foutais pas mal de ne pas ressembler aux autres. Alors que moi, ça me terrifiait.

Ses yeux se remplissent de larmes, ce qui m'énerve encore plus. Je ne m'autorise jamais à pleurer parce que, durant toute mon enfance, il me l'a interdit. Je fais les cent pas, les poings serrés.

– Tu aurais pu me le dire. Au lieu de me faire passer pour un idiot. Une fois de plus.

Il s'essuie les yeux sur sa manche.

– Brody, quoi que je dise, quoi que je fasse, quoi que je *sois*, tu me détestes. Dès que j'essaie de t'aider, tu m'accuses de te rabaisser. Chaque fois que j'ai pris ta défense face à Leanne et à Michelle, tu étais plus en colère contre moi que contre elles. Si je t'avais dit que j'étais gay, tu m'aurais reproché… je ne sais pas, de te voler la vedette, quelque chose comme ça. Avec toi, j'ai toujours tort.

J'ouvre la bouche pour protester, puis je la referme. C'est un peu vrai. Si j'avais appris la vérité quand il était encore avec Amir, j'aurais été dégoûté qu'il vive ça avant moi. Qu'il ait un copain le premier. J'aurais eu peur que mes parents puissent accepter un enfant gay, mais pas deux. Il n'est d'ailleurs pas trop tard pour tout ça. Sauf que, maintenant, Jake pleure pour de bon. Ma colère retombe lentement. Ça n'a pas dû être facile pour lui non plus.

Alors je me rassieds et j'attends qu'il se calme. Une dame qui promène un dalmatien lui propose un mouchoir. Il l'accepte et la remercie.

– Pourquoi il a rompu ? je demande.

– Il a rencontré quelqu'un d'autre. Quelqu'un de plus marrant. Quelqu'un qui ne passe pas sa vie à étudier. Quelqu'un qui ne fait pas de crise de panique toutes les dix minutes.

– Tu en as fait d'autres ?

– Oui, plein. (Il presse ses poignets sur ses yeux.) Je n'arrête pas de me dire qu'on serait encore ensemble si je n'avais pas été aussi obsédé par Cambridge. Tout ça pour que, maintenant que j'ai été pris, je ne sois plus certain de vouloir y aller.

Sa première confession était déjà inattendue. La deuxième me fait un tel choc que ma mâchoire touche quasiment le trottoir.

– Qu'est-ce que tu racontes ? Pourquoi ?

– Pour des tas de raisons. Le prix, d'abord – ça serait beaucoup plus raisonnable de rester à la maison, au lieu de souscrire un prêt pour me payer une chambre. Et je ne sais pas si j'ai envie de partir aussi loin, avec tout ce qui arrive aux parents. Je pourrais m'inscrire ici et travailler à temps partiel pour les aider. (Il se passe une main dans les cheveux.) Et puis j'adore mon école, j'adore mes amis, mais c'est épuisant de toujours me sentir en décalage par rapport à eux. À Cambridge, ça sera encore pire.

Je secoue la tête.

– Mais non, il y aura d'autres gens qui auront étudié dans le public, et des boursiers.

– Quelques-uns, oui. J'ai conscience de faire partie des privilégiés, parce que je suis blanc et que je sors d'une école privée. C'est un gros avantage. Mais je ne suis toujours pas convaincu que ce soit ce qu'il me faut. Dans mon lycée, on ne se pose pas la question : on va à Oxford ou à Cambridge, point. Peut-être que je me suis laissé porter par le mouvement sans vraiment réfléchir à ce que je voulais vraiment.

– Eh ben… C'est la soirée des révélations, dis donc !

– Oui, hein ? acquiesce-t-il avec un petit rire avant de se moucher. Désolé. Je suis complètement paumé.

C'est trop bizarre. Toutes ces années, j'ai cru que mon frère suivait un chemin bien tracé, qu'il savait exactement qui il était et ce qu'il voulait. Parce que *moi*, je pensais savoir qui il était et ce qu'il voulait.

– Tu sais, Jake, je ne te déteste pas. Mais… tu vois ces montages photos qu'on trouve partout sur Internet ? Genre une magnifique pièce montée et, à côté, la tentative ratée de quelqu'un pour la copier, toute moche et toute tordue ? Eh bien, j'ai l'impression d'être ta copie ratée, toute moche et toute tordue.

Il éclate de rire.

– C'est le truc le plus débile que j'ai entendu de ma vie !

– Mais c'est la vérité. Tu es cent fois plus intelligent que moi. Plus sûr de toi, plus populaire, plus doué en sport. Personne ne t'a jamais surnommé Princesse. Tu n'as jamais eu de problème d'acné. Je me doute que tu ne fais pas exprès de me rabaisser mais, comparé à toi, j'ai l'impression d'être une merde.

Jake s'adosse contre la porte du magasin.

– Tout ça, c'est des conneries. Déjà, tu déchires à la batterie. Moi, je joue du violon depuis des années et je suis toujours nul. Ensuite, la vie ne se résume pas à ce qu'on sait faire. L'important, c'est d'être quelqu'un de bien. Et tu l'es. Si on était ligotés sur des rails à côté d'un paquet de chewing-gums et qu'un train approchait, Keira te sauverait toi d'abord, puis les chewing-gums, puis elle prendrait deux ou trois selfies, puis elle lirait ses messages, et *ensuite* seulement, s'il lui restait du temps, elle envisagerait de me libérer.

– N'importe quoi. Dans l'ordre, ce serait : téléphone, selfies, chewing-gums, moi, puis toi. Mais, en effet, tu passerais en dernier.

Ça le fait rire, et je m'en réjouis. Ça change.

– Tu vas faire quoi, alors ? Si tu ne vas pas à Cambridge ?

– Je n'ai pas encore décidé. J'ai aussi été accepté à St Andrews et à l'université d'Édimbourg. Alors je vais peut-être rester dans le coin.

Quelque part en ville, une horloge sonne douze coups. Jake se met debout, se frotte les yeux et me tend la main pour m'aider à me relever.

– Allez, on ferait bien de rentrer avant maman, déclare-t-il. Je ne lui dirai pas que tu avais l'intention de filer avec ton amoureux sans lui dire au revoir.

– Je ne filais pas avec mon amoureux !

– Bien sûr que si. Une vraie Lydia Bennet.

Pour une fois, je comprends la référence : *Orgueil et Préjugés* est l'un des films préférés de notre mère.

– Ouais, et toi, tu es Mary Bennet. Toujours à t'épuiser sur ton piano pendant que les autres s'amusent.

Il me tape sur le bras.

– Mince alors, c'est vrai. Bonjour la déprime.

Nous redescendons Princes Street dans un silence paisible, ne croisant que des étudiants fêtards et quelques promeneurs de chiens. J'essaie de digérer tout ce que Jake vient de me confier. Moi qui ai toujours reproché à mon frère de ne pas me comprendre, je ne vaux pas beaucoup mieux.

Comme nous n'avons pas d'argent et qu'une seule carte de bus, nous décidons de rentrer à pied. En chemin, j'envoie plusieurs messages à Nico, en vain. Je me demande s'il est en colère contre moi ou s'il pense que j'ai changé d'avis. Mon père tente encore de me joindre ; à nouveau, je raccroche sans répondre. Je gérerai les conséquences plus tard.

Il est près d'1 heure du matin lorsque nous arrivons enfin. À part deux types soûls qui se disputent en suédois devant un pub, les rues sont désertes. D'en bas, je constate que les lumières sont allumées dans l'appartement. Celle de la chambre que je partage avec Jake (alors que je suis sûr de l'avoir éteinte), mais aussi celle du salon. En repensant à tous les appels manqués de mon père, j'ai un mauvais pressentiment. Comme l'autre soir, à Everland, je sens qu'il se passe quelque chose d'anormal.

Sans égard pour ma cheville douloureuse, je grimpe l'escalier quatre à quatre. Jake me suit en me demandant pourquoi je suis si pressé. Arrivé devant la porte du 9B, je me fige. Elle est grande ouverte et mon père n'est plus là. Un documentaire sur les échecs tourne encore à la télé, et l'empreinte de sa tête est toujours visible sur le coussin du canapé.

Mais il a disparu.

Chapitre 33

La chambre parentale est vide elle aussi. Jake fait irruption dans celle de Keira et allume la lumière. Notre sœur se retourne en grognant, gémit qu'elle ne veut pas se lever, puis se réveille brusquement quand on lui demande si elle a vu papa.

– Comment ça ? Il n'est pas devant la télé ?

Mon pressentiment est en train de se transformer en angoisse. Après avoir échangé un regard avec Jake, je repars en courant. Soudain, la petite vie étriquée de mon père prend des proportions gigantesques. Il pourrait être n'importe où ; il pourrait lui arriver n'importe quoi. Des images de la nuit de son agression défilent dans ma tête, comme éclairées par un stroboscope. Mon père couché sur un lit d'hôpital ; les machines qui clignotent ; une infirmière nous faisant sortir de sa chambre, Jake et moi. Je repense à ses crises de panique au supermarché et dans la rue. Derrière tout ça, un doute affreux pointe le bout de son nez : et s'il en avait eu assez, justement, de cette vie ?

Alors que nous tournons à droite après le supermarché, une silhouette familière s'avance dans la lumière d'un lampadaire, les yeux écarquillés et les mains tremblantes. Je suis si soulagé que j'en ai le souffle coupé. Pendant un instant, notre père nous contemple sans rien dire. L'agoraphobie a beau être une maladie mentale, elle se traduit par des symptômes physiques : élévation du rythme cardiaque, difficulté à respirer, genoux qui se dérobent au point de ne plus pouvoir tenir debout.

– Bon sang, mais vous étiez où ? s'exclame-t-il d'une voix étranglée. Je vous ai appelés toute la soirée !

Même s'il tremble comme une feuille, même si je suis encore sous le choc, j'ai conscience d'assister à un vrai miracle : ça fait des années que je ne l'avais pas vu ailleurs que sur le canapé ou dans la cuisine. Comment vit-il ce retour dans un monde qu'il a évité si longtemps ? Qu'est-ce que ça fait, de sentir le vent sur son visage pour la première fois en cinq ans ? Est-ce que le froid paraît plus mordant quand on n'est pas sorti depuis une éternité ?

– Je n'avais pas mon téléphone, s'excuse Jake. On est juste… allés faire un tour.

Il prend notre père par les épaules afin de le ramener à la maison, mais celui-ci le repousse. Deux femmes nous dévisagent avec curiosité.

– Et toi, papa, qu'est-ce que tu fais dehors ? reprend mon frère.

– Je cherchais Brody. (Il me regarde et pousse un gros soupir.) J'ai trouvé ça.

Lorsque je vois la feuille qu'il tient dans sa main, mon cœur cesse de battre. Ma lettre à Megan. Je pensais que personne ne la remarquerait avant plusieurs jours, quand ils commenceraient à s'inquiéter de ne pas me voir rentrer. J'hallucine qu'il se soit permis de fouiller dans mes affaires, mais je ravale ma contrariété. Ce n'est pas le moment. Une chose est sûre, il est beaucoup plus malin que je le pensais.

– Où est-ce que tu… Pourquoi, Brody ?

Il semble anéanti. Incapable de le regarder dans les yeux, je fixe le trottoir, sur lequel de vieux chewing-gums dessinent des constellations. Au bout d'un moment, Jake se racle la gorge.

– Rentrons à la maison. On pourra discuter plus calmement là-bas.

Ça nous prend du temps, car mon père a toujours les jambes en coton, et les rares voitures qui passent le mettent dans tous ses états. Lorsque nous arrivons enfin, Keira est debout et ma mère compose un numéro sur le téléphone fixe. Dès qu'elle nous voit, elle laisse tomber le combiné et se précipite vers mon père en le bombardant de questions. Il s'affale sur le canapé, le souffle encore un peu court.

Je disparais dans la cuisine pour préparer du thé, laissant à Jake le soin de tout leur expliquer. Je n'ai pas envie de voir l'expression de ma mère lorsqu'elle apprendra ce que je comptais faire. Le temps que la bouilloire chauffe, je réfléchis à ce que je vais bien pouvoir leur dire. Impossible de faire passer ma lettre à Megan pour autre chose qu'un message d'adieu. Avec le recul, je me demande pourquoi je ne l'ai pas simplement glissée dans son casier au lycée. C'était idiot de croire que je pouvais cacher quoi que ce soit dans un appartement aussi minuscule.

Les mains moites, j'apporte les tasses dans le salon. Ma mère est en train de lire la fameuse lettre, une main plaquée sur la bouche. Réfrénant mon envie de la lui arracher, je m'assieds sur la moquette, les genoux repliés contre ma poitrine. Mon père boit une longue gorgée de thé, puis pointe son doigt vers moi.

– J'attends des explications. Maintenant.

Les cadeaux que j'avais rangés dans la boîte à chaussures sont alignés sur la table basse, telles les preuves d'un procès. Keira inspecte le village miniature en bouteille. Loin des lumières d'Everland, il paraît différent. Plus petit, plus terne… comme un piège dont on ne pourrait pas s'échapper.

– La vérité, c'est que je ne vais pas très bien. (La violence de ces quelques mots me frappe comme un coup de poing en plein ventre.) Il y a quelque temps, j'ai rencontré… un garçon. Et grâce à lui, j'ai commencé à aller mieux. Alors, quand il m'a annoncé qu'il quittait Édimbourg, j'ai décidé de partir avec lui.

Ils me dévisagent pendant ce qui me semble être une éternité. C'est la deuxième fois de la soirée que je raconte cette histoire, cette semi-vérité qui sonne de plus en plus faux. Je suis presque tenté de leur parler d'Everland pour leur prouver que ça n'est pas aussi fou que ça en a l'air, que *je* ne suis pas aussi fou que j'en ai l'air. Mais si je fais ça, ils vont vraiment penser que j'ai perdu la tête.

– Donc tu comptais fuguer, résume mon père. Sans nous prévenir. Sans même nous dire au revoir.

– Si vous l'aviez appris, vous m'en auriez empêché.

– Évidemment ! s'énerve ma mère. Tu crois qu'on t'aurait laissé filer comme ça ? Tu n'as que seize ans, Brody !

– Oui, mais… (Je cherche désespérément des arguments.) Je ne sais pas, ça me semblait être une bonne solution. Vu les problèmes qu'on a en ce moment. Ça vous aurait fait une bouche de moins à nourrir.

Jake lève les yeux au ciel. Keira me traite de crétin. Ma mère marmonne quelque chose dans sa barbe et se met à arpenter la pièce. Si Clo était là, il m'aurait probablement craché dessus. Il faut reconnaître que c'est un coup bas, d'utiliser leurs problèmes d'argent pour tenter de me justifier. Je sais bien qu'ils ne verraient jamais les choses sous cet angle. Puis, à ma grande surprise, l'expression de mon père se radoucit.

– Si tu savais combien de fois j'ai pensé à partir, moi aussi, avoue-t-il. (Sa pomme d'Adam monte et descend sous son menton.) J'ai l'impression d'être un poids mort pour cette famille. Quand votre mère enchaîne les gardes et que je ne peux même pas aller faire les courses pour la soulager, ou quand je rate un des spectacles de Keira ou un des matchs de Jake… Je ne suis pas à la hauteur.

Un silence suit ces paroles. C'est la première fois qu'il se montre aussi honnête avec nous. La première fois qu'il évoque ouvertement sa maladie. Et ça lui coûte, c'est évident. Il a grimacé à chaque mot. Ses yeux se tournent vers la télé, dont l'écran noir lui renvoie son reflet.

– Je vous jure… Il y a des jours où je me dis que vous vous en sortiriez nettement mieux sans moi.

Je me souviens encore des premières moqueries de Leanne et de Michelle. On avait onze ans. Elles disaient que mon père était une mauviette et un gros loser parce qu'il avait la trouille de sortir de chez nous. Lorsque j'en ai parlé à ma mère en rentrant ce soir-là, elle m'a rappelé à quel point il était courageux. Il avait combattu dans l'armée, puis il avait failli se faire tuer en s'interposant dans une bagarre à trois contre un. Et même sans ça, il aurait de quoi être fier. Parce qu'il faut du courage pour se lever chaque matin et lutter contre une maladie qu'on comprend à peine. Il faut du courage pour survivre dans un monde dont on ne voit que les côtés négatifs. On ne lui décernera jamais de médaille, il n'aura jamais sa photo dans le journal, mais ça reste admirable. Il a au moins le mérite d'essayer.

Maman lui prend la main, Keira grimpe sur ses genoux, Jake s'approche et lui étreint l'épaule.

– N'importe quoi, papa ! je proteste d'une voix fêlée. Bien sûr que non, on ne serait pas mieux sans toi ! Comment tu peux croire un truc pareil ?

– Et toi, alors ? (Il change Keira de genou afin de se pencher vers moi.) Écoute-moi bien. Je sais que tu as l'impression d'être invisible, mais c'est faux. Tu penses qu'on ne te prêtera attention que si tu décroches des notes brillantes et une place à Cambridge. Laisse-moi te dire un truc : c'est des conneries. Tous les trois, vous êtes différents. Vous aurez des vies différentes, des chances différentes. Oui, c'est injuste, mais ça ne te rend pas moins intéressant que ton frère ou ta sœur. Il est grand temps que tu t'en rendes compte.

J'ai les yeux qui piquent. Je l'imagine trouvant la lettre que j'avais glissée entre les pages de *Peter et Wendy* et paniquant au point de surmonter sa phobie et de partir à ma recherche.

Jake a raison. Si je disparaissais, mes parents ne s'en remettraient jamais. Je ne suis pas sûr de pouvoir assumer ça.

Ni même de le vouloir.

Chapitre 34

Il y a quelque temps, mon père et moi avons regardé un documentaire sur des astronautes qui revenaient sur Terre après plusieurs années passées dans l'espace. Je n'avais jamais réfléchi à ce qu'ils pouvaient ressentir, au drôle d'effet que ça devait leur faire quand un objet tombait par terre au lieu de flotter dans les airs, à la difficulté pour leurs cerveaux de se réaccoutumer à la gravité. L'un des hommes racontait que ses lèvres et sa langue lui paraissaient plus lourdes qu'avant. Parler lui demandait un effort physique, c'était devenu un acte pénible et maladroit.

Le vendredi matin, je me réveille dans un état comparable. Comme si j'avais passé un an à évoluer parmi les étoiles et que je venais de m'écraser sur la Terre.

Je ne peux pas.

Je ne peux pas choisir Everland.

Tout le week-end, je tente de me convaincre que mon choix initial était le bon. Je songe au bien-être que j'éprouve là-bas, à tout ce dont je serais libéré. Je pense beaucoup à Nico, aussi. Mais ça ne suffit pas. Ma décision avait beau être prise, ma conversation avec mon père a tout remis en question. Impossible de revenir en arrière.

Et puis, pour être tout à fait honnête... j'en viens à me demander si j'ai réellement eu l'intention de partir. Peut-être qu'au fond de moi, je savais que Jake me retiendrait si je lui disais au revoir. Peut-être que j'ai fait exprès de laisser ma lettre à Megan et les cadeaux à un endroit où mon père les trouverait. Sur le coup, ce n'était pas volontaire. Mais il est possible que mon subconscient ait plus d'emprise sur moi que je le croyais.

Je ne peux pas partir. Et si je renonce à Everland, Nico doit y renoncer aussi.

Cette semaine, l'attente du jeudi est une véritable torture. Au début, j'essaie de l'appeler et de lui envoyer des messages, car j'espère encore qu'il est ressorti pour m'attendre. Mais après six ou sept échecs, je suis obligé d'envisager qu'il ait franchi la porte pour de bon.

Le plus dur à supporter, c'est la crainte que quelqu'un s'aperçoive de sa disparition. Au lycée, je saute sur la moindre occasion pour consulter Internet, terrifié à l'idée de tomber sur un avis de recherche. Rien. Il doit avoir donné une explication convaincante à ses parents. Mais quelle qu'elle soit, ça ne durera pas éternellement. Je dois le persuader de rentrer.

Kasia est du même avis.

– J'ai déjà dû mentir à la police une fois, me rappelle-t-elle le jeudi soir, tandis que nous gravissons les marches du Monument national. Je n'ai aucune envie de recommencer.

– Il t'a paru comment, la semaine dernière ? Là-bas, je veux dire.

Les couleurs commencent à chatoyer entre les colonnes, et la porte verte se dessine.

– Je ne sais pas. Je ne suis pas venue. (Elle tourne deux fois la corne du heurtoir.) J'étais en chemin, et puis j'ai croisé Magda.

– Ça alors ! Tu lui as parlé ?

– Non. Elle fumait devant un bar sur Picardy Place. C'est nouveau. Elle a aussi changé de coupe de cheveux : elle s'est rasé un côté de la tête. Elle était avec une fille. Elles avaient l'air très amoureuses.

La voix de Kasia est neutre, et j'ai du mal à distinguer son expression dans l'obscurité.

– Oh… C'est une bonne chose, non ?

– Oui, oui. Je suis contente pour elle.

Progressivement, des points lumineux apparaissent derrière les arbres. Le ciel est d'un délicat gris bleuté. Quelques étoiles brillent au-dessus des montagnes. Lorsque la vallée s'ouvre devant nous au bout du chemin, mon cœur se serre. Kasia pousse un gros soupir.

– Je suis contente, répète-t-elle. J'avais du mal à me faire à l'idée de quitter cet endroit. Mais voir Magda m'a fait comprendre qu'il était temps de tourner la page. Sur elle, et sur Everland.

Je la suis le long du sentier.

– À ton avis, on peut encore venir combien de fois avant que ça devienne trop risqué ?

– Deux, peut-être trois. Ça dépend du nombre de portes qui auront disparu cette semaine. Pour ma part, jeudi prochain, ça sera la dernière. Ça ne sert à rien de faire traîner les choses.

Nous traversons le pont et entrons dans un jardin encadré par deux rangées d'arbres bien taillés. Au milieu, des fontaines blanches représentent divers animaux. Des dizaines de personnes lisent, discutent ou se reposent sur l'herbe. Je me demande combien d'entre elles ont décidé, comme Nico, de ne plus jamais repartir.

Puis une voix nous appelle, et nous voyons arriver notre ami, vêtu de la cape ornée de roses que je l'ai aidé à terminer au mois de décembre. Il me soulève dans ses bras.

– Tu en as mis, du temps ! (Il me repose pour enlacer Kasia.) Et toi, tu n'as toujours pas changé d'avis ?

– Non, répond-elle d'un ton inhabituellement doux, le regard voilé. Je vais continuer mes recherches sur les portes. On se retrouve tout à l'heure.

Elle m'adresse un petit signe de tête en partant. Bien que je ne lui aie rien dit, elle semble avoir deviné mon revirement. Quand je vois le sourire éclatant de Nico, quelque chose se brise en moi.

– Viens, j'ai un truc à te montrer ! lance-t-il.

Il me cache les yeux et me pousse à travers la foule. Le brouhaha s'éteint bientôt, remplacé par le bruissement des feuilles, le craquement des brindilles et le clapotis de l'eau. Une immense tristesse m'envahit. Avant même qu'il retire ses mains et s'écrie : « Ta-da ! », je sais ce que je m'apprête à voir.

C'est le bateau pirate qu'on a trouvé en novembre. Les voiles, raccommodées, ont été peintes en bleu et doré, et les trous dans la coque réparés avec des planches neuves. Un piano trône sur le pont, des lanternes en papier sont suspendues aux mâts, deux gros canapés couverts de coussins et de couvertures sont installés près du gouvernail. Il y a de la couleur partout – comme ça aurait sûrement été le cas dans sa chambre d'étudiant.

– Tu en dis quoi ? me demande Nico en pirouettant sur lui-même. On s'éloigne un peu de l'ambiance initiale, mais tant pis !

Je le suis vers l'échelle.

– Je... je n'en reviens pas que tu aies fait tout ça !

– On m'a beaucoup aidé. Je me suis occupé des voiles grâce à du tissu que j'ai acheté au marché, et j'ai rencontré un menuisier norvégien qui m'a donné un coup de main pour le bois. On trouve tout ce qu'on veut ici, je te jure !

Il saute à bord.

– Bien sûr, il nous faudra quelqu'un qui sache naviguer, reprend-il. Ça ne devrait pas être trop difficile. J'ai déjà demandé autour de moi, il y a plein de gens qui ont envie de savoir ce qui se trouve de l'autre côté de l'eau. Miyumi est partante, elle aussi. On larguera les amarres dès que tu seras prêt.

Lorsque je pose le pied sur le pont, une bourrasque me fait tanguer.

– Nico… écoute…

– Je voudrais mettre une machine à coudre ici, si je peux en dénicher une. (Il va et vient en faisant de grands gestes.) J'avais juré que je ne ferais plus jamais de costumes de ma vie, mais à la réflexion, je me fous de l'avis des vieux profs croulants qui ne les ont pas trouvés assez bien.

– Nico…

– On pourrait aussi emporter ta batterie ! Il y aurait la place, à côté du piano, ajoute-t-il, toujours souriant. J'imagine que tu n'as pas envie de quitter le groupe, mais on finira par revenir. Ou alors, tu n'auras qu'à en monter un avec Miyumi. Ou…

– Nico !

Mon cri est sorti dans un hoquet, comme si j'avais reçu un coup de poing dans le ventre. Il me regarde. Il paraît si joyeux que je suis obligé de fermer les yeux.

– Je… je ne vais pas rester. Je dois rentrer. Je ne peux pas faire ça à ma famille.

Il garde le silence un long moment, les épaules basses, le visage sombre.

– Ouais, je m'en doutais.

La boule est de plus en plus grosse dans ma gorge. Les larmes me montent aux yeux. Je renverse la tête et contemple le pavillon noir qui ondule au-dessus de nous, rapiécé avec des morceaux de tissu bleu. Nico m'attrape par les hanches pour m'attirer contre lui.

– Ça ne fait rien, Brody. C'est mieux comme ça. Je suis content que tu saches ce que tu veux.

– Mais ce n'est *pas* ce que je veux ! Je veux que rien ne change. Ma vie est nulle, j'ai foiré mes exams, ma meilleure amie me déteste... Je ne sais pas comment je vais tenir le coup sans cet endroit. Et sans toi.

– Qu'est-ce que tu racontes ? (Il pose une main sur ma joue et me force à le regarder.) Tu as tout pour être heureux ! Je suis convaincu que tu auras une belle vie, parce que tu le mérites. Je t'assure. Tu mérites d'être heureux.

Du fond de mon désespoir, je sais que c'est possible. Même sans Everland. Même sans Nico. Pourtant en cet instant, ça me paraît très, très loin. Je secoue la tête.

– Bien sûr que si, idiot. Tu ne peux pas tout sacrifier pour cet endroit. (Il me caresse la joue avec son pouce.) Tu n'es pas Peter Pan. Tu dois grandir.

Il a raison. Je ne peux pas rester le même pour toujours. Je *dois* grandir.

Alors je me penche et je l'embrasse. Il me rend mon baiser avec passion, les doigts jouant dans mes cheveux. Mais ce n'est pas comme la première fois, à Beltaine. Il est trop distant, il s'écarte trop vite. Mû par une pulsion désespérée, je lui attrape les mains.

– Rentre avec moi. Ce n'est pas facile pour toi en ce moment, mais ça va s'arranger. Tu pourras retenter ta chance l'année prochaine aux Beaux-Arts. Je parie que la deuxième fois sera la bonne. Et puis… (J'en perds mes mots.) Kasia et Zahra seront là, et moi aussi. Tu pourras toujours compter sur moi.

Il baisse les yeux vers ses ongles rouge foncé.

– Brody, je t'aime beaucoup. Vraiment. Mais on ne peut pas… Je n'ai pas changé d'avis. Je resterai, avec ou sans toi.

Il va s'appuyer au bastingage, le visage tourné vers le large. Des dizaines de sentiments se disputent en moi – de la confusion, de la tristesse, de la peur pour ce qui risque de lui arriver, de la panique parce que je ne peux rien y faire.

– Et ta famille ? je demande finalement. Qu'est-ce que tu leur as dit ?

– J'ai raconté à mon père et à Jenny que je partais passer un mois en Espagne. Ça devrait me laisser un peu de temps. Mon père s'en tape, de toute façon. Il veut juste tourner la page. Et ma mère a refait sa vie. Mes sœurs sont encore petites, elles ne se souviendront pas de moi.

Mais moi, si. Comme Zahra, Kasia et tous ceux qu'il a connus. J'arpente le navire, dans l'espoir de mettre de l'ordre dans mes pensées.

– Alors je ne… je ne te reverrai…

Je m'interromps, incapable de terminer ma phrase.

Il frotte le bout de sa chaussure sur le pont.

– Je sais, je sais. Mais comment t'expliquer… Rester ici… c'est mon unique planche de salut.

– C'est de la folie ! je proteste, de plus en plus paniqué à chaque battement de cœur qui nous rapproche du moment fatidique. S'il te plaît. Je ne peux pas te laisser faire ça.

– Ce n'est pas à toi d'en décider. (Les traits de son visage s'affaissent, comme une marionnette dont on aurait coupé les fils.) Je n'y arrive plus, Brody. Je ne supporte plus rien. C'est pour ça que je veux rester. Parce qu'ici, je suis quelqu'un d'autre. Quelqu'un de mieux. Cet endroit me permet d'être celui que j'aurais voulu être.

Je le regarde. Je n'ai pas envie qu'il soit quelqu'un d'autre. Je ne vois pas comment il pourrait être mieux alors qu'il représente tout pour moi. À défaut de trouver les mots pour le dire, je l'embrasse à nouveau. Et à nouveau, il me rend mon baiser. Je le sens déjà qui s'estompe, comme la porte. Si je n'agis pas très vite, il ne restera bientôt plus rien de lui.

Tout n'est pas perdu. La porte est encore ouverte. Je peux encore le convaincre de revenir sur sa décision.

Chapitre 35

Sept jours plus tard, assis à bord du bus 22, je contemple les gouttes de pluie qui font la course sur la vitre. J'ai parcouru ce trajet tellement de fois, de si nombreux jeudis soir, que j'ai du mal à croire que c'est la dernière. Ma dernière nuit à Everland.

Sauf que, cette fois, Jake est avec moi. On s'est installés à l'étage, entre un groupe d'étudiants éméchés et un type qui écoute de la dance pourrie sur son téléphone. Jake se mordille l'ongle du pouce en tirant sur un fil de son manteau. L'arracher à ses révisions n'a pas été une mince affaire, mais la promesse qu'on serait de retour avant minuit a fini par le convaincre.

– Tu ne peux vraiment pas me dire où on va ? me demande-t-il pour la vingtième fois.

Je lève les yeux de mon téléphone. J'ai envoyé un message à Megan tout à l'heure, pour lui donner rendez-vous à Calton Hill. Elle ne m'a toujours pas répondu.

– Si je te le disais, tu ne me croirais pas.

J'oriente la conversation sur son examen de sciences politiques et la prochaine élection, sachant qu'il est capable de pérorer là-dessus pendant des heures. Ça ne rate pas. Ensuite, gêné, il m'interroge sur les derniers albums que j'ai écoutés, sachant que je suis capable de pérorer là-dessus pendant des heures. Ça ne rate pas non plus. Nos discussions manquent encore de naturel, mais par rapport aux cinq mots qu'on a dû échanger ces dernières années, c'est un net progrès.

Le bus se range le long du trottoir, et nous nous dirigeons vers Waterloo Place. Au moment où je pose le pied sur la première marche, j'entends qu'on m'appelle. Megan traverse la rue, les cheveux attachés à la va-vite. Elle me salue d'un hochement de menton. Le regard de Jake va et vient entre nous, puis il marmonne je ne sais quoi et grimpe Calton Hill en courant pour échapper à la tension.

– Merci d'être là. Je n'étais pas sûr que tu viendrais.

– Moi non plus. J'ai failli bloquer ton numéro, et puis je me suis rappelé que tu ne m'avais jamais rendu mon eye-liner. Bref. Je suis là parce que je meurs d'envie de savoir où tu disparais tous les jeudis soir depuis des mois. Ça ne veut pas dire que je t'ai pardonné.

– OK, je réponds, la tête baissée. Mais tu penses y arriver un jour ?

Quand je relève le nez, un petit sourire s'est dessiné sur ses lèvres.

– Si Coco Montrese et Alyssa Edwards ont su enterrer la hache de guerre, on devrait en être capables, nous aussi. Un jour.

Elle recommence à citer *Drag Race*. C'est bon signe. Je lui ouvre les bras, et elle s'avance pour m'étreindre.

– Je suis vraiment désolé, Meg.

– Ouais, ouais. Crétin. (Elle me repousse, les yeux pétillant d'un éclat que je n'avais pas vu depuis longtemps.) Alors, qu'est-ce qui se passe ? On va enfin rencontrer Nico ? Je vais *enfin* lui être officiellement présentée ? Tu sais que, pendant longtemps, j'ai cru que tu l'avais inventé ? Ou que c'était ton mec virtuel et que tu te faisais mener en bateau par un vieux de quarante balais qui vivait à l'autre bout du pays ? Il existe pour de vrai, alors ?

– Oui, il existe. Même si je t'ai déjà dit qu'on n'est pas ensemble.

– Mais tu aimerais bien.

Je déglutis.

– Oui. J'aimerais bien.

Après avoir retrouvé mon frère au sommet des marches, nous nous dirigeons vers le monument. Kasia nous y attend déjà, vêtue du même tee-shirt NASA que le tout premier jour. Si elle observe Megan et Jake d'un œil circonspect, elle m'épargne son discours sur le fait qu'Everland ne se visite pas sur invitation. Au lieu de ça, elle me tend une feuille de papier pliée en trois.

– J'ai envoyé un mail à Dani. Il ne pouvait pas rentrer chez lui à temps pour nous rejoindre ce soir, mais il m'a demandé de donner cette lettre à Nico. Ça aidera peut-être.

Je la range dans ma poche.

– Super. Je suis très inquiet, Kasia.

– Moi aussi, avoue-t-elle tristement. Mais c'est sa décision. Pas la nôtre.

Jake et Megan ont l'air complètement perdus. Mon frère recommence à me poser des questions, mais je le fais taire en attendant que les phénomènes habituels se produisent. À 23 h 21, la porte se matérialise dans le noir. Ça me fait un coup au cœur quand je prends conscience que c'est la dernière fois que j'assiste à ce spectacle. Je n'en perds pas une miette : les couleurs qui se déploient dans l'air tels des tourbillons de peinture sur l'eau ; l'étrange vibration au moment où la porte et la tête de licorne émergent du néant. Lorsque je tourne enfin la tête, Megan et Jake me dévisagent, tout pâles et trop abasourdis pour parler. Kasia et moi échangeons un sourire.

– Ne cherchez pas à comprendre, leur conseille-t-elle avant d'entrer. Amusez-vous, profitez. On sera peut-être les derniers habitants d'Édimbourg à avoir cette chance.

Je connais mon frère : il sera incapable d'en profiter s'il ne comprend pas un minimum ce qui se passe. Alors, une fois de l'autre côté, tandis que nous descendons la colline, je leur résume tout ce que j'ai appris sur Everland. Au début, ils croient à une plaisanterie, jusqu'à ce que je leur fasse remarquer ce qui relève désormais pour moi de l'évidence : personne n'a pu transporter tous ces arbres sur Calton Hill, sans parler des cascades, et on ne pourrait jamais faire tenir une ville de cette taille dans le centre d'Édimbourg. Pour une fois, Megan est à court de mots. Jake secoue la tête et répète « Incroyable… » une bonne centaine de fois.

– Alors c'est ici que tu venais tous les jeudis, dit-il. J'imaginais, je ne sais pas, que tu retrouvais un mec au McDo ou dans le parc. Pas… ça.

Ce soir, le pont nous mène au cœur d'une gigantesque fête au bord de la rivière. L'atmosphère est encore plus électrique que d'habitude. Pour ceux qui ont décidé de rester, rien ne changera jamais : ce n'est qu'une soirée comme tant d'autres ici, qui se prolonge à l'infini. En parcourant la foule du regard, je repère Nico, en train de discuter avec Miyumi et un homme en turban. Il porte les mêmes ailes bleues que le jour où je l'ai rencontré. Dès qu'ils nous voient, la Japonaise et lui nous rejoignent en courant.

– Vous voilà ! (Il embrasse Kasia sur la joue et me serre dans ses bras.) J'ai l'impression que ça fait… une éternité. C'est qui ?

Je leur présente Jake et Megan, qui n'arrêtent pas de regarder autour d'eux en clignant des yeux, encore sous le choc. Puis je me rapproche de Nico, le cœur battant.

– On peut parler ?

Il tire sur les bretelles de ses ailes.

– Tu devrais d'abord passer voir ton groupe et faire visiter Everland à ton frère et à Megan. J'ai des adieux à faire ; je te retrouverai plus tard. Promis.

– Mais…

Je m'interromps. Il a d'autres amis ici qui ont besoin de passer du temps avec lui. Kasia réussira peut-être à entamer sa détermination, et je n'aurai plus qu'à lui asséner le coup de grâce.

– OK. À tout'.

À regret, je repars dans la foule, avec Megan et Jake sur les talons. Je ne réfléchis pas ; je laisse Everland nous guider à travers le marché, le long de la rivière, dans diverses fêtes et célébrations, jusqu'à des endroits que je ne connaissais même pas, comme un jardin rempli de statues et une forêt d'érables rouges. Je me demande si on peut en faire le tour, ou s'il s'agit d'un kaléidoscope mêlant sans cesse différents éléments pour composer de nouveaux lieux, ou si l'espace s'étire indéfiniment, attendant d'être exploré.

Malgré mon inquiétude, je passe un très bon moment. Je me rappelle avoir pensé que Megan me volerait la vedette si je l'amenais ici et que Jake était trop sérieux pour comprendre. Finalement, j'avais tort. Je n'avais pas vu mon frère aussi enthousiaste depuis des années, et mon amie est trop abasourdie pour faire autre chose qu'écouter mes explications. Lorsque nous tombons sur mon groupe et que je le rejoins sur scène pour un ultime set, ils m'applaudissent plus fort que n'importe qui.

Au lieu de filer s'enfermer à la bibliothèque comme je m'y attendais, Jake se lance dans un match de foot avec des inconnus. Megan, qui a sa trousse de maquillage dans son sac, en profite pour me faire les yeux. Pendant ce temps, je lui raconte tout ce qui s'est passé dans ma vie depuis le mois de septembre, et elle me parle de son dernier coup de cœur en date, Ryan Martin, ainsi que du programme de rétablissement que les médecins lui ont concocté. C'est plus compliqué que j'aurais cru : journal d'alimentation, menus détaillés, appli de suivi, thérapie… Je suis heureux de rester auprès d'elle pour pouvoir la soutenir.

Elle devait vraiment être sonnée depuis notre arrivée, car c'est seulement maintenant qu'elle me donne son avis sur Nico. Après s'être extasiée et l'avoir qualifié de « charmant », elle me pose la seule question à laquelle je n'ai pas envie de répondre :

– Pourquoi il a dit qu'il avait « des adieux à faire » ?

– Parce qu'il s'en va.

Je ne peux pas lui avouer toute la vérité. Ça rendrait la chose trop réelle. Elle se penche vers moi afin de retoucher mon eye-liner.

– Où ça ?

– Je ne sais pas trop. Mais il ne reviendra sans doute pas.

Ma souffrance doit se lire sur mon visage. Elle pose son pinceau et me serre dans ses bras, alors que je ne le mérite pas. Son parfum, floral et familier, m'enveloppe, et je me rends compte qu'elle m'a énormément manqué.

– Tu ferais bien de le rattraper, alors, me conseille-t-elle en essuyant une petite bavure sous mon œil droit. Ne t'en fais pas pour Jake ; je reste avec lui.

Je remonte la rivière, franchis une place déserte et traverse la prairie. Je retrouve Nico près des animaux métalliques, là où il m'a expliqué pour la première fois ce qu'était Everland. À l'époque, ces sculptures m'effrayaient un peu, mais ce soir, elles dégagent quelque chose de réconfortant. Il est assis en tailleur sur le pied de l'éléphant, ses ailes bleues déployées derrière lui et les yeux humides.

– Ça va, Nico ?

– Je viens d'avoir droit au traitement spécial « Kasia Kowalewska ». Sermon, culpabilisation, menaces – la totale. (Il éclate d'un rire sans joie.) Je ne l'avais jamais vue pleurer. Enfin, plus depuis Magda.

Je m'adosse contre la trompe de l'animal. Ses cheveux sont couverts de paillettes, de peinture et de pétales, exactement comme le premier soir. Lorsque je les caresse doucement, il lève la tête vers moi et me sourit. Nous restons ainsi un long moment, les yeux dans les yeux.

– Kasia a raison. Il faut que tu reviennes.

Il se détourne en soupirant.

– Il n'y a plus de retour possible. Ma vie est ici, maintenant. C'est mon nouveau chez-moi.

Frustré, je recule et secoue les mains.

– Mais non ! Et ta famille ? Qu'est-ce qu'elle va penser ?

– Je te l'ai dit : ils me croient en Espagne.

– Et quand ton père s'apercevra que c'est faux ? (C'est d'ailleurs inconcevable que ce ne soit pas déjà le cas.) Tout le monde va penser que tu es mort !

Il hésite une seconde avant de répondre :

– Ils s'en remettront.

Je détecte tout de même un léger tremblement dans sa voix, une petite faiblesse dans son armure. C'est l'occasion que j'attendais. Après m'être assis à côté de lui, je déploie tous les arguments possibles et imaginables. Je lui parle de sa famille, de ses amis. Je lui donne la lettre que Dani a envoyée à Kasia, mais il la fourre dans une poche sans la lire. J'envisage même d'aller chercher les autres pour qu'ils m'aident à le traîner jusqu'à la porte, quitte à ce qu'il hurle et se débatte. Mais il ne me le pardonnerait jamais, et je ne le supporterais pas. Alors je continue à insister, à le supplier de revenir pour moi.

Il se penche en avant, la tête entre ses mains.

– Je ne peux pas, Brody. Je ne peux pas. S'il te plaît, ne me demande pas ça.

Et il se met à pleurer. Parce qu'il m'aime. Peut-être pas comme moi je l'aime, et peut-être pas comme il aimait Dani. Peut-être qu'il n'y aurait jamais eu de *happy end* entre nous. Mais il m'aime.

Penché sur lui, mon genou frôlant le sien, je lui caresse le dos. Au bout d'un moment, il s'essuie les yeux et prend une profonde inspiration.

– On met les voiles ce soir, m'annonce-t-il. Avec Miyumi et quelques autres. Je ne veux pas attendre que la porte ait disparu.

J'ai la gorge tellement nouée que j'ai du mal à parler.

– Ça veut dire qu'on ne se reverra plus jamais.

– Va savoir ! Un jour, tu pourrais tomber dans le terrier d'un lapin ou traverser un placard magique. Tu pousseras une porte, et je serai là, derrière, à t'attendre.

Il sourit. Un sourire que je voudrais immortaliser. Je me rends compte avec un regain de tristesse que je n'ai qu'une poignée de photos et quelques messages vocaux pour me souvenir de lui. En même temps, ça ne change rien. Même des heures de vidéo ne suffiraient pas.

– Tu te rappelles, quand ta mère s'est débarrassée de ton chat, tu m'as dit que tu avais l'impression d'être à ta place, ici. Toi, Brody, tu pourras retrouver ça n'importe où. Il y aura toujours des gens qui t'aimeront et t'accepteront. C'est déjà le cas.

J'ai beau lui répéter que c'est pareil pour lui, il ne m'écoute pas. Il ne m'entend pas.

– N'aie pas l'air si malheureux ! me taquine-t-il. Ça va aller. (Il m'embrasse avec douceur.) On a encore toute la soirée. Le temps n'existe pas, ici. Donc, d'une certaine façon, on a encore l'éternité devant nous.

J'aimerais que ce soit vrai. Mais ça ne l'est pas. Il joue sur les mots. Dans quelques heures, tout sera fini.

Alors j'essaie de les faire durer au maximum. Luttant contre le tiraillement qui m'appelle vers la porte verte, je le suis à travers la vallée jusque dans les moindres recoins d'Everland. Je l'embrasse encore et encore, dans l'espoir de le convaincre qu'il est assez aimé pour rentrer avec nous.

Il me rend tous mes baisers avec sincérité. Mais son regard ne cesse de se tourner vers la côte, où l'attend son bateau pirate. Une partie de lui n'est déjà plus là.

Soudain, nous sommes de retour sur la place près du pont, et tout s'enchaîne trop vite. Le groupe est sur scène, en train de jouer un morceau entraînant des années 1960 qui ne cadre pas avec mon état d'esprit. Je dis au revoir à Esther, à Sandhya et à Arnau, puis je cours retrouver Nico. Megan et Jake nous laissent un peu d'intimité. Miyumi est en larmes. Kasia serre Nico très longtemps dans ses bras avant de se tourner vers moi.

– Rendez-vous à la porte, Brody. Ne tarde pas trop.

Incapable de parler, je prends la main de Nico. La boule dans ma gorge est énorme. Je voudrais le remercier… pour Everland, et pour m'avoir aidé à tenir durant l'année qui vient de s'écouler. Je voudrais lui dire que je l'aime. Mais il a déjà eu droit à beaucoup de mes premières fois. Peut-être devrais-je garder celle-là pour un autre.

– Tu as peur ? je lui demande.

– Un peu. Mais je suis surtout impatient. (Ses yeux pétillent.) Ça va être une sacrée aventure !

Il retire ses ailes et me les enfile. Pendant un instant, j'ai l'impression d'avoir à nouveau cinq ans et de porter mon déguisement de fée Clochette pour courser mon chat dans le salon. Je me sens libre.

Ça ne dure qu'une seconde. Nico redresse les ailes sur mes épaules et ajuste les bretelles par-dessus mon sweat à capuche.

– Je ne te dirai pas adieu, déclare-t-il. Juste bonne chance. Même si tu n'en as pas besoin. Tu es magique, Princesse. Ne l'oublie jamais.

Mon cœur se serre. Je glisse mes doigts dans ses cheveux, je l'attire tout contre moi et je l'embrasse. J'essaie de graver ce moment dans ma mémoire, de retenir la sensation de ses mains dans mon dos, de sa bouche sur la mienne, de sa barbe de trois jours, de ses boucles soyeuses. Je ne peux pas oublier ça. Impossible.

Trop vite, il s'écarte. Il me sourit à nouveau – un sourire franc, sans la moindre ombre de tristesse. La musique s'est arrêtée et le groupe envolé sans que je m'en sois aperçu. Miyumi attend Nico à l'autre bout de la place. Tous deux se retournent une dernière fois pour me faire signe, puis Nico la prend par les épaules et ils disparaissent entre les bâtiments. Quelqu'un crie, mais sa voix me semble provenir d'une autre galaxie. Je me rends compte que j'ai cessé de respirer. J'attends que Nico ressurgisse au coin d'une maison et me dise qu'il m'a bien eu.

J'attends.

Il ne revient pas.

Il est parti.

Pour de bon.

Comme toujours à Everland, j'ignore combien de temps je reste là. Au bout d'un moment, je sens une main sur mon coude. Kasia se tient près de moi, les yeux troubles et injectés de sang. Ses lèvres remuent, mais je suis trop sonné pour comprendre ce qu'elle dit.

– Il faut y aller, Brody. Allez, viens.

Elle m'enlace et m'entraîne vers le pont.

Sans trop savoir comment, je finis par atteindre la porte verte. Jake me dévisage avec inquiétude. Megan me demande où est Nico d'une voix comme étouffée.

Une seconde plus tard, le monde réel s'impose à moi avec la violence d'une gifle. L'air est froid et coupant, la circulation assourdissante. Kasia sort derrière moi. La porte verte commence à s'estomper, les contours du heurtoir se floutent.

– Attendez, je marmonne. Attendez…

J'attrape la corne, mais elle se dissout entre mes mains. Les vitraux, puis la porte s'évanouissent. Il ne reste plus rien. Je suis toujours maquillé. Je porte toujours les ailes de Nico. Je suis prêt pour une soirée à Everland, mais le passage n'est plus là.

– Merde.

Même si je reviens la semaine prochaine, il sera déjà parti en mer. Je ne le retrouverai jamais.

– *Merde !* Qu'est-ce que j'ai fait ?

Les colonnes du monument se brouillent. Je ne pleure jamais. Pourtant, mon visage est humide. Je n'y vois plus rien ; les autres ne sont que des silhouettes floues. Et, tout à coup, j'éclate en sanglots, me fichant pas mal qu'on me voie.

– J'aurais dû l'arrêter, je hoquète, les poings pressés sur mes yeux. J'aurais dû partir avec lui.

Mon frère me serre dans ses bras en faisant attention à ne pas abîmer mes ailes, tandis que Megan me prend par la taille. Et si, au fond de moi, j'avais deviné que ça se passerait comme ça ? Si je les avais invités ce soir parce que je savais que Nico ne reviendrait pas ? Et parce que je sentais que, sans eux pour m'ancrer dans le monde réel, je serais tenté de le suivre ? Je n'ai jamais autant souffert, mais je sais que j'ai pris la bonne décision.

Ma place est ici.

ÉTÉ

Chapitre 36

On est le premier jeudi du mois d'août, il est 23 h 21, et je suis devant le Monument national de Calton Hill. Ce soir, aucune porte verte dotée d'un heurtoir en forme de licorne ne surgit du néant ; aucun vitrail ne nous laisse entrevoir les visages de nos amis entre les colonnes. Mais il y a une batterie, une antiquité cabossée que Jett a achetée vingt livres *via* une petite annonce. Elle trône au pied des marches que j'ai gravies si souvent.

– Prêt ?

Jett attrape sa guitare pour l'accorder. Autour de nous, un attroupement se forme sur l'herbe. Je lance un dernier regard aux colonnes. Je suis revenu plusieurs fois cet été, pour voir. Il ne s'est jamais rien passé. Je finissais par rentrer chez moi, les yeux brûlants, avec un poignard dans le ventre.

Ce soir, pourtant, je me sens bien. Apaisé.

Je m'installe derrière la batterie, je prends les baguettes et je hoche la tête en direction de Jett.

– Prêt !

***

Je voudrais pouvoir dire que je n'ai pas regretté ma décision un seul instant. Que je suis ravi d'être resté, que mon père a guéri du jour au lendemain, que ma mère a été augmentée et qu'on a déménagé dans un appartement assez grand pour que je récupère une batterie et mon chat. Que j'y vois enfin clair sur ce que je veux faire de ma vie et que toute ma famille vivra heureuse jusqu'à la fin des temps. *The end.*

Mais les jours qui ont suivi mes adieux à Nico, je m'en suis tellement voulu que je ne me supportais plus. Quand je m'ennuyais en cours ou quand je grimpais à pied parce que l'ascenseur de l'immeuble était encore en panne, je n'en revenais pas d'avoir renoncé à Everland pour une vie aussi pourrie. J'y suis retourné le jeudi suivant. La porte était là, mais je n'ai pas pu me résoudre à l'ouvrir. Le désir pressant, l'espèce de démangeaison que je ressentais d'habitude s'étaient envolés. Zahra et Kasia avaient raison. On *sait* quand le moment est venu, et pour moi, c'était le cas.

La semaine d'après, la porte avait disparu.

C'est là que j'ai vraiment pris conscience que c'était fini. Le soulagement qui m'envahissait chaque fois que je franchissais ce seuil allait me manquer, de même que le calme absolu qui régnait au bord de la rivière. Jouer avec Esther et le groupe me manquerait aussi. Et Nico, bien sûr.

Nico me manquait déjà plus que tout.

À tel point que ça m'a rendu physiquement malade. Ça a empiré quand on a commencé à lui consacrer des articles sur Internet (en même temps que d'autres, beaucoup plus nombreux, à Miyumi Kobayashi, la jeune violoniste prodige disparue sans laisser de trace). Comme je m'y attendais, sa famille était morte d'inquiétude et complètement anéantie. Zahra, Kasia et moi en avons discuté. Nous avons conclu qu'on ne pouvait pas leur dire ce qui s'était passé. À moins d'être allé à Everland, personne ne nous croirait jamais, et les gens penseraient à une farce cruelle. Nous avons donc ravalé notre sentiment de culpabilité, sachant que la vérité n'aurait fait qu'aggraver les choses.

C'était l'horreur. Certains jours, je me sentais tellement mal que je n'arrivais pas à sortir de mon lit. Je ne pouvais pas expliquer à mes parents que c'était plus qu'un chagrin d'amour, qu'il y avait trop de honte, de confusion et de souffrance mêlées. Ils se sont montrés étonnamment compréhensifs. Jake avait dû leur dire quelque chose. Je ne sais pas comment il s'y est pris, ni même s'il se souvient de la soirée passée avec Nico, mais je lui dois une fière chandelle.

À part ça, la seule chose qui m'a permis de tenir, c'est Rusty Records. Les rappels de Nico y étaient omniprésents – le souvenir du jour où il était venu s'excuser, et toutes les chansons sur lesquelles je l'avais vu danser. Mais ils me semblaient moins douloureux qu'ailleurs. Entre le travail qui m'accaparait et la musique qui me changeait les idées, je parvenais presque à ne plus y penser.

Un samedi matin, pendant qu'on écoutait un album de Shugo Tokumaru, Jett a levé le nez du vieux numéro de *New Musical Express* qu'elle feuilletait.

– Brody, comment ça se fait qu'on n'ait pas encore monté notre groupe ?

Maintenant qu'elle en parlait, c'était vrai que ça paraissait dingue. Après m'avoir déniché une batterie sur Internet, elle a enrôlé sa sœur Franklin à la basse, et on a commencé à répéter trois fois par semaine dans leur garage. À partir de là, me lever le matin est devenu de plus en plus facile. Si je regardais dans le vague, sur le chemin du boulot, c'était parce que je réfléchissais au refrain qu'on était en train d'écrire. Je pouvais tenir une chanson entière sans penser à Nico, puis deux, puis trois. Et quand je pensais malgré tout à lui, ce n'était plus de la même façon. Je me représentais ses aventures à Everland, et je songeais que sa vie avait dû être terrible pour qu'il ait ainsi décidé de tout plaquer.

Il n'a pas cessé de me manquer ; mes sentiments pour lui étaient toujours les mêmes. Mais c'est devenu supportable.

Et puis, peu à peu, tout le reste s'est arrangé. Leanne et Michelle ne m'ont quasiment pas embêté de l'été. Maintenant, elles se contentent de me balancer une ou deux vannes stupides quand je sors de l'immeuble, et ça ne m'atteint plus. À la maison, on a toujours des problèmes d'argent, mais ma mère a réussi à obtenir quelques gardes supplémentaires par semaine. Jake s'est fait embaucher au supermarché en attendant la rentrée, et Mark m'a proposé de faire plus d'heures à la boutique. Grâce à ça, j'ai pu payer un stage de comédie musicale à Keira pendant les vacances. (Pour me remercier, elle m'a offert un paquet de Mars. Elle n'en avait mangé que trois.)

Je suis même passé voir Clo. Amir vit à quelques rues de chez Jett, alors, il y a deux semaines, Jake est venu me chercher après la répèt et on y est allés ensemble. J'avais peur que mon chat ne me reconnaisse pas ou qu'il m'en veuille de l'avoir abandonné. Mais il s'est frotté contre mes jambes en ronronnant comme un fou.

– Coucou, toi…

Je me suis agenouillé pour le caresser, sans me soucier des trois personnes qui observaient nos retrouvailles. J'étais très ému.

– Tu m'as manqué.

Au bout d'un moment, Jake et Amir se sont éclipsés pour discuter. Mrs Shah m'a apporté un lassi à la mangue, et on s'est assis dans leur jardin pendant que Clo se roulait dans l'herbe. Il a grossi. Mrs Shah a pris très au sérieux mes conseils sur le fromage. Apparemment, ses préférés du moment sont le comté et le manchego, et il ne crache pas non plus sur un bout de reblochon.

– J'adore l'avoir ici, même s'il me coûte une fortune en nourriture, a-t-elle plaisanté. Mais tu sais, Brody, il sera toujours ton chat. Tu pourras le récupérer si votre situation s'arrange.

Et pour la première fois, ça m'a paru envisageable.

***

– Bonsoir, Édimbourg !

Amplifiée par les haut-parleurs, la voix de Jett résonne au-dessus de Calton Hill. Franklin grimace.

– Elle se prend pour qui ? Mick Jagger ?

Je souris, bien que mon cœur batte la chamade, à la vue des amis, des proches et des touristes rassemblés sur l'herbe. On est loin du SSE Hydro de Glasgow, ou même du Leith Theatre. Mais quand Jett a proposé qu'on donne notre premier concert pendant le Fringe Festival, j'ai tout de suite su où je voulais qu'il ait lieu.

Et, bien sûr, il était impératif que ce soit un jeudi.

– On s'appelle les Night Lights, enchaîne-t-elle. Et on va commencer avec *Lost Boys*.

Elle compte jusqu'à quatre. Notre petit groupe de fans de la première heure entonne les paroles avec nous. Keira chante si fort qu'on doit l'entendre à l'autre bout de la ville. Il faut dire que ce concert est le fruit d'un travail d'équipe : Zahra a réalisé les affiches, Jake nous a monté un site web, Kasia s'est autoproclamée manager (même si c'est plus une excuse pour traîner avec Jett qu'autre chose), et Megan m'a maquillé avant que j'entre en scène. Mon trac est monté d'un cran lorsque j'ai reconnu des élèves du lycée : son frère Harry, son nouveau copain Ryan, et puis Rongrong, Anton et une poignée d'autres. Mais ça n'a duré qu'une seconde. J'aime mon maquillage, et j'aime notre musique. Peu importe ce que les gens en pensent.

À la fin de la première chanson, un tonnerre d'applaudissements retentit. Je me tourne vers le pied de la colline, où est garée la Volvo rouge de ma tante Rhonda. Mes parents, assis à l'avant, nous acclament à travers le pare-brise. C'est le compromis qu'ils ont trouvé pour que mon père sorte de l'appartement sans vraiment être dehors. Certains se diraient peut-être qu'il aurait pu faire mieux, mais pour moi, c'est déjà énorme. Je suis très fier de lui.

Et je suis également fier de moi. Le concert est un succès. On n'est pas encore aussi rodés qu'Esther et sa bande, qui avaient eu beaucoup plus de temps pour répéter, mais ça s'annonce bien. Plus tard, après avoir écouté mes parents s'extasier et avoir posé pour une vingtaine de selfies avec ma sœur, je me fraie un chemin jusqu'au monument. Zahra et Kasia sont assises sur les marches, avec un gâteau d'anniversaire couvert d'un glaçage bleu et orné de deux ailes en Smarties.

– Je me suis dit qu'une occasion pareille méritait bien un gâteau, déclare Zahra.

J'ai soudain une boule dans la gorge. Je me laisse tomber près de Kasia en clignant des yeux.

– Il aurait adoré.

– Oui, même s'il aurait sans doute refusé d'en manger ! précise Zahra en riant.

Elle sort un couteau et des serviettes en papier afin de nous servir une part chacun. C'est une simple génoise à la vanille avec de la confiture de framboises et des tonnes de glaçage, mais c'est délicieux. On mange en silence en pensant à Nico. Je ne suis pas loin de pleurer. Décidément, depuis deux mois, je n'arrête pas. J'ignore si je rattrape les nombreuses années pendant lesquelles je m'en suis empêché, ou si tout ce qui s'est passé depuis septembre a fini par avoir raison de moi. Zahra se tourne vers les colonnes et secoue la tête.

– C'est trop bizarre, commente-t-elle. J'ai l'impression qu'on parle d'un film que j'ai vu quand j'étais petite et dont je ne me souviens pas bien. Si vous n'étiez pas là, je penserais avoir rêvé.

– Moi, j'ai peur de tout oublier. Et je ne veux pas. Je ne veux pas l'oublier, lui.

– Moi non plus, répond Zahra d'une voix douce. Même si ça finira peut-être par arriver. Everland finira par sortir de nos mémoires.

– Mais pas Nico, intervient Kasia. Un casse-pied pareil, ça ne s'oublie pas.

Elle passe son bras autour de mes épaules et me tapote la tête. Cette fois, mes larmes coulent. Juste un peu.

J'ai eu une année difficile. Il faut que ça sorte. Quelques touristes me jettent des regards mi-inquiets, mi-curieux, avant de continuer à photographier le panorama. Kasia se redresse et contemple le gâteau, posé sur la première marche.

– Zahra, tu as dû ouvrir combien de paquets de Smarties pour faire des ailes toutes bleues ?

– Beaucoup trop ! Je vais en manger pendant un mois.

Après ça, la conversation s'oriente vers d'autres sujets : notre prochain concert, le mariage imminent de la sœur de Zahra, le premier rencard officiel de Kasia et Jett la semaine prochaine. Jake, Megan et les autres nous rejoignent. Anton me complimente sur mon maquillage, et on se met à parler de *Drag Race*. J'ai passé deux ans à côté de lui en espagnol sans me douter qu'il était fan de l'émission. Je me demande ce que j'ignore encore sur lui.

Une ou deux fois, j'ai presque l'impression d'entendre Nico. J'imagine les plaisanteries qu'il lancerait, les grimaces qu'il ferait dans le dos de Kasia. De temps à autre, je risque un coup d'œil en direction des colonnes. Peut-être qu'il avait raison et qu'on se reverra un jour. À Perth, à Paris ou au Pérou, une porte surgira devant moi, et il sera derrière, à m'attendre.

Mais si ça n'arrive pas, tant pis. J'ai plein d'autres choses, plein d'autres gens sur qui compter. Plein de projets sur lesquels me concentrer. Avant de partir, je regarde une dernière fois les colonnes. Il n'y a pas de couleurs, juste des bandes de ciel noir encadrées par la pierre.

Et pourtant, le monde ne m'a jamais paru aussi lumineux que ce soir.

REMERCIEMENTS

Ce livre a été particulièrement difficile à écrire, et j'ai eu la chance de pouvoir compter sur de formidables éditeurs pour m'aider dans ma tâche : merci mille fois à Rachel Petty, Sarah Hughes, George Lester et Katherine Jacobs, qui ont compris où je voulais en venir et ont rendu ce roman encore plus fort.

Un immense merci aux équipes adorables et brillantes de chez MacMillan Children's Books et Roaring Brook Press, ainsi qu'à mon agent, Hellie Ogden, et à ses collègues de chez Janklow & Nesbit UK.

Merci à mes partenaires de lecture critique et à tous ceux qui ont relu les premières versions du manuscrit en me donnant d'excellents conseils ; et merci à Cat Clarke et à Martyn Bedford pour leurs retours très encourageants sur le premier chapitre à Moniack Mhor.

Merci à l'incroyable communauté UKYA, à tous les organisateurs des Bath and Caledonia Novel Awards, et aux membres du projet *Undiscovered Voices* du SCBWI pour leur soutien sans faille. Et aux Electric 18s, qui m'ont permis de survivre au blues du deuxième livre !

Merci à tous les lecteurs, blogueurs, bibliothécaires et libraires qui ont contribué au succès de mon premier roman, *À la tombée du ciel*. J'espère que celui-ci vous plaira autant.

Enfin, un torrent d'amour et de remerciements à l'ensemble de ma famille et de mes amis pour leur soutien, à commencer par Naïa – le prochain te sera dédicacé, c'est promis !

L'AUTRICE

Sophie Cameron a grandi dans les Highlands écossaises avant d'étudier le français et la littérature comparée à l'université d'Édimbourg. Son premier roman *young adult*, *À la tombée du ciel*, est sorti en 2019. Elle vit en Espagne avec sa femme et, lorsqu'elle n'est pas en train de lire ou d'écrire, elle tente d'apprendre des langues étrangères ou de jouer du banjo.

DE LA MÊME AUTRICE

Déjà en librairie

MIXTE
Papier issu de
sources responsables
FSC® C022030

N° d'éditeur : 10235596
Achevé d'imprimer sur Roto-Page en janvier 2021
par l'Imprimerie Floch à Mayenne
N° d'impression : 97512
Imprimé en France